Diasporic Narrative and Identity Construction:

A Study of V. S. Naipaul

流散叙事与身份追寻
奈保尔研究

黄晖 周慧 著

ZHEJIANG UNIVERSITY PRESS
浙江大学出版社

目 录

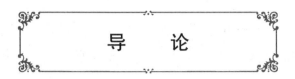

导　论

第一节　奈保尔其人其作

V. S. 奈保尔（V. S. Naipaul），全名维迪亚达·苏拉吉普拉萨德·奈保尔（Vidiadhar Surajprasad Naipaul），1932年8月17日出生于加勒比地区的特立尼达岛，是印度移民的后裔。他在查瓜拉斯镇的一个印度婆罗门家庭中长大，在家中的七个孩子中排行第二。在父亲西帕萨德的影响下，他从小就爱好文学，接受世界文学尤其是英国文学的熏陶，逐渐树立了要成为一个作家的理想。1950年，十八岁的奈保尔从位于特立尼达首府西班牙港的女王皇家学院（Queen's Royal College）毕业，并以优异的成绩从特立尼达殖民地政府那里获得一笔可供在大英帝国任意一所高等学校学习七年的丰厚奖学金，他毫不犹豫地选择向往已久的牛津大学攻读文学专业。四年后，他从牛津大学毕业，并获得文学学士学位。

从牛津毕业之后，奈保尔不愿意回到特立尼达去找工作，而是选择留在伦敦，因为他清楚地知道，他很难在特立尼达继续其写作，在 1954 年 5 月 3 日写给母亲的信中，他这样写道，"我不想强迫自己适应特立尼达的生活方式。我想，假如我不得不在特立尼达度过余生，我肯定会被憋死的。那个地方过于狭小，社会上的种种观念全然不对，那里的居民更是卑微狭隘，目光短浅。除此以外，对我而言，那里可供施展的空间极其有限。……您不要以为我喜欢待在英国。这是一个种族偏见肆意横行的国度，我当然不愿意留在这里。在这个国家苦熬度日只会令我徒增反感，这种感觉同我对特立尼达的畏惧一样强烈。"在信的末尾，为了安慰母亲，奈保尔写道，"虽说世事莫测，多有蹇涩，但是我们家的那颗幸运星仍然会光照四方，引领我们走出困境。"①正是在这种微薄的希望支撑之下，奈保尔在伦敦待了下来，开始了他的写作生涯。

奈保尔是一位专业而成功的作家，甚至可以说是"我们这个时代极为少见的、一直而且仅仅依靠写作为生的作家中的一个"。②除了刚从牛津大学毕业的两三年时间里担任英国广播公司（BBC）"加勒比之声"的栏目主持人之外，在他的整个人生当中没有从事任何作家以外的职业。写作不仅仅是他的职业，而且更是他的生命。奈保尔创作颇丰，迄今为止出版了三十多部作品，而且形式多样，有小说、游记、政论文集、书信等。纵观奈保尔的

---

① 奈保尔：《奈保尔家书》，北塔译，浙江文艺出版社 2006 年版，第 326 页。
② Peter Hughes. *V. S. Naipaul*. London：Routledge, 1998. p10.

创作历程,他的作品分期较为明显,通常分为三个时期。

一、早期:50 年代末到 70 年代末。这个时期奈保尔的主要成就在小说创作上,其中以他的家乡特立尼达为背景创作的小说尤为成功,并受到广泛好评。奈保尔出版的小说作品有:《灵异推拿师》(*The Mystic Masseur*,1957)、《艾薇拉的投票权》(*The Suffrage of Elvira*,1958)、《米格尔街》(*Miguel Street*,1959)、《毕司沃斯先生的房子》(*A House for Mr. Biswas*,1961)、《史东先生与骑士伙伴》(*Mr. Stone and the Knights Companion*,1963)、《岛上的旗帜》(*A Flag on the Island*,1967)、《模仿人》(*The Mimic Men*,1967)、《自由国度》(*In a Free State*,1971)、《游击队员》(*Guerrillas*,1975)、《河湾》(*A Bend in the River*,1979)。这些小说都是以西印度群岛特立尼达殖民社会为背景,以幽默和讽刺的手法,从各个不同的侧面反映了特立尼达社会生活和殖民地底层人们的奋斗、挣扎与绝望。

在这期间,奈保尔还出版了两部关于印度的游记,分别是《幽黯国度:记忆与现实交错的印度之旅》(*An Area of Darkness*,1964)与《印度:受伤的文明》(*India:A Wounded Civilization*,1977),一部关于加勒比地区的游记《中程航道》(*The Middle Passage:Impressions of Five Societies—British, French and Dutch in the West Indies and South America*,1962)以及一部研究特立尼达历史的著作《黄金国的沦亡》(*The Loss of El Dorado*,1969)与一部政论文集《过挤的奴工营》(*The Overcrowded Barracoon*,1972)。

1955 年,奈保尔写出了短篇小说集《米格尔街》,但该书并没有立刻得到出版。在其《一部自传的开场白》中,他简单地提过该事,"我首先写出了《米格尔街》……他们首先想要一部长篇小说,于是我写出了

《灵异推拿师》。我在一九五六年一月完稿……"《灵异推拿师》直到1957 年 5 月才得以出版，然后是另一本长篇小说。在 1959 年，才终于出版了《米格尔街》。

在其给家人的信中，我们会看到那时的奈保尔曾经历过何等漫长和痛苦的等待。在 1955 年 10 月 3 日给姐姐卡姆拉的信中，奈保尔告诉她，"今年为止我已经写了两本书，我对第一本书寄予了厚望，此刻它就在出版商手里，我正盼着答复从天而降。我如此看好这本书的理由是，迄今为止，每一个读过此书打印稿的人都认为它写得很棒，这是一个好兆头。……我有很多关于写书的想法，但我现在需要的是一种认可，它将会填补我那极度匮乏的信心。"①可见此时的奈保尔多么渴望和需要被认可和接受，他并不如别人想象的那样认为自己是天生的作家，他对自己的创作前途缺乏信心。

在焦急地等待了漫长的 11 周之后，奈保尔被出版商告知，尽管他们也觉得书还不错，但出于市场考虑，他们不想出版一部短篇小说集。奈保尔在 1956 年 2 月 10 日给姐姐卡姆拉的信中详细回忆了事情的经过，谈到了他对出版《米格尔街》的等待、期盼和失望。一波三折之后，最后的结果还是差强人意，奈保尔的第一部长篇小说《灵异推拿师》终于在 1957 年 5 月出版了。但他指望通过该书来改变自己及家人经济状况的想法却没有能够实现。这本他指望能卖到 1000 册，以解决家里的债务的《灵异推拿师》仅仅为他赚来了 100 英镑稿费。

《灵异推拿师》是奈保尔从牛津大学毕业后的第三年，窝在他的一个伦敦穷亲戚家的地下室写出的第一部长篇小说，也是他发表的第一

---

① 奈保尔：《奈保尔家书》，北塔译，浙江文艺出版社 2006 年版，第 332 页。

部作品。小说以幽默调皮的口吻讲述了一个特立尼达的印度移民后裔甘涅沙如何从一个小学教师变成一个推拿师，一个神秘的梵学家，最后成为特立尼达上院议员，并获得英帝国勋章的发迹史。被父亲送到城里读书的甘涅沙是个典型的乡下孩子，很快就成为同学们的笑柄，过着边缘化的生活。在短暂的小学教师生涯结束后，回到家乡，又发现自己无法融入乡村生活，只能骑着自行车终日闲逛。接着，他追随父亲的脚步成了一个技艺不甚高明的推拿师，这样自然无法养家糊口。随后，他认定自己要写书，成为一个作家，将父亲留下的钱都用在买书籍和纸张上，结果折腾出一本常识问答之类的小册子，没有销路。在婶婶和杂货店老板比哈利的共同合计之下，他摇身一变成为一个巫婆神汉般的人物。从此，诸事顺达，名利纷至沓来。他首先半靠科学知识，半靠运气，成功治愈了一个小男孩的心理疾病，从此声名鹊起，人们从各处赶来请他治病，偏僻的村庄变成热闹的城镇。后来，在众人的推动下，他开始参与政治，逐步成为特立尼达最受欢迎的议员。

《艾薇拉的投票权》聚焦于1950年的第二次大选，再现了特立尼达以族群和种族为基础的选举大战。小说的主人公苏鲁吉帕特·哈班斯是一个富有的印度教徒，为了能够获得一个议会的席位，用尽各种手段来骗取艾薇拉小镇选民的选票。哈班斯的竞选一波三折，最终成功当选，并从议员的位子上获得了实惠。当初投他票的选民想要获得回报，但哈班斯的断然拒绝彻底激怒了他们，结果导致他的车子被烧。哈班斯狼狈逃走，从此再也没有回来过。

《毕司沃斯先生的房子》是奈保尔的早期代表作，小说仍然是以特立尼达的社会生活为背景，以父亲的亲身经历为素材，描写了一个平凡的小人物的奋斗历程。主人公毕司沃斯的父亲是从印度移民到特立尼达的劳工,毕司沃斯出生时一只手上有六根手指,被认为是不祥之兆,从小就遭受歧视。他忍受种种欺凌、屈辱,努力奋斗,成家立业。他娶妻之后,妻子的娘家图尔斯家族的亲戚经常说三道四,瞧不起他。于是他希望能当个新闻记者,在报纸上发表文章,取得受人尊敬的社会地位,并且希望能够有幢属于自己的房子,因为房子不仅象征着经济的独立和事业的成功,而且可以从此摆脱图尔斯家族的骚扰,获得精神上的自由和满足。他认准目标,历尽磨难,终于如愿以偿,当上了记者,有了属于自己的房子。但是,他的长子阿南德却不安于特立尼达的落后生活,去英国留学。毕司沃斯积劳成疾,病死在自己的房子中。阿南德从英国学成归来,已经人去楼空,只留下三千元的债务、穷苦的母亲和四个尚未独立谋生的兄弟姐妹。这部小说节奏徐缓,语言流畅,风格朴实,用现实主义白描手法书写了小人物平凡的一生。

《模仿人》是一部虚构性的自传体小说,采用回忆录的形式和第一人称的视角来交代故事的来龙去脉。主人公拉尔夫·辛格是加勒比岛国伊莎贝拉(暗指现实中的特立尼达)印度裔移民的后代,早年留学英国,与一个英国白人女子结婚。带妻子返回岛国后投身商界,取得成功。婚姻破裂后,参加岛国的独立运动,成为这一运动的发起人之一。但是,岛国的政治独立并没有带来人们所期望的好处,种族之间的矛盾日益激化。辛格在激烈的权利角逐中被清洗出局,流放英伦。这部小说在奈保尔的整个创作生涯中是个转折点,从此以后,奈保尔的创作就带有更强烈的政治倾向性和更浓厚的悲剧色彩。

《自由国度》是一部中短篇小说集,通过三个相互关联的叙述者,来探讨民族、国籍和个人的身份问题。作品由五个故事组成,即:序曲"比雷埃夫斯的流浪汉"和三个短篇"孤独的人"、"告诉我,杀了谁"、"自由国度"及尾声"卢卡索的杂技团"。序曲"比雷埃夫斯的流浪汉"描写了无名氏流浪汉与他人格格不入的孤独与怪异的性格，以及他与两个商人之间的矛盾与冲突。尾声"卢卡索的杂技团"则展示了中国人乐观向上、朝气蓬勃的精神风貌，同时传达了西方人的民族优越感和异族文化间的冲突。"孤独的人"这个短篇描写了主人公桑托什随雇主由孟买到华盛顿谋生的故事。他本指望在华盛顿出人头地，却遭受种族歧视，最终不得不与一个哈布舍女人结婚，以获取美国公民的身份。"告诉我，杀了谁"这篇故事则通过对一位西印度青年在伦敦生存状况的描述，更为感人地表现了异族人在伦敦生活的艰难及其理想的幻灭。"自由国度"是这部小说的主体，故事中的人物远离故土，希望在非洲大陆寻找心灵的庇护和自由的乐土，然而事与愿违的是，与逃离出来的家园一样，他们在这里所看到的只是动乱、杀戮，毫无自由可言。

　　1972年，曾经是英国黑人领袖的迈克尔·马利克在特立尼达被判处死刑，他被指控谋杀了英国妇女盖尔·班森。盖尔·班森与丈夫离婚后，在特立尼达与另一位黑人领袖哈金姆·贾梅尔同居。奈保尔认为这是一起冤案，他专门为此写了一篇文章在《星期日泰晤士杂志》发表。1975年，他又以这个案件为背景，创作了长篇小说《游击队员》。小说的男主人公詹姆斯·阿赫曼德具有中国血统，在黑人社区中长大，对于周围的黑人居民有一种介于优越感与自卑感之间的潜意识。奈保尔将一位南非白人彼得·罗奇作为那位黑人领袖的化身，他要用武装斗争来颠覆当地反动政府。彼得·罗奇生活在西印度群岛中的一个无名岛屿上，有一位名字叫简的英国妇女和他在一起。简同情被压迫的黑人，对自己的白人特权和优越生活深感羞愧，她十分钦佩彼得·罗奇的革命精神和英雄气概。在这三个人物的内心深处，除了革命激情外，都有一种无家可归的失落感。

《河湾》的故事背景是非洲东海岸河湾处的一个偏僻小镇，主人公萨利姆是印度移民，想在镇上安居，开个小店铺谋生，但是这个地区受到首都独裁政权的严密控制，人们毫无自由可言，局势动荡不安，生命财产都没有保障，萨利姆不得不打消定居的念头，重新开始他的漂泊生涯。在小说结尾处，起义的解放军准备和政府军决战，总算给读者带来一线希望。奈保尔以近乎悲剧的目光审视人们的挫折，然后把它化为一出社会喜剧。

二、中期：80 年代到 90 年代末。这个时期的奈保尔转型明显，摒弃了虚构性强的小说创作，将写作的重心放在了纪实性强的游记作品上。他进行了广泛的旅行，这给他带来了丰富的创作素材。奈保尔在这一时期开始关注殖民体系瓦解后，第三世界新近独立国家面临的经济困顿、政治动乱和文化身份定位等重大社会问题。他的讽刺更为辛辣，观点更加悲观，他的观察更倾向于揭示生活的艰辛和社会环境的丑恶。

这期间出版的作品有：在刚果的旅行日记《刚果日记》(*A Congo Diary*，1980)，关于阿根廷、特立尼达、刚果的《伊娃·庇隆归来及特立尼达杀戮》(*The Return of Eva Person with Killings in Trinidad*，1980)，作者深入穆斯林国家伊朗、巴勒斯坦、印度尼西亚、马来西亚进行探索写成的两部作品《在信徒的国度》(*Among the Believers*：*An Islamic Journey*，1981)与《信仰之外：在皈依伊斯兰教的民族中的旅行》(*Beyond Belief*：*Islamic Excursions Among the Converted Peoples*，1998)，记录第一次在美国南方各州旅行的游记《南方一瞥》(*A Turn in the South*，1989)，第三次踏访母国印度写就的《印度三部曲》之三《印度：百万叛变的今天》（*India：A Million Mutinies Now*，1990）。这些游记作品一定程度上已经超越了普通的文学作品的意义范畴，它们所记录的广大后殖民地区的生活、文化和社会状况及作者对此所持有的批判性态度给予作品以更大的现实意义与后殖民研究价值。另外，除了游记之外，这个时期还出版了一些自传性的作品。其中《寻找重心》（*Finding the Center*，1984）是作者个人写作方法的散文，而《抵达之谜》（*The Enigma of Arrival*，1987）与《行世之道》（*A Way in the World*，1994）则是两部自传性很强的小说。它们预示了奈保尔作品的第二次转型，即从以游记为主转为以自传性创作为主。

半自传体小说《抵达之谜》的叙述者是一个作家，早年在英国的海外殖民地生活，青年时代到牛津大学求学，然后四处漂泊，追寻自己的文化之根和精神家园，渐进暮年后定居英国，不断反思他与英国文化之间的关系。《抵达之谜》分为五个部分：杰克的花园、旅程、常春藤、乌鸦、告别仪式。第一、三、四部分主要描写作家在英国威尔特郡定居与写作的生活状态，在苦闷与彷徨的探索中逐渐认识到生命、变化与死亡的本质与规律，最后终于融入当地的风景、历史与居民之中，并以平常的心态开始小说的写作。第二部分主要回顾了18岁时从特立尼达移民英国的第一次旅行，并简要提及自己成为作家以后在加勒比地区、南美、北美、非洲、亚洲各地的多次旅行，通过这些在世界各地的漫游，间接反映出他走向作家之路的旅程，进而探究自己的精神与文化之旅。第五部分通过返回特立尼达参加妹妹的葬礼，作家进一步思考了生命与死亡的神秘性，并最终发现，英国这个一直被他视为异邦的陌生之地，才是他人生的归宿和精神文化的家园。

《行世之道》既不是一般意义上的小说，也不是历史、自传、游记或回忆录，而是各种文体的混合。书名既指加勒比海历史人物走过的道路，又指奈保尔本人走过的道路，奈保尔把自己的经历和其他人的经历交错混杂在一起。这样，读者既可以看到特立尼达不堪回首的历史，又可以看到奈保尔背井离乡到牛津求学，看到他成家立业的艰难，看到他后来的周游世界与声名鹊起。奈保尔在这部作品中有意识地把纪实的因素和虚构的因素结合起来，"思考我从其而来的社会的本质，思考我跨进的世界和我所观察的世界，我得出了结论，我不能够成为一个传统意义上的职业小说家。我认识到我对世界的反应同样可以富于想象力地在非小说作品中、在新闻报道里表达出来；我对我的新闻写作极其认真，因为我认为这是对我的世界的非常公正的反应。这是不能转变为小说的。"①

　　三、后期：90年代末至今。此时的奈保尔年事已高，出版的主要是书信集、随笔集以及谈话录一类的作品，对自己的生命历程、文学观点与创作经验等进行梳理总结。1999年，年近古稀的奈保尔将自己在牛津读书期间与父亲及姐姐的书信整理成集，形成了一部打动人心的"家书集"《奈保尔家书：父子之间》(*Between Father and Son：Family Letters*,1999)。另外几部作品则是《与 V. S. 奈保尔面对面》(*Conversations with V. S. Naipaul*,1997)、《读与写》(*Reading and Writing：A Personal Account*,2000)、随笔集《作家和世界》(*The Writer and the World：Essays*,2002)、《文学场合》(*Literary Occasions：Essays*,2003)以及自传体长篇小说《半生》(*Half a Life*,2001)与2004年出版的《魔种》(*Magic Seed*,2004)。

　　《半生》也是一部半自传性的小说，分为"来自萨默塞特·毛姆的

---

① Ronald Bryden. *The Novelist V. S. Naipaul Talks about His Work to Ronald Bryden*, The Listener, Vol. 89. March,22,1973. p367.

访问"、"第一章"、"第二次转移"三部分，分别由三个叙述者来讲述三个不同时间和不同背景下发生在印度、伦敦、葡萄牙海外省的故事。全书由威利对父亲的发问"为什么我中间的名字是萨默塞特"开始，揭开了威利"寻根"之旅的序幕。父亲为了追随圣雄甘地，企图破除种姓制度，选择了与地位比自己低下的女子通婚。他在税务局工作，经常懒懒散散，小偷小摸。在他的劣迹即将曝光之际，他逃往寺庙避难，在那儿他发誓保持沉默，反而使他成为了个人英雄，甚至连英国作家毛姆也去看望他，并把他写进了自己的作品，以致引来了众多的海外游客，父亲也就自以为找到了一条放弃世俗繁华的道路，过起了自欺欺人、精神贫乏空虚的生活。威利与父亲一样，自以为已经把人类看透，他嘲笑父亲，认为印度人全都在自欺欺人。被父亲送到伦敦之后，他又把自己的无知归罪于母亲。威利从小接受基督教教育，无法对印度教产生认同，伦敦的生活又很快令他厌倦，他开始写作，并因为小说集的出版而认识了阿娜，随她来到了非洲某个葡萄牙的海外省，住了十八年之久。

在非洲的殖民地，人们因为血统不同而社会地位不同，阿娜就属于非洲化的葡萄牙人，介于纯种葡萄牙人和混血儿之间。不管到哪里，威利发现他始终生活在所谓的"种姓"之中，他越是想逃脱种姓的桎梏，就越是发现它无处不在。威利不断在性欲中寻找满足，然而在性方面他也是失败的。成长于印度的他没有任何性经验，他与同学的女友有了第一次性经历，在伦敦他用自己的放浪形骸来和印度的禁欲主义拉开距离。性经历成为了他进步的主要标志，成为了他用以区别自己和父母的不同之处，但他从中收获的依然是绝望与无助。他越是想忘掉印度，忘掉关于那儿的一切，它越是不合时宜地出现在他的头脑中。双重视角使得印度和英国在他看来都庸俗不堪，即使是在充满欢笑的殖民地，他也始终无法重建自己的身份。

《魔种》出版之前，奈保尔在接受媒体采访时说已经没有精力再创作小说，《魔种》将成为他的最后一本书。在这本书中，他要将过去曾经生活过的世界连接起来，并给自己的文学生涯做一个总结。《魔种》实质是《半生》的续篇，讲述主角后"半生"经历，它的故事在《半生》结束的地方重新开始。《魔种》的主人公威利在非洲经过十八年的岁月蹉跎后，决定结束这段婚姻，去了西柏林投奔自己的妹妹。一个偶然的机会，他们看见一个买玫瑰花的泰米尔人后，想起了祖国正在进行的游击战争，妹妹设法和远在印度的革命组织取得了联系，便送威利去投奔那里一位卓越的革命领袖。威利随部队辗转于村镇与丛林，发现情形完全出乎他之前的想象，那位革命领袖已经众叛亲离，被异己所包围，威利后来被投进了监狱。

妹妹求助于威利在《半生》中就已经结识的律师朋友罗杰，把他从监狱中营救出来。威利在伦敦把20世纪50年代的英国与80年代后期的英国进行了一个痛苦的比较，他发现伦敦已经有了很大的变化，而自己的眼光也已经发生了变化。他在印度和非洲所经历的阶级仇恨，以及他所看到的一些人的贫穷形成了他对英国的重新判断。他再次做出努力，试图融入已经有了很大变化的社会中去，但最后还是失败了。他发现尽管英国很富有，但除了粗俗什么都没有，他开始把自己看作是一个"服务于没完没了的监狱审判"的人。在《魔种》结尾的时候，威利离开粗俗的伦敦到乡下参加一场婚礼，在这里威利碰见了《半生》里就认识的朋友马库斯，在《魔种》中马库斯已经成为了一名非裔印度外交官，在《半生》中马库斯就有这个梦想。现在他终于实现了自己的梦想，这是书中仅有的闪耀着乐观主义的地方。奈保尔在威利这个人物身上注入了自己，让人物的头脑承载着作者的思考。小说结尾的最后一句话："不该抱有理想的价值观。灾祸正是由此产生。解决也是由此发端。"作者借威利之口，用一个睿智的警句，给这个大跨度的故事画上句号。

　　在近半个世纪的创作生涯中，奈保尔荣膺了几乎英国所有的文学奖项与诸多其他世界性文学奖。1958年，初出茅庐的奈保尔凭借第一本出版的小说《灵异推拿师》获得人生第一个文学奖"约翰·利维斯·里斯纪念奖"（John Llewelyn Rhys Memorial Prize）。自此以后，幸运之神就不断光顾这位来自殖民地的作家，使其声誉日盛。1959年，《米格尔街》获得"萨默塞特·毛姆奖"（Somerset Maugham Award）；1961年，年方二十九岁的年轻作家创作了优秀的长篇小说《毕司沃斯先生的房子》，这部作品与1979年的小说《河湾》一同被选入"二十世纪百部最佳英文小说"；1963年《史东先生与骑士伙伴》荣获"霍桑登奖"（Hawthornden Prize）；1968年《模仿人》获"W. H. 史密斯奖"（W. H. Smith Literary Award）；1971年作品《自由国度》获"布克文学奖"（Man Booker Prize）；1993年，他成为英国"戴维·柯恩不列颠文学奖"（David Cohen British Literature Prize）的首位获得者。他多次获诺贝尔文学奖提名，终于在2001年凭借《河湾》、《抵达之谜》等作品荣获象征着世界文学最高荣誉的"诺贝尔文学奖"（Nobel Prize in Literature），可谓实至名归。而1993年他被英国女王授封为爵士的头衔则是他作为前殖民地人莫大的荣誉。

　　1994年，美国的塔尔萨大学购买了关于奈保尔的档案材料，把他的书信、手稿与爱尔兰意识流小说大师乔伊斯的档案并列，奈保尔把自己的档案称为"一个身处特殊环境的亚裔人文化选择的记录"。玛格丽特·德雷布尔在她主编的第五版《牛津英国文学伴读》中认为,奈保尔作品中反复出现的政治暴力、内心的无归宿感、异化疏离感这些主题,可与康拉德作品中的主题相比。维·索·普里切特把奈保尔誉为"当代最伟大的英语作家"。

奈保尔是一位以自身游历为素材,以政治暴力、内心无归属感、异化疏离的漂泊感为主题,再现殖民主义历史和后殖民主义时期殖民地人民的生活现状的作家,他与拉什迪、石黑一雄并称为"英国移民文学三雄"。经济全球化浪潮来临,多元文化碰撞的时代,具有多重文化身份的移民知识分子的精神世界、创作成果及其反映的后殖民时代特色,成为世界文学关注与研究的热点。奈保尔是一位比以往任何一位作家都更加关注自我精神家园的杰出后殖民作家,从后殖民文学、移民文学、流散诗学、旅行写作到英国文学、加勒比文学等领域,奈保尔都是颇具价值的研究对象。在奈保尔获得诺贝尔文学奖之后,更多人开始认真关注这位西印度洋岛上的后殖民作家。奈保尔在移民文学和后殖民文学中占有极重要的一席之地,其多重的文化身份也成为值得关注和研究的问题。

奈保尔是一位"无根"的作家,对他的研究都无法完全脱离"流散"、"疏离"、"无根"等关键词。一方面,可以说,奈保尔实现了父亲的作家梦,某种程度上他的影响与地位也实现了他少年时代"用英国人的语言打败英国人"的誓言,得到了作为一个作家所能创造的最高层次的成就,父亲成为伟大作家的梦想在奈保尔的身上得以实现;然而另一方面,就是这样一位成功而杰出的作家,他的人生并不如这些奖项所显示的那样辉煌、顺利,而是终生都伴随着"无根"的焦虑与身份的忧思。写作不仅仅是他的生存之道,更是他精神得以寄托的家园,其作品一定程度上更是其进行"文化身份追寻"的结晶。这种特质与奈保尔特殊的身份背景与复杂的生活经历密切相关。

　　纵观奈保尔的身份背景与生活经历,他"是一个印度婆罗门,由于他祖父以契约劳工身份移民到特立尼达,他双重远离了故土;他一出生就是一个西印度人,在特立尼达长大;最后他选择自我放逐,成为一个移民伦敦的人,远离祖先的国家和他出生的国家。任何要阐述说明奈保尔感受的尝试,都必须在头脑中想着这三种社会的影响以及由三种社会可能产生的心理状态"。①我们可以看到:他具有印度族裔、有色人种、前英国殖民地人等多重身份;他童年生活在特立尼达,青年以后到英国留学,接受英国文化教育,跨越了特立尼达(故乡)——印度(祖籍)——英国(生活所在地)这样一个文化相差悬殊的大三角。他在这个大三角中间游离、徘徊,由于他出身于印度族后裔,然而英国殖民主义教育使他无法认同他的故乡特立尼达的文化;作为黑人殖民地的后裔他又无法融入英国这样的大都市文化中,两种文化的碰撞使他本人成了一个边缘人物;他也曾试图回到祖籍印度寻找他的文化之根,却痛苦地发现印度也不是他的精神家园;他也不能获得任何一方的完全接纳,处于"四不像"的身份困境之中。他内心深处撕扯在"中心"与"边缘"的张力之中,陷入了一种文化迷失状态,而这种迷失状态正是移民作家的特点,使其人其作都无法避免疏离无根的主旋律,成为典型的流散作家。奈保尔已被众多的研究者称为"特立尼达的印度人"、"英国的特立尼达人"、"后殖民世界的知识分子"、"无根的边缘人"、"世界作家"等等。

　　有批评家认为,奈保尔终生创作,通过写作作为其精神家园来抚慰

---

① Sudha Rai. *V. S. Naipaul*: *a Study in Expatriate Sensibility*. New Jersey: Humanities Press, 1982. p7.

其因边缘人的身份而受挫的心灵。实际上，奈保尔始终没有停止对其文化身份的追寻，他利用写作作为探索归属之谜的手段，记录其心路历程的方式。正是由于身份归属这一纠结在心的情结，无论是前期的"记忆文学"还是后期的"旅行文学"都一无例外地围绕着"寻根"这一主题展开，身份问题成为萦绕奈保尔精神世界的恒久议题。从早期的与特立尼达有关的小说，到数次踏访印度的游记以及回到英国的写作，奈保尔惯于关注自我，以自己的经历作为写作题材进行创作。不论是采取哪种叙述方式，虚构或是纪实，无论采用哪种文学体裁，小说或是游记，他所聚焦的主题始终都以强烈的自我身份意识为特征，使其作品都带有明显的自我中心主义色彩。这种近乎执拗的对自我身份归属的关注，加上他犀利讽刺的写作风格与作品普遍透露的厌世情绪，常常给人以沉闷压抑之感，也成为其人其作备受争议的不可或缺的原因。艾勒克·博埃默曾经说过，奈保尔的作品"可以非常确切地被称为是后殖民主义的，而且，特别具有宗主国色彩，而不是殖民地的，更不是那种颠覆性的文学。他把文学看成是所经历的英国文化传统的一种联系"。[①] 无论这是不是奈保尔有意为之的写作之道与生存策略，不可否认，在后殖民话语盛行的语境下，奈保尔的这种风格实为讨巧，抓住了众多读者与研究者的眼球，影响日渐扩大，成为后殖民作家的典型代表与移民作家研究不可跳过的重要一环。中国文学界奈保尔研究尚处起步阶段，与国外差距较大。自从 2001 年奈保尔获得诺贝尔文学奖之后，国内奈保尔研究逐渐升温，研究成果逐年增多，但总体缺乏对其文化身份追寻的系统论述，本书试图以奈保尔的文化身份追寻为切入点，选择了他的与特立

---

① 艾勒克·博埃默：《殖民与后殖民文学》，盛宁、韩敏中译，辽宁教育出版社 1998 年版，第 145 页。

尼达——非洲——印度——英国四地相对应的作品作为研究对象，即《米格尔街》、《毕司沃斯先生的房子》、《河湾》、《印度三部曲》和《抵达之谜》，试图在细读文本的基础上，多层次多角度论述奈保尔的文化身份追寻历程，运用后殖民主义理论，探索造成他身份困惑与追寻的社会、文化根源，探讨作品的主题思想与艺术风格，揭示作品的社会现实意义。

第二节　奈保尔的基本创作思想

我们知道，民族性愈强的作品，就愈是具有世界性，而每一位成功的作家也都因自己独特的创作风格和文学主张而为人们所记起。那么，作为一个在全球范围内享有盛誉的作家，奈保尔又有着怎样别具一格的创作主张呢？这也正是笔者在下文所力图回答的问题。然而，由于奈保尔是一个以写实为主的作家，他从不为技巧而技巧、从不故弄玄虚；因此，他也没有写过专门谈论文学理论的著作，而只是在一篇《漫谈作为一个作家》(On Being a Writer, 1987) 的随笔及几次访谈和诺贝尔文学奖的受奖演说中谈到了一些与创作有关的问题。因此，我们只能根据现有的材料对于奈保尔的创作思想作以下简要总结。

一、文艺应该介入现实社会和人生

众所周知，奈保尔是一个身份相当复杂的后殖民时代的作家——祖籍在印度、出生成长于特立尼达具有浓厚印度文化氛围的环境中，牛津大学毕业后又成了大英帝国的臣民。这种特殊的经历使得奈保尔身上明显地具有东西方文化结合的特征。瑞典学院曾形象地形容奈保尔是一个"文学的环球航行者"（literary circumnavigator），这一说法可谓恰如其分。多元复合的文化背景，使得奈保尔具备了理解不同文化的必要素质，也使他更能深切体会到优势文化和弱势文化之间的差异究竟意味着什么，他在东西方两大文化范畴之间徘徊，既有文化依赖又有文化反抗。这些都成为积聚在他作品中的深刻的社会和文化底蕴，并决定着他"为人生"的创作倾向。因此，如果以"为人生"的传统派与"为艺术"的现代派来划分作家，奈保尔显然完全属于前者。的确，作为一个文学的旅人，奈保尔特立独行于各种文学流派和主义之外，他从不追随任何潮流，而是完全从自己对于文学的朴素认识出发来进行写作、来思考社会和人生。

奈保尔在自己的主要作品中，无论是对于祖先之邦的印度、对于成长之地的特立尼达，还是对于穆斯林世界和非洲，都有过激烈的批评言辞（这也正是左翼人士抨击他的原因所在）。但在这些刻薄言辞的背后，我们所看到的是作家对于"被压迫者"命运的深切同情和一个正直诚实的知识分子的道德勇气。与鲁迅先生一样，奈保尔的创作也旨在揭露出前殖民国家在后殖民时代的"病痛"，以期引起疗救的注意。因此，奈保尔不是像有些批评者所说的是一个"前殖民地的背叛者"，恰恰相反，他的创作正是出于一种对于前殖民地国家及整个世界文明走向的强烈责任感；仅在此意义上来说，诺贝尔文学奖对于他就是当之无愧的。

2001年11月，奈保尔曾对《纽约时报》的记者表示，他并不为意识流作家普鲁斯特和乔伊斯没有获得诺贝尔奖而遗憾，认为他们对世界不够关心。对于后者，奈保尔尤其表示出不屑一顾并曾刻薄地说："我没法读乔伊斯。他是个快要瞎了的作家,我理解不了快要瞎了的人写的东西,他就知道写都柏林和他自己的反叛、天主教的罪过。他对世界不感兴趣……他的作品没有普世意义……他无聊地记录他周围那些琐碎事。"此外,他还对于人们给予司汤达和毛姆的文学声誉颇不以为然:认为前者是一个"有缺陷"的天才;而后者总是过分宣扬所谓"永恒"的东西,但不能反映和传达现实生活的内容,所以他的作品再过 10 年、20年就会"随风而逝",为人们所遗忘。

二、形式和内容的独创是作品得以流传的前提

在一次回答记者的提问时,奈保尔曾说:值得流传下去的作家"……应该是有独创性的人。是那些做出创新的作家"。在《漫谈作为一个作家》中他也写道:"每一个严肃的作家都必须是具有独创性的;他不能满足于因袭陈规,也不能满足于只是提出一套不同看法。……每一个严肃的作家都会注意到这个文学形式问题;因为他知道,不管从已经读过或正在读的那些作家作品中会受到多少教益和鼓励,那些作品的形式毕竟只适合表达那些作家的经验,而不会恰好完全适合表达他自己的经验。"[1]显然,奈保尔通过上述言论来强调独创性——形式和内容的独创对于作家生命的重要意义:一个作家若想长久地为不同时代、不同地域的读者所接受,他就不能只是一味地因袭已有的文学形式和主题,而应凭借自己的生活经历和切身体验去找寻自己最想表现的主题及与之最为适合的形式。他还说:"重要的文学形式总是不断地发生着变化,会有新的形式出现,会有新的东西占据主导地位。"[2]因此,对

---

[1] Naipaul. *On Being a Writer*. New York: The New York Review of Books, 1987.
[2] 石海峻:《奈保尔:失望的理想主义者》,2002 年 10 月 10 日《环球时报》。

于每一位写作者来说，形式和内容的独创不仅是可能的，也是必要的。奈保尔认为菲利普·拉金非常独创、非常了不起，尤其是他的后期作品；福楼拜、果戈理、巴尔扎克、莫泊桑、马克·吐温、吉卜林等也是比较有独创性的作家。在谈到狄更斯时，他认为在很早的时期，在他写《特写集》、《匹克威克外传》、《奥列佛·退斯特》、《尼古拉斯·尼克贝尔》以及《大卫·科波菲尔》时，他是一个伟大的、富于创新的作家，但后来他便是在抄袭自己了。

综上所述，我们可以看出独创性是奈保尔创作思想中极为重要的一点。他以此来评判其他作家，而他本人也正是这样来要求自己的。从其早期的《米格尔街》、《通灵推拿师》到《毕司沃斯先生的房子》再到《幽黯国度》、《印度：一个受伤的文明》、《河湾》与《抵达之谜》、《半生》等，每一部作品都是作者的独特匠心之作，作者以驾轻就熟的笔法表达着自己意欲表现的主题。独特的创作风格是奈保尔成功的秘诀，也是其屡次获得文学大奖的主要原因。

三、反对脱离社会实际的纯粹虚构

作为一个性格坦率的作家，奈保尔曾一度快言快语地宣称"长篇小说的时代结束了"，他认为"长篇小说是一种用滥了的形式，非常随意草率。人人都在写长篇小说，它很大程度上是一种对于以往的长篇小说的无意识的不高明的抄袭"。奈保尔的上述言辞看起来或许有些偏激，但却一针见血地指出了当代西方文学的困境。我们知道，自古希腊以来的西方文学已经历了数千年的发展历程，其间涌现出过荷马史诗、古希腊悲剧、《神曲》、莎士比亚、华兹华斯、歌德、司汤达、卡夫卡、陀思妥耶夫斯基、D.H.劳伦斯、加缪等一大批优秀的作家和作品。但19世纪中后期以来,各种各样的文学实验及哲学思想的渗入,使得文学失去了其本来的面目,变得晦涩难懂或谎话连篇。例如,以左拉为代表的自然主义创作理论认为:"小说家应该首先是一位科学家、解剖学家、单纯事实的记录者,……唯一的创作方法乃是实验的方法,而不是艺术的概括和提炼,更不是想象与虚构。"而与自然主义同属 19 世纪中后期"非主流文艺思潮"的"为艺术而艺术"流派和唯美主义,则走向了另一个极端。该流派公开宣称艺术创作的目的只在艺术美感本身,与任何功利的、实用的目的无关。在《道连·格雷的画像》的自序中,王尔德曾说:"书无所谓道德的与不道德的。书有写得好的或写得糟的。仅此而已。"[①]在《谎言的衰落》中,王尔德还专门探讨过虚构(即他所说的"谎言")的问题,并批评了那些以生活或史实为蓝本的作家和作品,反对文艺涉及现实生活或历史事件,并进而认为:"就其本质而言,我们这一时代的文学作品大都变得出奇的平庸,其主要原因之一无疑是作为艺术的谎言的衰落……"[②]很显然,在王尔德看来,艺术就是虚构,是杜撰,是谎言,文学成就的高低就在于作者的撒谎是否成功。

而作为一个来自第三世界的作家和知识分子,奈保尔的艺术志趣显然与左拉和王尔德等人有着天壤之别。印度裔的特殊身份以及从西印度群岛到不列颠的广泛人生经历使得奈保尔把关注的目光更多投放在社会、历史、政治和文化方面。他认为文学应该介入现实政治和社会生活,而不应一味地去"虚构"、去"唯美"。他曾说他是典型的对现实、对社会感兴趣的人,认为创作越自然越好,语言应该明白流畅。在短篇

---

① Oscar Wilde. *The Picture of Dorian Gray*. Preface. Penguin Books,London,1994.

② Oscar Wilde. *The Decay of Lying* ,J. P. Tompkins(ed.). The Aesthetic Adventure, Cambridge,1967. p674.

小说集《米格尔街》中，他就完全放弃了华丽的感性叙事，文字洗尽铅华，呈现一种语言的骨架，看上去犹如未事雕琢的璞玉。这种小说，叙述往往由一般性交代和简洁对话推动——这一点倒是很像海明威经常运用的新闻报道的叙事风格，而奈保尔《米格尔街》中的 17 个短篇，也几乎可以当作新闻叙事中的人物特写来阅读。在语言风格上，奈保尔也很符合海明威的"冰山理论"——对人物和事件采取"照相式的客观主义"的态度。当然，这种文类的出现也与后殖民主义美学思想密切相关，它深深扎根于后殖民作家的心理体验和从政治学的角度对流亡生活所进行的细察。用奈保尔自己的话说，小说作为一种形式不足以反映被殖民统治打乱了的世界，他打破小说和散文之间的界限表明的只是他对世界发展的看法。可以说，奈保尔的作品"从历史人物到现实的虚构人物，故事是游移不定的，时间常常跨越几个世纪，从殖民时代的战争写到殖民统治的解体以及民族主义对第三世界的影响。他笔下的人物都是非线型的但又浓缩了历史。历史的相对性与叙事的开放结构有机地结合起来"。①

四、一定的审美距离感是进行创作的必要条件

我们知道，奈保尔大学毕业后就一直定居在英国，这也是他少年时代以来的"野心"。他曾回忆说，还在小学读书时他就发誓以后要永远离开特立尼达这个小岛，到外面的世界去，去为大英帝国贡献自己的力量。然而，等他大学毕业定居英国并成为作家后，他的作品反映的却大多是第三世界的社会生活和政治文化状况。20 世纪 60 年代以来，他

---

① 石海峻：《2001 年诺贝尔奖得主奈保尔的文学历程》，《译林》2001 年第 6 期。

的足迹遍布非洲、中亚、南亚及拉美的广大地区,对这些地区的第三世界国家进行了深入的考察和研究。然而,有趣的是,他虽然长时间地游历在第三世界,却从不在旅途中进行创作,只有回到伦敦郊外的家中时,他才在安静的环境里创作出一个动荡不安的世界。奈保尔认为只有离开了某个地方之后,才能回过头来对某地进行创作,一定的审美距离是他创作的前提条件。他曾对采访他的记者说:"只有对你经历过的东西有了距离之后,你才能看得更清楚。对自己的经历越是保持超然的距离,创作出来的东西才会越好。这是一种伟大的距离。有了这种距离,你才能对你的经历进行不仅是地理、历史意义上的,更是感情、美学意义上的沉淀和升华。"①

开始时,奈保尔常常是怀着浓厚的兴趣"抵达"第三世界,尤其是作为祖先之邦的印度,但他所经历的一切带给他的却是深深的失望,他感觉到那里是世界上一片"黑暗的地带"。当他回到伦敦这个"文明"世界中,再来反思他在"黑暗的地带"的经历时,他处于某种超然的感情之中,这样一出一入的过程使他对世界和人生有了某种独特的感受。一定的时空距离感,独立于别人也独立于自己,使得他始终以"旁观者"、"外来者"的姿态,审视、剖析、透视并客观地展现殖民文化和后殖民文化,忠实地记录了殖民者、被殖民者和后殖民社会的矛盾与冲突。

在《漫谈作为一个作家》中,奈保尔还说:"文学不像音乐,不是幼童就能搞的;写作方面没有神童奇才。一个作家想要传递的知识或经验,是社会或情感的知识或经验,这需要时间,可能需要一个人一生的大部分时间来处理那经验,来理解他所经历的一切;另外,为了让经验的原

---

① 石海峻:《奈保尔:失望的理想主义者》,2002 年 10 月 10 日《环球时报》。

生状态不至于流失、被不恰当的形式所消解，尤其需要叙述时的小心谨慎和老练的笔法。"①很显然，这里奈保尔强调的也是作家创作中的审美距离感，但这一距离是时间意义上的。时间可以抹平一切伤痕，时间也同样可以使我们更为客观地看待曾经经历过的一切。俗话说：旁观者清，当局者迷。当我们在若干年后再去追忆往昔的经历时，就能够以一个旁观者的身份较为公正地评价以前的人和事。显然，这一点对于一个作家创作的客观性尤其具有重要意义。

而奈保尔早期的作品也正具有这样一个特点，那就是靠记忆在写作。在一篇名为《我与〈毕司沃斯先生的房子〉》的随笔中，他曾经这样描述自己："多年的抱负和把自己当成作家，实际上已为我做好了写作的准备。我已是一个观察者，我已训练了我的记忆，并培养了回忆的技能。"②"我从小养成一个习惯……会自动把每次会面或历险像新闻片一样在脑中反复重播，推敲和估量人们说话的意义和目的。……我训练自己，使自己具备敏锐的触觉，来辨识表露于说话和面貌、身体姿态和形状的人类性格。当我在伦敦开始写作的时候，我曾以为我的生活是一片空白，通过写作这一行动，以及由于总是需要多写，我发现其实我拥有和储藏了大量的东西。……就这样，当我做了充分储备的时候，我便有了写这本书的念头。……当我自己那些完全清醒的记忆占主导地位时，这部小说便确立了，定了音调了。"③奈保尔的这番话再次印证了个人的生活阅历和日常训练对于日后创作的重要性；我们很难想象一个生活体验贫乏而又不注重自我训练的人能够写出优秀的作品来。

---

① Naipaul. *On Being a Writer*. New York：The New York Review of Books，1987.
② 林贤治：《记忆》第 3 辑，中国工人出版社 2002 年版，第 145 页。
③ 林贤治：《记忆》第 3 辑，中国工人出版社 2002 年版，第 155 页。

　　除以上四点之外,还应提及奈保尔对于创作中直觉和激情的重视。奈保尔是一个极为感性的作家,他说自己"……对事物的反应总是过于强烈,但正是出于这种对事物的强烈反应我才写作。当我对事情没有多少感觉的时候,就写不出什么东西来","如果一个人没有强烈感觉,大概就不应该去写作"。在诺贝尔文学奖授奖仪式的演讲中,他还曾宣称自己写作完全是靠直觉——"我信赖直觉。我在刚开始写作时如此,即使目前也是这样。……我听从直觉去选取题材,我一直是在直观地写作。当我开始动笔时,我心中有一个想法和轮廓;但几年后我才能完全理解我自己的作品。"在《漫谈作为一个作家》中,他也写道:"我想,如果不是被强烈的紧迫感所驱使,甚至被像狂热那样的什么紧迫感所驱使的话,我也许永远也不会写出什么作品来的。"与鲁迅先生等文学大师一样,强烈情绪的表达欲望一直主导着奈保尔的写作。

第三节　后殖民语境下的文化身份

一、后殖民主义与文化身份

　　众所周知,后殖民主义不再像殖民主义那样侧重强国对弱国领土、政治、经济上的侵略与武力征服,而是侧重文化意识形态层面上的渗透与转化,其方式更加具有"温文尔雅"的隐蔽性。一个人的文化身份关乎"我是谁?"、"我与什么认同?"等重要的文化意识形态问题,因而成为后殖民研究领域一个倍受关注的现象与议题。国外的文化身份研究起步较早，早在 1994 年，文学和文化身份研究委员会在加拿大埃德蒙顿成立，各国学者致力于从各自民族文化背景和文学文本中文化身份意义因素的研究与探讨。

有学者对文化身份作如是界定："文化身份（cultural identity）又可译作文化认同，主要诉诸文学和文化研究中的民族本质特征和带有民族印记的文化本质特征，主要考察那些在明显不同的文化历史设定的裂缝之间漂移运动的主体——移民、亚文化成员、边缘群体、在全球化中经历急剧社会转型的民族——所必然面临的生活重建经验。"①理论界对 identity 一词的翻译和使用正在规范之中，在当代文化研究中，具有两种基本含义：一是指某个个体或群体据以确认自己在特定社会里之地位的某些明确的、具有显著特征的依据或尺度，如性别、阶级、种族等等，在这种意义上，我们可以用"身份"这个词语来表示。另一方面，当某个个体或群体试图追寻、确认自己在文化上的"身份"时，identity 可以叫做"认同"。从词性上看，"身份"应当是名词，是依据某种尺度和参照系来确定的某些共同特征与标志；"认同"具有动词性质，在多数情况下指一种寻求文化认同的行为。"身份"和"认同"最早是由心理学领域引入的，在文化研究中它们是同一个概念，都被称为 identity：

它用来考察那些在明显不同的"文化历史设定"的裂缝之间漂移运动的"主体"——移民、亚文化成员、边缘群体、在全球化中经历急剧社会转型的民族——所必然引起的生活重建经验。人们从原居民国移居到另一国家，或从乡村迁居到城市，所面临的不仅是环境、工作等变化的实际问题，而是关于"我是什么，而不是什么"、"我曾经是谁，现在是

---

① 王宁：《文学研究中的文化身份问题》，《外国文学》1999 年第 4 期，第 49 页。

谁"、"我为什么如此生活"的问题,他需要有一个完整、合理的意义解释,以便来平衡转变所带来的心理风险,使自我和变化着的环境的有效联系得以重建,以免主体存在失落感。身份就是人和他所生存的世界作为文化环境(即文化历史设定)之间的被意识到的联系。①

在现代性的学术话语中,身份认同主要指在主体间的关系中确立自我意识,并在普遍有效的价值承诺和特殊身份意识的张力中获得自我归属感和方向感,它往往给人一种空间的想象,一种在家的感觉,一种本体性的安全感与历史感,其内涵可以分为三个层面:第一,它是一种主体性的反思意识。这种反思意识是在自我与他者的主体间关系中形成的,是一种自我否定、自我超越,最终扬弃他者、回归自我的过程。第二,它是一种精神上的归属感。这种归属感的需求具有本体性的生存论意义。第三,它是一种社会化的结果,它会受到性别、阶级、民族、种族等意识形态话语的影响,也会被文化、历史、社会的想象所塑造。因此,它是复杂的、多层次的,在不同的历史文化氛围中,其支配性的身份认同形式是不同的。如果说在殖民历史的扩张中,种族的记忆与民族认同的想象占据核心的位置,那么,在后殖民情境中,文化认同与历史的想象则是主流的形式。②

福柯认为在思想层面上人不可能是一个自治主体(self-governing subject),他不可避免地在一定程度上受到话语的影响、规范和制约。身份不是由血统来决定的,而是社会和文化共同作用的产物,因为生活在后殖民社会中的个人主体囿于种族、阶级、性别和地理位置的影响,其文化身份的形成和认同在很大程度上被具体的历史进程、特定的社

---

① 钱超英:《自我、他者与身份焦虑》,《暨南大学学报》2000 年第 4 期,第 32 页。
② 周宪:《中国文学与文化的认同》,北京大学出版社 2008 年版,第 204 页。

会、文化和政治语境所制约。因此，有学者将身份认同大致分为四类，分别是个体身份认同、集体身份认同、自我身份认同与社会身份认同。本书关注的是广泛意义上的身份认同，主要指某一文化主体在强势与弱势文化之间进行的集体身份选择，由此产生出强烈的思想震荡和巨大的精神磨难。其显著特征可以概括为一种焦虑与希冀、痛苦与欣悦并存的主体经验。这种独特的身份认同状态是一种"混合身份认同"，也是后殖民、后现代文化批评关注的主要焦点。

二、为什么会出现文化身份问题？

"二战"以来，人类经历了大规模的流动和移居，全球化进程的日益加快也使人口流动特别是人口跨国流动成为常态。这些跨国界、跨民族的流动与移居使文化身份和文化认同问题凸显出来。人被置入陌生的、不同于旧有的文化背景之中，不同民族、不同肤色、差异性极大的人们交汇在"地球村"。"我是谁？"、"我将何去何从？"等种种复杂的问题成为文化研究领域的重点与难点之一。而这些移居无论是被动的还是主动选择的，也无论是出于政治的或是经济的缘由，其内在都伴随着权力的作用。"在文化碰撞的过程中，权力常发挥作用，其中一个文化有着更强大的经济和军事基础时尤其如此。无论侵略、殖民还是其他派生的交往形式，只要不同文化的碰撞中存在着冲突和不对称，文化身份的问题就会出现。在相对孤立、繁荣和稳定的环境里，通常不会产生文化身份的问题。身份要成为问题，需要有个动荡和危机时期，既有的方式受到威胁。这种动荡和危机的产生源于其他文化的形成，或与其他文化有关时，更加如此。正如科伯纳·麦尔塞所说，'只有面临危机，身份才成为问题。那时一向认为固定不变、连贯稳定的东西被怀疑和不确定的经历取代。'"①正是差异的存在与对主体产生的不容忽视的内在张力，使奈保尔一类的具有强烈自我身份意识的知识分子迫切寻求文化身份归属的出路。

在文化身份理论框架中大体存在两种主流话语：一种是本质论的，狭隘、闭塞；另一种是历史的，包容、开放。前者将文化身份视为已经完成的事实，构造好了的本质；后者将文化身份视为某种正被制造的东西，总是处在形成过程之中，从未完全结束。两者分别称为本质论和建构论。

"本质论"假定各种性别、族群与阶级等范畴的成员，有种特殊的素质是团体外其他人所无法共有的，尤其是在种族与性别研究上，经常假定某一种族与性别具有一种排除、区分他者且有本质性的特征，是不可与他者共有的，也由于这些特质，成员得以发展其特殊的属性与文化认同，也因为如此不可避免地有时会产生排他的或看似狭隘的文化政治。② 建构论论者则主张，文化传统是一种重新发明与建构，一种"文化建构论"之下的产物，并没有所谓本质性的形而上内在。③

大多数学者更加倾向于认同建构论的说法，并致力于对影响个人与民族身份的各种因素的研究，本质主义的固定不变的身份认同观受到极大挑战。在这个文化身份的根本性界定问题上，斯图亚特·霍尔的文化身份的历史观受到普遍认可：文化身份既是"变成"，也是"是"，既属于未来也属于过去。它不是某个已经存在的，超越地域、时间、历史和文化的东西。文化身份来自某个地区，有自己的历史，像一切历史

① 乔治·拉伦：《意识形态与文化身份》，戴从容译，上海教育出版社2005年版，第194页。
② 廖炳惠：《关键词200——文学与批评研究的通用词汇编》，江苏教育出版社2006年版，第92页。
③ 廖炳惠：《关键词200——文学与批评研究的通用词汇编》，江苏教育出版社2006年版，第93页。

性事物一样，它们经历着不断的变化，远非永远固定于某个本质化了的过去，它们服从于历史、文化和权力的不断"游戏"，远非建立在对过去的单纯"恢复"上，认为过去就在那里等着被发现，而且如果发现了，就能确保我们的自我感觉永远不变，相反，身份是我们对我们被定位的不同方式的称呼，我们通过对过去的叙述来使自己定位并定位于其中。①霍尔主张："不要把身份看作已经完成的，然后由新的文化实践加以再现的事实，而应该把身份视作一种'生产'，它永不完结，永远处于过程之中，而且总是在内部而非在外部构成的再现。"②

三、文化身份是怎样形成或构建的？

对于这个问题，我们首先必须明确的一点是，文化身份在两层含义上与个人身份问题密切相关：一方面，文化被认为是个人身份的主要决定因素之一；另一方面，文化常包含着纷繁多变的生活方式，丰富复杂的社会关系，人们只有把它比拟为个人身份，才能谈论它的连续性、统一性和自我意识。③本书讨论的奈保尔的文化身份问题则属于主要聚焦在前者的探讨。在斯图亚特看来，后现代的主体没有固定的或永久的身份，主体在不同时期会采用不同的身份，有的身份相互矛盾、无法统一。④人们通常把文化身份看作是某一特定的文化所持有的，同时也是某一具体的民族与生俱来的一系列特征。有学者认为，文化身份也具有一种结构主义的特征，某一特定的文化被看作一系列彼此相关

---

① 乔治·拉伦：《意识形态与文化身份》，戴从容译，上海教育出版社2005年版，第220页。

② 斯图亚特·霍尔：《文化身份与族裔散居》，转引自《文化研究读本》，中国社会科学出版社2000年版，第208页。

③ 乔治·拉伦：《意识形态与文化身份》，戴从容译，上海教育出版社2005年版，第195页。

④ 乔治·拉伦：《意识形态与文化身份》，戴从容译，上海教育出版社2005年版，第205页。

联的特征,因此将"身份"的概念当作一系列独特的或有着结构特征的看法实际上将身份的观念当作一种"建构"。也就是说,cultural identity 既隐含着一种带有固定特征的"身份"含义,同时也体现着具有主观能动性的个人所寻求的"认同"等深层含义。因此文化身份尤其是多重文化背景下个体的个人文化身份如何得到建构成为理论界热烈探讨的话题。[①] 哈贝马斯提出,身份"不是给定的,同时也是我们自己的设计"。正是身份内含选择性这一点允许了这样一种可能性,即虽然一个民族不能选择自己的传统,它至少能够在政治上选择如何继续或不继续其中的一些传统。[②] 民族文化身份如此,个人文化身份的建构亦然。

关系到个人文化身份的因素纷繁复杂,个人的、社会的、民族的、历史的、宗教的、内在的、外在的等等,这些因素又不是稳定不变的,因此文化身份的建构是一个综合性的存在方式,且是处于发展变化中的"将成之物"。因此我们研究文化身份问题也同样无法达到一个所谓的确切定位的终极目标,而只能探索其流变的过程、探讨其间的文化价值。在此我们简略论述这些因素。

其一,主体意识与"自我"是身份建构的前提,因而"自我"与"主体"等偏向哲学与心理学范畴的概念被引入身份研究领域。自从 17 世纪以来,从笛卡儿到休谟、拉康、阿尔都塞、弗洛伊德、福柯、萨义德,诸多哲学家、心理学家、文化研究家们不断思索人作为独立主体存在的自我身份问题。早在笛卡儿那里,"我思故我在"就强调了作为主体的人的主观能动性。身份意识是具有主体意识的个体拥有的专利,只有具有了主体的身份意识,才有身份建构与追寻的可能。洛克把自我定义为

---

① 陈敬:《赛珍珠与中国——中西文化冲突与共融》,南开大学出版社 2004 年版,第 51 页。
② 乔治·拉伦:《意识形态与文化身份》,戴从容译,上海教育出版社 2005 年版,第 224 页。

"有意识地思考着的事物……感觉或意识到快乐和痛苦，能够开心或忧伤，在意识所及的范围内关心着自己"。① 意识能够促使主体自我审视、自我反思，对"我是谁？我从何而来，到何处去？我与什么认同？"的身份问题产生个性化独立的思考，使个人文化身份的主动性建构与追寻成为可能。意识还能够使人回忆历史，回顾到任何过去的行为或思想，因此它也触及了个人的身份。奈保尔对特立尼达的回忆与对自己过去一切经历的不断反刍式的思考正是这种意识的表现，它们使身份得以存在，得以成为问题，得以获得见证。民族记忆在奈保尔的身份构建过程中也起到至关重要的作用，不论是特立尼达还是印度，其历史感都受到他加倍关注。

其二，权利关系与关系网络是意识主体构建自身文化身份的重要影响因素，显示了身份建构的被动性与局限性。虽然文化身份多被认为具有可建构性，但是这种可能性仍然是建立在社会关系网络与权利关系的基础之上的，这些因素往往是个人力量无法改变与重塑的，因此构成了身份形成过程中很大程度上的被动性。在主体与权力关系的研究上，福柯无疑是参透得最为深入者之一。在福柯那里，主体不是起因，而是被构建的。受尼采和弗洛伊德的双重影响，福柯提出"个体并不是给定的实体，而是权力运作的俘虏。个体，包括他的身份和特点，都是权力关系对身体施加作用的结果"。② 利奥塔则阐述得更为赤裸："自我并非那样重要，但任何自我都不是一座孤岛；每个自我都存在于关系的网络之中，整个网现在比过去任何时候都复杂易变……人通常固定在特定的交往环路的'节点'上。"波德里亚更为强调客体所产生的

---

① 包亚明：《后大都市与文化研究》，上海教育出版社 2005 年版，第 300 页。
② 乔治·拉伦：《意识形态与文化身份》，戴从容译，上海教育出版社 2005 年版，第 203 页。

强大力量,他认为"由于主体不再如过去那样能够控制客体世界,主体的位置也变得难以维系了。客体现在掌握了控制权"。主体的中心地位甚至面临被颠覆的危险。在这种理论前提下,个人文化身份的建构与追寻并没有因此而难以展开,人作为意识主体所具有的主观能动力量是强大的。

其三,身份常常被认为不仅仅是被建构的,还依赖于某种"他者"的作用。黑格尔曾经指出:"自我意识包含着对他者的必要参照:'自我意识存在于自身,以自身为目的,因为,而且事实上,它因另一个自我意识而存在,也就是说,它仅仅通过被承认或'认知'才存在。'"①"他者"在身份建构中的意义一直受到理论界关注。霍米·巴巴及其后的后殖民理论家对"他者"进行了深入的研究。"他者"(the other)通常与"本土"(native)、"我者"相对,意为在构建自我过程中用以与之相区分的对象,作为参照物,"他者"的存在及其与"自我"的差异也是自我得到验证的工具。萨义德在其著作《东方学》中阐述了西方是如何用带有偏见和猎奇心态"发明"了一个叫做"东方"的"他者",在西方人的眼里,东方是一个"他者",是封闭、神秘、愚昧、不开化的世界——在奈保尔眼里的印度就属于这种范畴,他曾说过"我不是为印度人而写作的,他们怎么也不会阅读小说。我的作品只有在自由的、文明的西方社会中才有市场,在原始社会中是没有市场的"②——这个"东方""自古以来就代表着罗曼司、异国情调、美丽的风景、难忘的回忆、非凡的经历"③。东方主义者建构出的东方是"一个被动的,如孩子般的实体,可以被爱、被虐,可以被塑

---

① 乔治·拉伦:《意识形态与文化身份》,戴从容译,上海教育出版社 2005 年版,第 198 页。

② Hardwick, Elizabeth. *Meeting V. S. Naipaul*. New York: New York Review of Books. May, 13th .1987.

③ 萨义德:《东方学》,王宇根译,三联书店 1999 年版,第 1 页。

造、被遏制、被管理以及被消灭"。① 东方被作为"欧洲文化的竞争者"进行强调，成为"欧洲最深奥、最常出现的'他者'形象之一"，② 从而使欧洲与西方的"中心"地位得到强化。后殖民主义"他者化"理论的重要贡献，是给予人们一种新的思考方式，从根本上颠覆殖民主义话语体系中根深蒂固的关于西方主体与非西方他者二元对立思维逻辑，提供一种混杂或杂交的他者身份理论。

对于个体的集体身份认同而言，文化主体在两个不同群体或亚群体之间进行选择。受不同文化影响，文化主体须将一种文化视为集体文化自我，将另一种文化视为他者。在个人文化身份的构建中，"他者"的存在与对自我的认定相生相成。对于奈保尔而言，这种与自我文化身份构成对照性存在的"他者"并不是一成不变的静态对象，而是随着奈保尔的经历和思想发展变化的。它时而是贫瘠衰落的印度，时而是混杂落后的特立尼达，时而是过去的自己，甚至时而是不再认同的英国。以自我内心世界为原点，奈保尔在构建自我身份的过程中以外部世界作为"他者"式的参照点形成新的"自我"，这种"自我"是独一无二的、不可逆转和不可复制的，同时也具有高度的复杂性和多变性，因而成为一道重塑自我的独特风景。同时，奈保尔又具有"夹缝人"所具有的典型的"双重他性"。奈保尔虽然出生于东方，但是由于殖民主义的原因接受的教育与文化熏染都是来自西方宗主国的。成为一个成功作家的他可以说进入了西方文化精英圈，成为"上流社会"的知识分子。特殊的多重身份与文化背景及其复杂的经历，加上其作品的流散特性，使他成为典型的流散作家，在东西方文化之间自由地穿梭跋涉。但从

---

① 齐亚乌丁·萨达尔：《东方主义》，吉林人民出版社 2001 年版，第 9 页。
② 萨义德：《东方学》，王宇根译，三联书店 1999 年版，第 2 页。

另外一个角度上讲,他又具有流散作家本身所普遍存在的严重的双重"他性":对故土而言,他们是代表西方视角的"他者";在纯粹的西方人眼中,他们只是并不属于他们世界的外来者。这种双重他性给处于夹缝中的人们带来追求身份认同的巨大阻碍、挑战和悲情色彩。

第四节　后殖民语境下的流散

后殖民理论家萨义德曾说过:现代西方文化在相当大的程度上是流亡者、移民和难民文化。这句话强调了全球化时代移民与流散者的重大影响。后殖民主义文学的主要特点之一就是关注地域的迁移及其影响。20 世纪以来以知识分子为主力的"流散现象"及其在文学领域表现的"流散书写"成为这个时代不容忽视的学术与文化课题,受到越来越广泛的关注。

"流散"(diaspora 原为希腊语,另被译为飞散、流亡、族裔散居、离散等)与后殖民主义一样来自西方批评话语,原意为"分散",特指两次犹太战争后犹太人被迫离开巴勒斯坦地区在世界各地的散居,或指散居世界的犹太人或犹太人散居的国家。20 世纪以来流散已经成为全球性的文化现象,流散也并非犹太人的专有词汇,世界上的其他民族也都有流散现象,包括华人在世界各地的流散。国外对流散的学术研究起步较早,1991 年,卡锡克·托洛彦等人创办了专门研究流散问题的学术杂志《流散者》。全球化时代下,"流散文学"与"流散写作"已成为后殖民和文化研究中的热门话题。

按照布鲁布-罗斯（Christine Brooke-Rose）的定义，流亡应该说是一种被外力驱逐出家园，并且被放逐到异地的政治与文化活动，政治的因素大多是指受到意识形态的迫害，文化的部分则是指由于从祖国被流放到异地所形成的心灵落差与震撼，使流亡者产生不同的视野与观点，并借此来重新反省故国家园文化。① 流散书写的核心问题就是身份认同问题。流散书写也通常是主体对身份与归属问题不断追问、不断寻求答案的载体，而不仅仅是对个人生活地点的变迁的简单记录。

与流散（diaspora）密切相关的术语是意指放逐（或流亡）的 exile，放逐在古代指的是政治性的放逐，是一种对有罪之人的惩罚。萨义德将"放逐"区分为三种形式：政治庇护；离开祖国；留居者对主其位者作出的抗争，及试图离开中心的活动。萨义德认为，"放逐"是文化创意的产生源泉，也是知识分子"不以家为家"的批判和"对位阅读"方式。他主张知识分子必须要在远离家园的情境下，与他所说的"在位者"（potentate）形成一种对抗的关系。②

最初的流散者是被迫离开家乡而流离失所，带有贬义的色彩，而新近"流散"的含义已发展成为中性的移民流散状态，逐渐脱离了政治性含义。更重要的是，如今的流散已不仅仅指涉那种被动的放逐情形，而转向了指涉更加主动、自觉的散居于世界各地的流散行为。正如奈保尔那样的知识分子，穿梭于世界各地，不断地进行自我流散。而且，流散的意义并不局限于身体在空间上的流动，它还可以包含内在的精神维度上的流散。就如"放逐"有时也可以是一种"内在放逐"（inner exile）。奈保尔很大程度上就属于这样一种不断进行自我"内在放逐"的

---

① 廖炳惠：《关键词200——文学与批评研究的通用词汇编》，江苏教育出版社2006年版，第98页。
② 廖炳惠：《关键词200——文学与批评研究的通用词汇编》，江苏教育出版社2006年版，第97页。

流亡者。他祖籍印度,生于特立尼达,却又无法在特立尼达扎根留居,从十八岁来到英国开始,他的一生都在漂泊不定中度过,他把自己剥离出出生地所属的文化系统,离开了原本熟悉的世界,尽管他每一次的自我放逐都使自己感受到文化间的"差异"所带来的强烈心理落差,但他似乎一生都对这种在文化上的一系列抗拒、否定、拒绝等行为乐此不疲。虽然他自称为一个"世界主义者"、一个"世界公民",但他客观上亦是一位不折不扣的自我放逐者、流亡者。

美国作家保罗·索鲁在他所著的《维迪亚爵士的影子》中这样描述奈保尔的漂泊不定,流散形象跃然纸上:"他(奈保尔)在纽约遇到一位占星术士,彼人注意到他是狮子座的,就判读了他的星象图,预言他一辈子奔波不定,轮转不休,心理上跟实体上都一样。如此预言,正中下怀,跟维迪亚(奈保尔)的期望不谋而合。他总是急切地等待着,任何一通可以将他送到国外的邀稿或采访电话。占星师还说,维迪亚一将行李箱放下,没多久,就又得收拾行囊动身了。"①而这种流散经历给了奈保尔无价的精神财富,正如萨义德所言:"大多数人主要知道一种文化、一种环境、一个家,然而流亡者至少知道两个;这个多重视野产生一种觉知:觉知同时并存的缅想,而这种觉知——借用音乐的术语来说——是对位的。……在这种理解中有一种独特的乐趣,特别是如果流亡者觉知到其他对位的、贬低正统的判断并且提高欣赏的同情心的并置的时候。流放的状态提供了局外人观察多于两种文化的机会,而他们的感知也是对位的。流亡是过着习以为常的秩序生活之外的生活。它是游牧的、去中心的、对位的;但每当已

① 保罗·索鲁:《维迪亚爵士的影子》,秦於理译,重庆出版社,2005年版,第215页。

习惯了这种生活，它撼动的力量就再度爆发出来。"①这种有意识的自我流散使得奈保尔这样的知识分子能够站在游离于本民族文化立场之外的角度，以局外人的眼光来观察本民族的文化，看到非流散者所无法洞见的文化景观。

更有价值的是，奈保尔以其独特的流散方式探索、构建着自己的文化身份，那就是以写作与旅行的双重流散身份共同建构起来的多元混杂文化身份。对于奈保尔而言，写作本身就是精神上的一种放逐，是一种"内在的流亡"；旅行——奈保尔踏访了多个国家特别是伊斯兰国家，并对其进行文化批评，形成多部游记与政论文集；数度踏访母国印度，试图寻找文化之根，这是一种"外在的流亡"。双重流亡互相统一，形成一道独特的文学与文化风景，成为移民文学研究的个案与宝贵财富。如果说奈保尔的身份尴尬与困境是先天的，他只能被动接受与生俱来的流亡者的身份，那么作为奈保尔人生重要关键词的"写作"与"旅行"则是他后天自我发展的悬置和选择的身份追寻方式，是他作为边缘人进行身份定位与归属寻求的策略性选择，不失为后殖民时代与全球化语境下多元文化人的生存方式。通过奈保尔的身份研究给我们的启示很多，构建边缘人的主题精神成为闪光点，"边缘"不再成为反衬"中心"、依附"中心"的次要存在，而应逐渐合法化，成为多元中的重要"一元"。

自从奈保尔荣膺诺贝尔文学奖桂冠之后，奈保尔研究在国内外的研究可谓蒸蒸日上，但较为全面而深入系统的文化身份研究还比较欠缺。本书的研究方法是运用英美新批评的文本细读方法，在细读

---

① Said, Edward. *The Mind of Winters: Reflections on life in Exile*. Harper's, September 1984. p55.

文本的基础上，以奈保尔独特而又复杂的文化身份为切入点，以后殖民理论作为理论支撑，以社会、政治、历史、宗教、文化等因素为参照，将奈保尔的文学文本置于具体的历史文化语境中，综合考察作家创作的主观态度与客观环境，深入研究奈保尔文学创作丰富的思想文化内涵和独特的艺术风格，全面而又不乏深度地研究奈保尔所代表的后殖民主义语境下的移民作家文化身份归属走向，在文化研究的层面上提供一个新的视角，在此基础上，力求揭示其主题意义和现实意义，从而为国内当代英语文学特别是世界后殖民英语文学的研究提供借鉴。

第一章

《米格尔街》：边缘人的文化身份危机

第一节　难以逾越的特立尼达情结

特立尼达(Trinidad)这个难以在地图上迅速找到其确切位置的弹丸之地，曾被奈保尔作这样的讥讽："在所有装点大海的岛国中，特立尼达是最好笑的。"①特立尼达是西印度群岛中的一个国家，位于北美洲，在大西洋与加勒比海之间，于1492年被意大利航海家哥伦布首度发现。特立尼达的原始居民是印第安土著，它在15世纪后先后被西班牙、葡萄牙、英国占领，最后沦为英国殖民地，印第安人几乎被赶尽杀绝。英国人占领特立尼达后将从非洲贩来的黑人运到这里作廉价劳力。一百多年前，一部分贫困的印度人又漂洋过海以契约劳工的身份来到特立尼达从事低下的体力劳动。第二次世界大战后，特立尼达摆

① 奈保尔：《奈保尔家书》，北塔译，浙江文艺出版社2006年版，第67页。

脱了英国的殖民统治宣布独立。几百年的移民历史最终造成了目前特立尼达社会的两大族群，即：非裔黑人族群（由早期占人口的57％到今天的39.6％）和亚裔印度人族群（由早期占人口的40％到今天的40.3％），此外还有占人口18.4％的混血人和少量白人和华人。在特立尼达使用的语言主要包括英语、法语、西班牙语、印地语等多种语言。特立尼达经历了几百年的西方帝国主义殖民，受西方文化影响明显，同时非洲黑人和欧亚穆斯林的到来以及印度劳工的移民使得这里成为一个五彩斑斓的文化拼图。这里的文化主要由非洲黑人文化、欧洲天主教和新教文化、亚洲印度教文化、伊斯兰文化和少量的犹太教文化组成。正是生活在这样一个多民族、多种族聚居的地区，这些居住在特立尼达的印度移民的身份归属才变得十分复杂。

特立尼达曾先后是西班牙与英国的殖民地，1962年独立，人口约130万，主要是黑人和印度裔移民。岛上多种殖民文化并存（欧洲移民文化、印度移民文化、本土黑人文化、中国文化等），是一个多元混杂的世界。

奈保尔的祖父于1880年以契约劳工的身份从印度移民到特立尼达查瓜拉斯（Chaguanas）镇，奈保尔就在1932年出生于这里。在父亲谋得《特立尼达卫报》的记者职位后，奈保尔随家人迁至特立尼达首府西班牙港居住。对于奈保尔而言，特立尼达在他的成长的不同时期扮演着截然不同的角色。

首先是童年时期。童年时期对于一个人的文化身份形成具有重要作用。"个人文化身份的形成，是从儿童时代开始的。一个人在社会化的过程中，首先是在家里，然后在学校里，在与同龄人的交往中，成年后在工作的场所和在群体生活中，逐渐形成自己的思想方式、行为方式和感觉方式，也就是说获得了自己的文化身份。"①特立尼达这样一个社会环境无法使奈保尔在童年时期得到明确的身份定位。特立尼达的印度人拥有属于自己的印度社区，形成独特的特立尼达印度文化圈，保持印度教传统，但是，这种生活方式已区别于真正的传统的印度文化，是业已变形的印度文化。《抵达之谜》中，他曾这样回忆："从小，我的一部分时间就是生活在这个'印度'。我对真正的印度一无所知，对祖辈们曾经生活过的印度的认识仅限于他们在特立尼达重建的那个'印度'。"②印度在奈保尔的回忆里是模糊而脆弱的，它对于奈保尔只不过是"想象力停驻的地方"。教育方面，作为英属殖民地的特立尼达官方语言是英语，人们交流普遍使用的语言也是英语，奈保尔接受的也是英国殖民教育。这种填鸭式的教育在奈保尔的眼里是荒唐可笑的，他认为自己没有从那里学到多少东西。

长期被殖民的历史使特立尼达的本土文化没有流传下来，取而代之的是各种文化杂糅其间的杂色文化，它给奈保尔这样的童年记忆："从小我们就察觉到，我们这座岛屿聚居着各色人种，汇集着各式各样的房屋。毫无疑问，他们也有自己的一套器物和习俗。我们吃某种食物，举行某种仪式，遵守某种禁忌；我们了解到别的种族也有他们自己的一套生活方式和信仰。他们是他们，我们是我们。没有人教导，但从小我们就体会到这点。"③这种文化样式无法给年幼的奈保尔以可供依傍的归属感。多元文化的夹缝中，他一心离开特立尼达，向往的是象征着"外面世界"的宗主国英国。正是这种强烈的逃离欲

---

① 张裕禾、钱林森：《关于文化身份的对话》，载《跨文化对话》第 9 期，上海文化出版社 2002 年版，第71 页。

② 奈保尔：《抵达之谜》，邹海伦译，浙江文艺出版社 2004 年版，第 171 页。

③ 奈保尔：《幽暗国度：记忆与现实交错的印度之旅》，李永平译，上海三联书店 2003 年版，第 11 页。

望促使他勤奋学习，最终获得了特立尼达政府提供的前往英国求学的奖学金。这个过程中，显然伴随着奈保尔的对每个人来说都至关重要的自我意识的觉醒过程，即从蒙昧无知的孩童成长为具有自我主体意识与主观价值判断力和行动力的成熟个体的过程。特立尼达作为奈保尔的出生地，也成为他解决文化身份困惑之谜与寻求身份道路上必须回望的根柢所在，《米格尔街》的研究对奈保尔研究乃至移民作家研究具有了原初意义上的价值。奈保尔在父亲的影响下逐渐确立了到英国深造并成为一名作家的理想。对于这一点，向来善于进行自我剖析的奈保尔心知肚明，事隔多年他这样坦言："……当我回到这里时，却发现，我回到的已不再是属于我的地方，从某种程度上讲，当我还是个小孩时，当我从未想过这个岛是否属于我的岛时，那时，它还是属于我的。"[①]他如愿离开出生地特立尼达，奔向英国，可以说实现了"鲤鱼跳龙门"。他离心似箭："我相信，我将离去，永远不再回来。……我想过我向往的生活，我想让自己满意。"[②]这种跳跃成为他成功路上至关重要的一步，影响了他整个一生。同时，这又何尝不是一种反叛？正如他日后对好友保罗·索鲁提起的那样，他"出身低微，他白手起家。他曾经是一个'赤脚殖民地人民'"[③]。他试图通过这种逃离来摆脱天生的殖民地人身份，改变自己的命运。这种反叛正标志着奈保尔自我意识的确立。奈保尔曾作这样的反思："没有人天生就是反叛者。我们的反叛心态都是被训练出来的。甚至在我父亲的愤怒鼓励下——政治上的愤怒，以及他对家庭、对雇

---

① 奈保尔：《抵达之谜》，邹海伦译，浙江文艺出版社 2004 年版，第 178 页。
② 奈保尔：《奈保尔家书》，北塔译，浙江文艺出版社 2006 年版，第 9 页。
③ 保罗·索鲁：《维迪亚爵士的影子》，秦於理译，重庆出版社 2005 年版，第 220 页。

主的愤怒……"①

其次是创作初期。这个时期包括牛津大学求学期间与毕业后的几年间。前往英国的奈保尔取道纽约，在给妹妹萨蒂的信中，奈保尔这样写道："纽约是个绝妙的地方。……平生头一次，每一分钟都有人喊我先生，感觉很好——原谅我！——我没有想家。"②可以想象当时的奈保尔是何等的意气风发、心旷神怡，完全把特立尼达抛在脑后了。在牛津的三年时间里，他与家人保持密切的通信往来，他极少提到特立尼达，即使偶尔提及也是充满轻描淡写与鄙夷之词，他曾对母亲说："我无时无刻不在想您——我想的不是特立尼达，而是您。"③——直到他发现特立尼达大有文章可做。他早期的作品都以家乡特立尼达为创作素材，从《灵异推拿师》、《埃尔维拉的选举权》到《米格尔街》、《毕司沃斯先生的房子》，特立尼达给予他源源不断的创作灵感，为他的世界性作家之路奠定了最初的声誉。在写给家人的信中，他兴奋而不无得意地说道："我希望我能更透彻地了解特立尼达。至于小说创作，我好像是一直没停。我这里倒不缺少素材，但是我敢肯定，在特立尼达待上三个月所积累的素材，一定够我写上三年的。"④这期间奈保尔对特立尼达的态度经历了一个由鄙夷与弃绝到将其为己所用的过程。但这并不表明，被作为写作对象的特立尼达为奈保尔所接受和认同，相反的，他远距离地审视特立尼达，在确保自己与它保持距离划清界限的前提下，特立尼达还算是有趣的题材，为他提供一定的价值。他回忆，但他绝不回归特立尼达，他对父亲说："……我并不想令您伤心，可是我希望我永远不要回到

---

① 奈保尔：《抵达之谜》，邹海伦译，浙江文艺出版社 2004 年版，第 272 页。
② 奈保尔：《奈保尔家书》，北塔译，浙江文艺出版社 2006 年版，第 11 页。
③ 奈保尔：《奈保尔家书》，北塔译，浙江文艺出版社 2006 年版，第 325 页。
④ 奈保尔：《奈保尔家书》，北塔译，浙江文艺出版社 2006 年版，第 301 页。

特立尼达,就是说,那可能不是一个适合我待的地方,尽管我盼望着能天天见到您和家里的人。但是,特立尼达,这个您也知道,其实什么也给不了我。"①

第三个时期是创作初期之后,奈保尔不再把笔触集中在特立尼达之上,转向旅行游记等更为广阔的创作天地。如果说创作初期奈保尔对特立尼达的情绪还算浓烈——无论是弃绝与鄙夷还是将它作为写作的灵感来源,那么后期的奈保尔则是更为淡漠的。奈保尔在《抵达之谜》中的这段话正是这个时期的心情写照:"……我终于取得了一种成就,终于结束了某种特殊的恐惧之后,仿佛我与这个岛的关系也就此完结了。因为自那以后,我发觉自己再也没有任何特别想回头看看的愿望。……我发觉自己对这个小岛的兴趣已经到头了。"②

作为后殖民小说家的典型代表,奈保尔对故土的殖民历史与殖民影响给予了高度的关注。尽管他拒绝接受作为落后之地的特立尼达,但他仍然数度回国,并且在作品(如《米格尔街》、《毕司沃斯先生的房子》、《抵达之谜》等)中反复对特立尼达进行描写与回忆,特立尼达成为奈氏作品中举足轻重的部分,显示出他内心难以逾越的"特立尼达情结"。在第一章和第二章中,我们选取奈保尔早期作品中最具代表性的《米格尔街》和《毕司沃斯先生的房子》进行分析,阐述《米格尔街》中描述的特立尼达印象以及《毕司沃斯先生的房子》中表达的特立尼达情结,探究奈保尔早期对于特立尼达的"身份追寻",我们把这一时期的身份追寻称为"特立尼达时期"。

---

① 奈保尔:《奈保尔家书》,北塔译,浙江文艺出版社 2006 年版,第 229 页。
② 奈保尔:《抵达之谜》,邹海伦译,浙江文艺出版社 2004 年版,第 169 页。

第二节　米格尔街：奈保尔的原初身份之源

2001 年度瑞典文学院在诺贝尔文学奖授奖辞中这样评论奈保尔的《米格尔街》："他的处女作《灵异推拿师》中的滑稽故事以及《米格尔街》中短小精悍的篇章，糅合了契诃夫式的幽默和特立尼达岛上土人即兴编唱的小调，奠定了他幽默作家和街道生活讲述者的名声。"①这里必须说明的是，《米格尔街》是奈保尔所写的第一部作品，但它却不是奈保尔第一部出版的作品，《灵异推拿师》和《艾薇拉的投票

《米格尔街》英文版封面

权》分别于 1957 年和 1958 年出版。这三部作品都是以特立尼达为背景而展开叙述的，被奈保尔称之为"试笔之作"。②

1953 年，奈保尔从牛津大学毕业之后选择坚持文学创作道路，成为一名自由撰稿人，因为按他自己所说"假如回到特立尼达则会疲于奔命"③。1954 年担任 BBC"加勒比之声"栏目的主持人。这个时候的奈保尔初出茅

---

①《瑞典文学院 2001 年诺贝尔文学奖授奖辞》，《世界文学》2002 年第 1 期，第 153 页。

② Bernard Levin. *A Perpetual Voyager：The Levin Interviews*. The Listener，109（23 June，1983）. p17.

③ 奈保尔：《奈保尔家书》，北塔译，浙江文艺出版社 2006 年版，第 332 页。

庐，无论生活和写作都处于困境，直到有一天他灵感突发："突然有一天，我的眼前豁然开朗，我茅塞顿开，可是这一天让我等了将近五年的时间。我非常简练、快速地写下了我记忆中最普通的事情。我写了有关在西班牙港的街道，我的童年生活曾有一段时间是在那里度过的。在那里生活的几个月里，为了我们家庭成员的出行安全，我曾专门去了解从我们家走到街道的距离，对这里的街道进行了仔细的研究。"① 米格尔街正是奈保尔记忆中特立尼达的缩影。

如库切所言：奈保尔的小说具有隐晦的自传性特色。但是，奈保尔式的自我与作者本人之间并非一种简单的关系，在一个自我创造和修正的连续过程中，他们代表着不同的阶段。《米格尔街》中的特立尼达不能完全等同于奈保尔真实的童年经历，但无疑具有相当程度上的真实性。在《一部自传的开场白》中奈保尔就谈到当时担任 BBC 广播公司加勒比处的"自由撰稿人"时，自己是如何将童年的特立尼达经历转移到笔下的："就是在那维多利亚—爱德华时代的阴郁中，在那些古旧的打字机中的一台上，在那个下午的晚些时候，在那思绪漫无边际地飘荡，也许根本不想打完那一页纸的那一刻，我写道：'每天早晨起床后，哈特就会坐在自家后面阳台的栏杆上，朝着街对面喊道：'你那儿怎么样了'，波加特？'这些都是关于西班牙港的记忆，看似久远，实则不过是十一二年前的事儿。这些记忆来自那段当我们——我母亲家有许多分支——住在西班牙港的时光，来自属于我母亲的那座宅第。……哈特是我们街上的邻居……"② 可以说，这条米格尔街既是特立尼达的缩影，也是奈保尔原初身份之源的化身。

① 奈保尔：《抵达之谜》，邹海伦译，浙江文艺出版社 2004 年版，第 163 页。
② 《世界文学》编辑部：《镜中疵：自传回忆录卷》，新华出版社 2003 年版，第 224 页。

　　小说的风格类似 16、17 世纪在西班牙和欧洲一些国家流行的"流浪汉小说"。这种小说通常由第一人称叙述,以内视点的写法描写城市下层小人物窘迫而艰辛的生活,同时又用外视点"旁骛"他周围的事情,讽刺不合理的社会现实,主人公往往玩世不恭地以滑稽、幽默的方式增强讽刺效果。这本以西班牙港为原型背景创作的小说由 17 个短篇故事构成,故事内容相互有些关联,人物相互指涉,讲述了一群生活艰辛的小人物的故事,形形色色鲜活生动、富于个性的人物形象共同展示了一幅处于边缘地位的殖民地社会底层人物的众生相。为此,有人认为:"《米格尔街》与詹姆斯·乔伊斯的《都柏林人》在叙述结构和社会背景上基本相同,互相联系的故事构成了一幅社会图画。"①米格尔街实际上就是特立尼达殖民社会的一个缩影,奈保尔采用后殖民文学的双重视角,刻画了一系列边缘人的形象,揭示了殖民统治造成的边缘人的文化身份认同危机。

　　米格尔街上上演的一幕幕悲喜剧是第一人称的叙述者以回忆的口吻描述出来的,他的回忆充满了辛酸与悲情,讽刺了米格尔街上的种种愚昧和混沌,但同时又对人们朴实的无知和天真满怀同情,以一种讽刺性的幽默记录下孩童视角下的人间乱象。在小说《焰火师》的一开头,作者不经意这样对米格尔街作了一个概要的描述:

　　要是陌生人开车经过米格尔街时,只能说一句:"贫民窟!"因为他也只能看到这些。可是,我们这些住在这里的人却把这条街看成是一个世界,这里所有的人都各有其独到之处,曼门疯,乔治傻,大脚是个暴徒,海特是个冒险家,波普是个哲学家,而墨尔根却是我们中间的一个

---

　　① John Thieme. *The Web of Tradition：Uses of Allusion in W. S. Naipaul's Ficion*. London：Dangaroo Press,1987. p30.

小丑。[1]

由此可见，《米格尔街》真实地再现了一群生活在特立尼达底层社会的小人物：流浪汉、木匠、清洁车夫、马车夫、疯子、酒鬼、胆小鬼、幻想家、喜剧艺术家、教育家、理发师、机械天才、时髦青年、浪女人、可怜的母亲、穷孩子等等，他们是处于边缘地位的移民，在物质生活上极度贫困，身份复杂而模糊，没有文化上的归属感，正如瑞典文学院在授奖辞中所说的那样，在奈保尔的作品中"边缘人的形象占据了伟大的文学的一角"。

早在牛津读书期间，奈保尔就注意到了特立尼达的特殊性，认为可以从中挖掘出写作的素材。在给家人的信中，他敦促父亲利用对特立尼达的社会经历进行创作："我希望爸能写东西，哪怕一天只写五百字。他应该着手写长篇小说。他应该明白，西印度群岛这个社会是非常有意思的——充满了弄虚作假的现象。在苏克迭奥人身上，他肯定能看到一部长篇小说的内容。就如实地描写那个社会吧——不要解释，不要嘲笑，也不要找借口。遗憾的是，我没有在那个社会里更多地走动；不过，假如我走动多了，也许我就不会在这里了。"[2]奈保尔对米格尔街上人们生活状态的描写始终采用一种朴素明净的语言风格，坚持的正是这种"不解释、不嘲笑、不找借口"的叙事态度，平铺直叙地客观展示各色人物的冷暖悲喜，就像他自称的那样，避开过多的自我反省内容，尽量写得简化而通俗，让事件本身说话。通过小说中叙述者"我"的孩童视角，各种人物身上的悲剧性得到浪漫化的展现。同时，奈保尔幽默

---

① 奈保尔：《米格尔街》，王志勇译，浙江文艺出版社 2003 年版，第 64 页。（以下引文只在文后标出页码，不再一一注出。）

② 奈保尔：《奈保尔家书》，北塔译，浙江文艺出版社 2006 年版，第 92 页。

清新的笔调亦给人以轻松舒畅的阅读感受。奈保尔对此书推崇有加："这本书要像品味好酒一样，小口慢慢啜饮。"①思想复杂而深邃的奈保尔写作的不仅仅是一本单纯的故事书，它的内涵是丰富的，其中包含着奈保尔对后殖民国家及其人民的看法与态度，暗藏着他本人内心最初阶段对自我身份认同的追寻尝试。

第三节　边缘的人物形象与模糊的文化身份

"边缘人既是两个文化体系交流后的产物，又是新旧时代接触后的文化结晶，在边缘人身上具有两种以上的文化期望和文化冲突，其角色行为也常常是困惑的、矛盾的、边际性的。"②《米格尔街》中的人物形象无疑是边缘的，他们是生活在社会最底层的失败者，他们的生活是卑微、无望的。在奈保尔的童年印记中，家乡穷苦的印度人对奈保尔的边缘人写作是有所激发的。在题为《两个世界》的诺贝尔文学奖受奖演讲中，奈保尔介绍了在特立尼达的印度人的情况："大部分印度移民都是在1880年以后来到这里的，其交易过程是这样的：人们为自己签订为期五年的契约在庄园做工，合约期满后，他们会得到一小片土地，或许有五英亩；或者他们会得到一张返回印度的船票。1917年，由于收到甘地及其追随者们的鼓动，契约体系被废除了。也许因为这个，或者是其他一些原因，给予土地，或者遣返回国的保证在后来者那里失效了，

---

① 保罗·索鲁：《维迪亚爵士的影子》，秦於理译，重庆出版社2005年版，第28页。
② 陈敬：《赛珍珠与中国——中西文化冲突与共融》，南开大学出版社2004年版，第54页。

于是这些人沦为绝对赤贫。他们睡在西班牙港，也就是首都的街道上。我还是个孩子的时候曾见到过他们，我猜我当时并不知道他们一无所有。"就像奈保尔的童年印象中所描述的那样，《米格尔街》中人们的生活贫困、落后，物质生活极其贫乏，处于社会的底层，被塑造成了众多边缘人的形象。

《米格尔街》中的人物是失败的，无论他们怎么努力奋斗或挣扎都是徒劳，他们都无法改变其边缘群体地位与受压迫的命运。《择业》一篇中的主人公伊莱亚斯不同寻常。街上的孩子的理想都是当上像埃多斯那样驾驶蓝色垃圾卡车的司机，因为"那些开车的简直可以算作是贵族，他们只在清晨干点活，白天什么事也没有。尽管如此，他们动不动就罢工"。(P25)而伊莱亚斯不属于这样志向低下的孩子。尽管饱受父亲乔治的毒打，但他仍然勤奋好学，目标是当一名医生。但他考试一再受挫，目标也一降再降，从最初的医生降到卫生检疫员。饱尝失败的他最后只能"开起一辆垃圾车，当上了街头贵族"。(P31)这无疑是对他的理想的一种讽刺。在看到"我"穿着挺像卫生检疫员的制服时他愤怒地想揍"我"，以后他常以阿Q式的口吻自我安慰："这活用不着理论，很实际，我的确喜欢这份工作。"(P31)他指责特立尼达"竟成了这么个鬼地方，你想剪掉自己的脚趾甲也得去行贿才成"。(P31)作为弱势的边缘群体中的人，他无法在混乱失序的后殖民社会体制中翻身，只能任凭命运的无情摆布而变得和其他人一样平庸。

理发师博勒（《慎重》）与伊莱亚斯不同的是，他表达对命运的抗争的方式是试图通过足球猜奖游戏、建房互助基金、蛇头偷渡、买彩票等投机活动来改变生活。这个可怜的老头同样遭到失败的连环打击，成为"米格尔街上最伤心的人"。他的绝望与愤怒慢慢转换成了对一切事物的怀疑与不信任，甚至有一天他真的中奖时，却"对我喊道：'他们以为骗得了我。'然后他掏出彩票，撕得粉碎"。^(P142) 他走向了另一个极端，从此和谁都不说话，每月只出来一次，去领取他的养老金。这是一个活生生的从希望到绝望的悲凄人生。又如"大脚"，他高大健壮，是街上的"大人物"，能在美国兵欺负小孩时一句话就把他吓跑，但"我"却亲眼目睹他被突然出现的狗吓得屁滚尿流并不慎被瓶子扎伤了脚。随后，他还被一个号称参加过英国皇家空军的冒牌拳手吓垮了，他倒在台上，"泪流满面，就像个孩子"，从而遭到所有人的耻笑。彪悍外表与懦弱的内心形成滑稽而可悲的强烈反差。这些人物带来的不是简单地令人忍俊不禁，更让人感受到这个底层社会群体的苦难与悲哀，揭露了后殖民时代的世界人心。这些失败者戏剧性的人生经历和惨痛的失败过程原本所可能造成的辛辣的讽刺与嘲弄意味被孩童的视角所稀释殆尽，留给人的更多是一种苍凉感、同情感。

《米格尔街》中的人物生活是卑微的、无望的，街上呈现混乱的市井模样，人们举止野蛮粗俗，肆意殴打辱骂随处可见。奈保尔这样反思性地回顾他在特立尼达的经验："回想我自己的过去，和我自己的童年——我们想了解其他人的唯一途径就是通过我们自己，通过我们的经验和感受——我发现有那么多虐待，我却欣然接受了。我很轻易地接受了贫穷的生活观念，对在城镇的街头巷尾的小孩子赤身裸体的现象习以为常；我轻易地接受了鞭打小孩子的残忍行为，对残疾人所受到的奚落我视而不见；我轻易地接受了我们印度家庭与我们农业殖民地的种族体系所展现的不同的权利观念。"① 这种生活状况的根源是经济

---

① 奈保尔：《抵达之谜》，邹海伦译，浙江文艺出版社 2004 年版，第 272 页。

上的贫困与受压迫的边缘人地位。《乔治与他的粉红色房子》讲述的是乔治的荒诞生活，"他就像他家院子里拴着的那头毛驴，又灰、又老"，[P16]他以揍老婆和儿女为乐，还整天用他的阿尔沙丁狗吓唬行人。终于有一天，他老婆吃不消他的"狂轰滥炸"被他打死了。难过一阵子之后他把自己的房子变成了妓院，生意还算红火。但好景不长，生意很快没得做了，因为"如今在西班牙港，他们（美国兵）有许多地方可以去。乔治的毛病在于他太蠢，根本不配当一个大老板"。[P23]失去经济来源的乔治只能孤零零地一个人待在他的红房子里，"萎靡不振，神色凄惨，看上去苍老了许多"。[P23]不久，他便在孤独中死去，没有一点价值，没有谁注意他的不再存在。

相比较而言，劳拉的生活更加令人同情。奈保尔小说中很少有女性人物作为主角，《母亲的天性》中的劳拉成为其中之一。奈保尔所做的开头新颖独特：

我敢说劳拉算是保持了世界纪录。

劳拉有八个孩子。

这倒没啥稀罕。

不过，这八个孩子却有七个父亲。

真要命！这就是劳拉的身体给我上的第一堂生物课。[P83]

这种讽刺性的语言印证了他曾透露的一个观念："在我看来，世界上最丑陋的光景就是女人怀孕了。"[1]劳拉更是悲剧性的，她不能独立谋生，靠朋友的接济和那几个丈夫偶尔给的为数不多的钱勉强生存。她爱自己的孩子，喊叫与谩骂也是出于为艰难的生活所压迫的一种发泄。

----

① 保罗·索鲁：《维迪亚爵士的影子》，秦於理译，重庆出版社2005年版，第190页。

她因知道女儿与别人私通并要生下孩子时尖叫了一声，继而是发出令人毛骨悚然的可怕的哭声：

> 完全不同于一般人的哭泣。她好像是在把从出世以来聚攒下来的哭泣全部释放出来似的，好像是在把她一直用笑声掩盖起来的哭泣全部倾泻出来。我听到过人们在出殡发丧时的哭声，其中有不少是装模作样的哭泣。那天夜里，劳拉的哭泣令人毛骨悚然，是我有生以来所听到的最可怕的声音。^(P90)

劳拉的哭声使"我"感受到整个世界的空寂无聊与悲惨绝望，这个巨大的打击也使劳拉"变成了一个老太婆"，她的家变得死气沉沉，这出生活的悲剧最终以劳拉投海的消息收尾，劳拉只说了几个字："这好，这好，这样更好。"这句话从表面上看有悖于《母亲的天性》这个标题所要表达的含义，其实这正是作者的点题之处：劳拉认可女儿的选择。对女儿而言，与其屈辱的生活下去，重蹈母亲的覆辙，不如离开这个令人绝望的世界，从而获得一种解脱与救赎。这也从另一个角度说明，母爱已经被残酷的社会现实所扭曲，人性已被扭曲。正如米格尔街是特立尼达殖民社会的一个缩影，劳拉也是特立尼达岛上所有底层女性的代表，"对于劳拉这样的女性，在这个世界上，只有随便的性行为和生育众多的孩子是唯一通向快乐和爱的温暖的通道。她们无法从贫困中解脱，也没有别的创造力。"①

无论是男人和女人，米格尔街上的人们生活在苦闷与绝望当中，他们的存在是悲剧性的，他们的死亡也激不起太大的涟漪，卑微的生活与

---

① Nightingale, Peggy. *Journey through Darkness: the Writing of V. S. Naipaul.* Australia: University of Queensland Press, 1987. p18.

灰暗的世界仍旧照常进行着。这些渺小的个体对待生活有过挣扎，但终是徒劳，就像海特所说："这些人都是这样，她们朝海里游啊游啊，直到精疲力竭游不动为止。"(P91)

就如同特立尼达的印度人那样，小说中的人物处于穷困、绝望的边缘境地，在文化意识形态层面上，他们又是缺乏身份认同属性的群体。奈保尔是特立尼达的第三代印度移民，文化身份已趋模糊。特立尼达的社会构成主要是移民人群，奈保尔这样回忆：在特立尼达岛，与我们一样的亚裔印度人群中的老人们，尤其是那些穷人，他们可能从不想办法去学习英语，或者去适应其他人种的生活方式，他们总是在回顾印度，在他们的记忆中，印度变得越来越美好。他们生活在特立尼达，也准备至死不再离开，但是，对于他们来讲，特立尼达不是他们理想的居住地。米格尔街上的大多数人物也一样具有不确定的文化身份，他们不知道自己从哪里来，虽然不满意现实的生活状况，却又不知道往哪里去。或许他们并不需要明确，只能继续处在卑微的底层地位，重复着他们无意义的生活。

波普（《叫不出名堂的事》）是个从不把事情做完的木匠。他一天到晚在家里忙活个不停，却从不替别人干赚钱的活。当"我"询问他在做什么，他俨然一个哲学家的样子地答道："嘿，孩子！这个问题提得好，我在干一件叫不出名堂的事。"(P8) 他靠在大户人家做厨娘的老婆养活，喜欢端着朗姆酒站在路口"显摆"。老婆跟人私奔了，他伤心一阵后跑去找她并把那个男人揍了一顿，却被处以罚款且被警告不准再骚扰他老婆。回米格尔街后，他忙活着装修房子、添置家具，把老婆吸引回来了，却把自己送进了监狱——那些东西都是偷来的。出狱后，他的变化令"我"伤心——他开始干活了，再也不做那些"叫不出名堂的东西"了。

而诗人沃兹沃斯（《布莱特·沃兹沃斯》）则是一个更加不食人间烟火的人物。他似乎有悲伤的过去，他四处兜售他所作的诗却没有人愿意买，每天最重要的事情是酝酿每个月一行的诗句，认为二十二年以后就能写出震撼全人类的诗篇。这种"伟大"的举动令充满童稚的"我"深深惊叹，但最终还是归于失望——他的诗"写得不太顺利"，他"看上去是那么虚弱苍老"。最终他哀戚地死去，"一切都好像表明 B·沃兹沃斯从来没有到过这个世界"。[P47] 类似的人物还有《机械天才》中的"我"的叔叔比哈库。与小说名字正好相反，他不是什么机械天才，他整天乐此不疲的事情就是把自家或新或旧的汽车拆了装，装了拆，来回捣鼓，经常把完好的汽车弄得瘫痪，完全不顾老婆与他人的责骂。除此之外，他还喜欢念《罗摩衍那》，并能够背出书中的一些章节，由于"他是个婆罗门，又懂《罗摩衍那》，而且还有辆车"，他得以成为一个印度传教士。比前两位幸运的是，他既能坚持自己所折腾的不着现实的乐子，又能成为传教士获得经济收入维持生活，且不必像他老婆所不忍心看到的那样"和西班牙港这帮粗俗野蛮人在一起干活"。[P129] 可以说他找到了属于自己精神乐趣的无意义生活与残酷现实的结合点，但终究还是不为人理解。

这些人的共同点是，虽然物质生活贫乏，但却极具反讽性地具有丰富的精神追求，这无疑与现实生活形成强烈的反照，造成荒诞的艺术效果。与此同时，他们的生活被赋予强烈的抽象色彩。他们不存在于真实世界，漫画式的人物形象只被勾勒出有限的轮廓，虽然鲜活生动，但却不具备明确的身份内涵。这种抽象化的描摹与奈保尔对特立尼达的印象直接相关："我早已习惯了生活在这样一个世界里，在那里，各式各样的招牌不代表任何含义，或者这些招牌上所表达的并非是制作它的人所表达的含义。这是我接受的一段具有抽象和任意性教育的经历……"①同时，也与奈保尔本人的生活环境有关，"十八岁以前，我所了解的全部世界就是位于奥里诺科河口的那个小岛，生长在这个狭小的殖民地社会里，活动范围限于小岛上亚裔印度人群中，常见到的就是我的家人。在这小之又小的生活环境里，我对世界的人士怎么能是不抽象的呢"？②生活在抽象的环境里的具有抽象认识的奈保尔写作出抽象人物形象的抽象生活，就不足为奇了。这种"抽象"正意味着身份认同的迷惘与困惑。米格尔街的人们憎恶糟糕的生活现状，却对现实感到迷茫又不知该奔向何方。有些人试图选择超脱出现实生活寻求精神的家园，有如波普、沃兹沃斯和比哈库；另一类人则受西方文化的影响，以模仿为乐，由于缺乏自身的身份定位与文化依托，他们采取依附于宗主国文化的策略，试图以此寻求部分自我价值，其中最典型的当属博加特和爱德华。

《米格尔街》的开篇就是《博加特》，同名主人公的名字来源于《卡萨布兰卡》中的硬汉子博加特，电影上映那年，这个名字风靡了整个西班牙港，成为年轻人崇拜的偶像。博加特开了一家裁缝店，但却什么也不做——连隔壁波普那样的"叫不出名堂的东西"也不做。他行踪不定，总是突然消失，第一次失踪回来后，他"成了街上最令人胆战的人，甚至连大脚都承认怕他"，总是一副不可一世高高在上的模样，模仿着乔治城或者什么东方人的模样："靠着院子外高高的水泥栏杆，站在那儿，双手插在裤兜里，一只脚蹬在墙上，嘴上总是叼着一支烟卷。"(P6)再次离开又回来后，他的口音带上了美国腔，还给孩子们钱买口香糖和巧克

---

① 奈保尔：《抵达之谜》，邹海伦译，浙江文艺出版社 2004 年版，第 144 页。
② 奈保尔：《抵达之谜》，邹海伦译，浙江文艺出版社 2004 年版，第 158 页。

力,抚摸他们的头,给他们忠告等,这些行为生动形象地把殖民模仿的姿态表现得淋漓尽致。这种在殖民统治下的模仿实际上就是米格尔街上的人们可悲的生存之道,不可避免地造成了他们人格的扭曲,他们在这种盲目的模仿中完全迷失了自己。被殖民者在外界的压力下,为了生存而去盲目模仿殖民者的行为举止,崇尚西方的价值观念,结果导致了自我人格的分裂和文化身份意识的混乱。

爱德华(《直到大兵来临》)是海特的兄弟,他喜欢绘画并出售自己的作品。美国文化的入侵给他带来巨大的影响。他的言语行为处处表明他轻视特立尼达,崇拜并竭力模仿美国文化:"我真他妈的蠢,竟把自己双手画出来的作品送给特立尼达人去评头论足,他们懂什么? 哼,我要是个美国人就不一样喽。美国人才算是人,他们明事理","瞧瞧,这米格尔街,你想,美国能有这么窄的街道吗? 在美国,这至多算条便道"。^(P149)他以与美国人一个劲地用脏话交谈为荣,穿着和口音都变得美国化,开始嚼口香糖,还装着不认识以前的朋友,竭力模仿自认为高人一等的美国人形象。博加特与爱德华的这种对美国文化的机械模仿在米格尔街这个后殖民环境中是滑稽而尴尬的,这种方式不仅没有帮助他们确立自身的文化认同取向和价值定位,反而在盲目追逐的过程当中迷失了自我,更加成为"无根的边缘人"。海伦·海伍德指出:"《米格尔街》表现了奈保尔对模仿主题的初次探索。"①奈保尔在以后的《模仿者》、《游击队员》、《河湾》等作品中进一步发展了这一主题。但同时我们也注意到,《米格尔街》中的模仿不同于奈保尔另外两部小说《灵异推拿师》、《模仿人》中的主人公那样假性服从殖民者与压迫者从而对殖民权威加以反叛

---

① Hayward, Helen. *The Enigma of V. S. Naipaul.* New York: Palgrave Macmillan, 2002. p20.

并从中获利，而是并无能力或者"运气"在模仿的外衣下"平步青云"，而仅仅是通过拙劣的模仿自我安慰式地调剂那种平庸乏味的生活。

第四节 逃离主题与人物命运的悲剧色彩

发生在米格尔街的众多人物故事中，我们不难发现一个共同之处——逃离。逃离意味着对现实与现状的无法忍受，更揭示了人物命运的悲剧性。特立尼达这个混乱而嘈杂的世界里，能够安然生活而自得其乐的人不是疯子就是智力低下者。前者如《曼门》的同名主人公疯子曼门，他以"疯"的方式对抗现实，种种荒谬行为把讽刺的矛头指向民主选举制度与宗教信仰等社会体制，营造出黑色幽默的阅读效果。疯子曼门每年都要举着贴上自己相片的竞选牌参加市镇议会和立法机构的竞选，但每次都只能得到连他本人自投在内的三张选票。生活在米格尔大街上的边缘人，他们边缘地位无从改变。但既然如此他们为什么还要参加选举呢，而且竟然每年还有两个人在投曼门的票？很显然，他们也是在以黑色幽默的方式在反抗、解构庄严的选举。疯子曼门看见"我"背着书包上学，就经常讽刺地嘲笑"我"，然后在大街上开始拼写"学校"这个英语单词。并有意把其中的字母写得很大，盖满了整条大街。直到小说主人公放学回家，他才写上最后学校单词中的最后一个字母，结束他的涂写，这是对特立尼达人所受殖民教育的一种反讽。更荒诞的是，一天曼门说他洗完澡后看见了上帝，然后就在米格尔大街拐角处开始布起道来，挨家挨户到处乞讨。街上许多人听他布道，相信了他的话，向他捐钱。最后他宣称自己是救世主，要人们把他送上十字架，然后许多人按他的要求一边唱着圣歌，一边把他送到一个名叫蓝池子的地方，把他绑在竖起的十字架上。曼门大声要求人们用石头砸他，但当人们真的向他脸上和胸口大扔石块时，他似乎变得很伤心也很惊讶，随即便是破口大骂，骂得大家都震惊了。最后结局就是警察以维护治安的名义带走了曼门，一场闹剧结束了。到底谁才是真正的疯子呢？奈保尔的意图其实很明显，貌似疯子的曼门恰恰是一个清醒的现实主义者，而那些相信平等、殖民教育和西方救世主的人们才是最需要反省的，他让人们意识到了自己作为被殖民者、边缘人所处的现实地位。作者通过这种方式展示了这条街上的无所作为、贫穷落后、失败人生、没有前途的景象。一种浓郁深沉的悲剧氛围用轻快幽默的方式在不经意中形成，它让人感到并不轻松，使读者陷入了沉思。

《焰火师》中的墨尔根比曼门好不到哪里去，他总是想尽办法使自己出洋相以逗乐大家从而引起别人的关注。他被忽视的地位使他失去了理智。他整天待在家里钻研制造的焰火无人欣赏，最终在半夜点燃了所有的焰火，让人们第一次领略到如此壮观美丽的焰火，但却付出了把自己家里烧着并被指控犯下纵火罪的代价。后者如大脚和埃多斯。大脚是个暴徒，也是街上的小丑，懦弱加上失败使他成为笑柄；埃多斯虽说是街上的"贵族"，实际上也只是与大脚一样麻木的人，他们能"安分守己"地生活，只是因为他们缺乏独立的思想与个性。他们自甘沉沦在贫困而愚昧的生活泥潭中，他们不需要逃离，他们永远属于米格尔街，属于特立尼达。

然而，米格尔街上的人们大多数都不甘现状，努力改变自己边缘的生活状态。某种程度上，他们属于复杂而矛盾的意识主体，都进行了某种意义上的逃离。虽然消极，却也不失为一种尝试摆脱悲苦境况的策略或者保全自身部分自尊的方式。先说博加特，他行踪神秘，不愿意一直待在米格尔街，总是突然消失去别的地方"闯事业"，"他在一条船上找了个活，漂泊到英属圭亚那，被人抛弃在那儿，所以只好到内地去。后来他在鲁普努尼草原放牧，还运些走私物品到巴西去，然后再从巴西搞些女孩子弄到乔治城去。正当他经营着城里最大的一家妓院时，拿了他贿赂的黑心警察却把他抓了起来"。(P5) 伊莱亚特试图通过考试改变命运，他屡败屡战，甚至乘飞机前往英属圭亚那参加考试——因为据说那里的卫生检疫员的考试更容易通过，但仍以失败告终只能又飞了回来老老实实待在特立尼达。劳拉对生活绝望之后，不仅整个人失去生机，且选择投海结束无望的生活。理发师博勒尝尽了被欺骗与失败的滋味后，不再相信任何人，从此闭门自居，不再与人交往，是采取自我隔离的方式对外界的弃绝。"机械天才"比哈库、诗人沃兹沃斯与波普则比较特殊，他们表面上身处米格尔街没有离开，但他们采取的是沉溺于自我精神世界的小天地里，折腾着他们各自的那些玩意儿——比哈库没完没了地倒腾汽车，沃兹沃斯冥思苦想诗句，波普为"叫不出名堂的事"忙活不停，都是对现实物质世界的反叛，某种意义上也是一种逃离。爱德华则在老婆叫美国佬拐跑后，气急败坏地卖掉房子离开了特立尼达，干脆永远地从米格尔街消失了。他也是绝望的，不仅因为老婆的背叛，也因为自身的迷失。他厌恶并鄙视特立尼达，又无法拥有美国文化给人的"崇高"地位，所以选择离开。叙述者"我"看上去是最轻松、最幸运的人了，小说《告别米格尔街》中写道，母亲认为"我"在米格尔街上染上了不少劣习，学坏了，所以通过贿赂父亲的老关系使"我"得以前往英国留学，或许永远不会再回来。

一以贯之的逃离主题加重了人物命运的悲剧色彩。逃离本身已意味着现状的无法接受，而逃离的失败与对现实的无奈妥协则更使人压抑甚至绝望。用调侃轻松的语调叙述的故事本身所言说的悲哀已然清晰。即使苦苦挣扎，他们也逃不出悲惨的命运，就如海特所说："这该死的生活真是活见鬼。明明知道要出麻烦事，可你他妈的什么事也干不了，没法阻止它。只能坐在那里看着、等着。"(P91)

第五节 奈保尔对特立尼达的矛盾情感

有学者曾对流散作家对故国的矛盾心理作如是剖析："我们在阅读流散作家的作品中，往往不难读到一种矛盾的心理表达：一方面，他们出于对自己祖国的某些不尽如人意之处感到不满甚至痛恨，希望在异国他乡找到心灵寄托；另一方面，由于其本国或本民族的文化根基难以动摇，他们又很难与自己所定居并生活在其中的民族国家的文化和社会习俗相融合，因而不得不在痛苦之余把那些藏埋在心灵记忆深处的记忆召唤出来，使之游离于作品的字里行间。"①奈保尔对故乡特立尼达的感情恰恰属于这类矛盾而又复杂的情感。

一方面，出生地的标签印在他的脑海中永远不可能抹去，童年时代所处的环境与最初形成的对世界的认识也影响着他的一生。无论走到哪里，他那种"特立尼达的印度人"身份都无法摆脱。在牛津求学以至

---

① 王宁：《流散文学与文化身份认同》，《社会科学》2006 年第 11 期，第 174 页。

往后的多年漂泊生涯中,他常常回忆"家乡"特立尼达。另一方面,他并不认同特立尼达的边缘文化,从不以出生地为荣,作品与谈话中提及特立尼达也多是作为特殊身份的一种展示,或者在对其他地区与文化作评论时拿来作比较性分析。言谈中透露的态度大多是否定的,甚至是站在西方文明的立场上以"东方主义"的眼光打量、审视,将特立尼达的异国化风味展示给西方读者,例如《灵异推拿师》与《米格尔街》中对特立尼达西班牙港的"他者化"描写,就取得了讨巧的效果,成功地取悦了西方评论界。《灵异推拿师》出版后,英国的《每日电讯报》就给予了这样的评价:"V. S.奈保尔是一个年轻的作家。在其作品中,他设法将牛津的睿智与其家乡的喧嚣图景融合在一起,而不损伤任何一方的性质,可谓构思巧妙。他的作品类似于'西印度的格温·托马斯'——笔调辛辣但不失宽容,有种'拉伯雷式'的幽默风格。他以铸造金币般的细腻工艺,来讲述人类经验的微妙变化。"①由于这种题材大受欢迎,《米格尔街》也随即得到顺利出版。在个人感情上,他厌恶特立尼达,认为特立尼达知识和智力枯竭——"千里达现在还没人读我的书。目前敲锣打鼓在那里是层次比较高、比较受欢迎的活动"②,"千里达人只有在加力骚的歌声中,才会体触到现实。加力骚纯粹是本土性的表达形态"③,在《米格尔街》中还借大脚之口说:"特立尼达手工业者没什么可自豪的,他们中没有一个人是专家。"(P52)他更不愿意回到特立尼达,他在家书中这样说道:"……我不想强迫自己适应特立尼达的生活方式。我想,假如我不得不在特立尼达度过余生,我肯定会憋死的。那个地方过于狭

---

① 奈保尔:《奈保尔家书》,北塔译,浙江文艺出版社2006年版,第336页。
② 保罗·索鲁:《维迪亚爵士的影子》,秦於理译,重庆出版社2005年版,第401页。
③ 保罗·索鲁:《维迪亚爵士的影子》,秦於理译,重庆出版社2005年版,第112页。

小，社会上的种种观念全然不对，那里的居民更是卑微狭隘，目光短浅。除此之外，对我而言，那里可供施展的空间极其有限。……在特立尼达谋求工作（于我）毫无益处。"①

然而，奈保尔对特立尼达的态度并不是简单的否定与背弃，而是模糊混杂甚至变化无常的。《抵达之谜》中他这样写道："过去对我而言——有关殖民地与作家的情况——充满了耻辱和羞愧。然而，身为一名作家，我可以训练自己去面对它们。的确，它们已成为我的主题。"②在《米格尔街》的写作过程中，他意识到："我的认识起了迅速的变化，变化的结果就是承认自我（我经过了非常艰难的努力才做到了这一点，但是，从此以后，我对自我的认识就再也不觉得有任何障碍），我的好奇心快速增长"③，"我大体接受了我们的家庭生活、态度和我们的岛屿——后来让我苦恼不堪的种种接受"④。奈保尔就是在这种类似反刍式的反复自省中焦虑、游离。对于特立尼达，他的心中一直不存在确切稳固的定论，两者之间的关系亲疏不定。我们可以从《米格尔街》中的以下几点针对奈保尔对特立尼达的矛盾心理作一个散点透视式的总结。

第一，孩童的视角淡化矛盾：《米格尔街》的创作素材基本来自奈保尔对特立尼达西班牙港的童年回忆，选用孩童的叙述视角也就很自然了。"我"不仅是故事的叙述者，也是参与者，造成了双重视角的叙事效果。对此，提摩西·韦斯曾作出精彩的评论：

《米格尔街》的叙述策略回应了作者分裂的特立尼达和英国文化的自我，并且试图通过双重视角来解决这种分裂。一是通过叙述者的视

---

① 奈保尔：《奈保尔家书》，北塔译，浙江文艺出版社 2006 年版，第 325 页。
② 奈保尔：《抵达之谜》，邹海伦译，浙江文艺出版社 2004 年版，第 272 页。
③ 奈保尔：《抵达之谜》，邹海伦译，浙江文艺出版社 2004 年版，第 162 页。
④ 奈保尔：《抵达之谜》，邹海伦译，浙江文艺出版社 2004 年版，第 272 页。

角来观察米格尔街，故事的叙述者好像又成了在西班牙港长大的男孩，作者能够从他的殖民地特立尼达的经验基础写起，重新进入，重新建构并修正这个世界。二是通过置身事外而又在叙述者的观察点之内，作者能够从远距离视角来评价这个世界，这个视角是他通过在英国的生活获得。简而言之，他能够从流放者的双重视角来写，用另一个文化的透镜来观察这个文化。[①]

一方面，叙述者"我"回顾儿时在米格尔街所见闻的往事，属于一种成年人的经验视角。"我"似乎以一个全知者的姿态俯视以往的种种，叙述者常常对事件进行客观冷静的分析与评价，全然不像出自一个十来岁的顽童之口，因此使小说形成冷峻、理智的叙述风格。另一方面，"我"作为主人公之一介入到众多的事件中，近身体验其间矛盾，细察街上的百态。作为一个孩子，他的眼光是天真稚气、好奇活泼的，把原本混乱肮脏像是"贫民窟"的米格尔街与愚昧落后的市井人物看得颇具好奇、可爱之处，使原本荒诞悲哀的人物故事获得浪漫化、趣味化的效果，悲情得到掩饰，矛盾得以淡化。但这并不表示奈保尔对矛盾视而不见，儿时的殖民地经历使他无法逃避特立尼达的落后现象与边缘性。他巧妙地把这一切通过孩童的视角含蓄地以看似轻松甚至滑稽的语调以简单的语言形式表现出来。也由于孩子的口吻，小说语句简短，清新好懂，看不到过长的长句和段落，口语化特色明显。奈保尔曾对保罗·索鲁谈起这一点："米格尔街的表象是靠不住的，你再仔细读一次，就会明白，我是怎么运用我的写作材料的。你读读那些句子，看起来很简单。不过，那

---

① Weiss, Timothy. *On the Margins: the Art of Exile in V. S. Naipaul*. Amherst: University of Massachusetts Press, 1992. p23.

差点儿写死我了。老兄。"①这也与奈保尔一贯坚持的写作原则紧密相关："他下笔非常谨慎细腻，每个效果都经过悉心计算，刻意为之的质朴无华。他强烈嫌恶文章里的虚矫，痛斥写作时的造作姿态。从来不给自己的见闻与感受涂粉"②，因为他认为"现实就是一塌糊涂。一点不好看。写作一定要反映出这一点。艺术一定要说明真相"③。

第二，幽默的笔调掩盖矛盾：除了运用孩童视角的叙述策略，奈保尔还借用幽默的神奇作用来掩盖矛盾，避免过于突兀的抨击，使事件自身的荒谬与人物的可悲统统自行暴露出来。《米格尔街》正是这种幽默的典范之作。这种效果正是上述孩童视角与反讽性的语言所带来的。没有智慧，就无所谓幽默。作为特立尼达的游子，奈保尔洞见到故乡的诸多不堪却不忍进行赤裸裸的亵渎。除了少数温婉的责备（如"特立尼达人不善计时"、"这儿的人们除了喝酒，还能干什么？"）(P189)，大多数情况下，奈保尔总是借用他人之口传达出对特立尼达的种种见解，鄙视也好，不屑也罢，都消解在轻松幽默的戏剧性氛围中。这一点奈保尔显然是有意而为之的，他在多年之后对自己的创作（包括后来的旅行文学）进行反思时，他这样谈到如何处理身为曾经的殖民地人的旅行作家的身份尴尬："我知道，我是作为一名从欧洲出发的大都市旅行者的身份出现的，这对我产生很大诱惑。……但是，作为生活在殖民地居民中的其中一员，我与他们有着非常紧密的关系，所以我又不可能是这种纯粹的欧洲旅行者，即便我受到的教育，具有的文化素养与这个旅行者相同，并且和他一样喜欢冒险活动。尤其是，我知道自己不想去迎合大都

---

① 保罗·索鲁：《维迪亚爵士的影子》，秦於理译，重庆出版社2005年版，第52页。
② 保罗·索鲁：《维迪亚爵士的影子》，秦於理译，重庆出版社2005年版，第51页。
③ 保罗·索鲁：《维迪亚爵士的影子》，秦於理译，重庆出版社2005年版，第51页。

市读者的口味。说实话，一方面，旅行者兼作家的身份对我产生巨大的诱惑力；而另一方面，作为来自殖民地的一个居民要在相同性质的地方和人群中旅行，扮演的却是欧洲人的角色，我缺乏这方面的经验，使我感到为难。……可是，我就采用幽默的手法（通过喜剧效果和讽刺性的笔触，增添一些滑稽可笑的人和事）来回避创作中遇到的问题。我就是经常这样掩盖了一些矛盾。"①这里，我们可以充分感受到奈保尔创作《米格尔街》时的矛盾心理。刚离开牛津急于成就作家梦想的他找到的是一个令他矛盾的题材，其写作过程必然充斥着上述身份的焦虑。这种焦虑如何处理？奈保尔努力在"我"的形象塑造上再次寻求解决之道。

第三，"我"的形象分析：由于小说特殊的叙述方式，"我"既内在又外在于米格尔街这一后殖民环境中。"第一人称叙述者既是形式的组成部门，又是内容的组成部分，每一个故事可以独立，但作为一个整体他们又被仔细、机智地组合为一体。"②自负的奈保尔不齿于自己殖民地人的身份背景，在创作中极力地把"我"的形象进行美化与拔高，处处提醒着读者"我"的与众不同甚至高人一等："我"的家境不算太坏，能接受较好的学校教育；"我"能参加剑桥学院的考试，得到二等文凭，没费多少事就在海关找了个工作，受到伊莱亚斯的嫉妒；"我"性格不懦弱，在伊莱亚斯要揍"我"时"我"也毫不示弱，冲了过去；"我"颇受欢迎，劳拉常给"我"糖吃，大脚会保护"我"，沃兹沃斯把"我"当知己，连乔治和曼门也常和"我"说上几句；更重要的是，当"我"厌倦了米格尔街的生活，母亲也认为"我"变野了的时候，"我"能凭借父亲的老关系弄到出国留学的机会，远走高

① 奈保尔：《抵达之谜》，邹海伦译，浙江文艺出版社 2004 年版，第 170 页。
② Gillian Dooley. V. S. *Naipaul：Man and Writer*，Columbia：University of South Carolina Press，2006. p15.

飞。"我"不属于特立尼达这个"黑暗之地"，迟早会离开。这个印象贯穿这小说始终，这个意义上讲，"我"或者说奈保尔才是小说真正意义上的主人公。米格尔街只是"我"人生中的一部分，它给了"我"深刻的变化："在这三年中，我长大了，学会了用挑剔的眼光去看待周围的人。我不再希望成为埃多斯那样的人了。他太瘦弱了，而且还那么矮小。泰特斯·霍伊特是那么愚蠢和乏味，没劲透了。一切都变了。"(P170) 这种强烈的自觉意识使"我"从特立尼达这个母体中完全脱离出来，去探寻未知的世界。"我"如同当年的奈保尔一样离开了不属于他的特立尼达和那里的人们："我离开他们，步履轻快地朝飞机走去，没有回头看，只盯着眼前我自己的影子，它就像一个小精灵在机场跑道上跳跃着。"(P177)

叙述者"我"成功地离开特立尼达去英国接收教育，对于那些生活在这块殖民地上的人们而言，逃离似乎是唯一可以通向成功之路的选择。奈保尔借叙述者的逃离，表达了摆脱边缘人的尴尬处境，另寻出路的愿望与追求，正如提摩西·韦斯所指出的那样：

我们在阅读《米格尔街》这个都市的田园牧歌时，需要读出它的双重故事。第一个故事描绘了一条充满奇异精神和各种声音的民间大合唱，充满特立尼达狂欢节的大街戏剧风格。而第二个故事描绘了挫折和束缚，并通过文化和社会的力量使生活转向幻想，远离成就；第二个故事强调了欢乐气氛中的无益，幽默里隐含着不安，想象的逃离的结局是身陷困境。第一个故事展示了作者对西班牙童年的人物和声音的温情，而第二个故事表明一个流放者的顾虑，他需要证明离开西印度群岛的殖民地是正确的。①

---

① Weiss, Timothy F. *On the Margins: the Art of Exile in V. S. Naipaul.* Amherst: University of Massachusetts Press, 1992. p20.

第二章

《毕司沃斯先生的房子》：家园与身份的追寻

第一节　父亲的故事与故乡的追思

　　《毕司沃斯的房子》被公认为奈保尔的代表作，已纳入 20 世纪英语小说百佳之列，进一步奠定了他作为小说家的地位，正如有论者所言："一部差不多六百页的小说能在当今长篇小说趋向短写的时代，居然能如此一版再版，且名声日上，足见其魅力之不凡。"[①]这是奈保尔的另一部以特立尼达为背景的作品，是奈保尔以写作的方式进行自我身份追寻的又一例证，倾注了奈保尔对特立

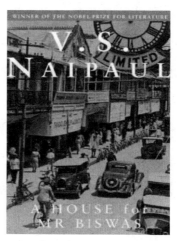

《毕司沃斯的房子》英文版封面

　　① 张中载：《沿着追求真善美的轨迹——读 V. S. 奈保尔的〈比斯瓦斯先生的房子〉》，《外国文学》1986 年第 1 期，第 20 页。

尼达复杂的情感。布鲁斯·金曾作过精辟的概括："(《毕司沃斯先生的房子》)是对西印度群岛社会的研究,是一部对特立尼达印度人的记录,是奈保尔父亲生活的虚构性再现,也是一部关于父子关系及作者如何成长的自传性小说。"①

首先,奈保尔在小说中试图通过父亲的故事表达被母邦疏离的无根感受。

《毕司沃斯的房子》讲述的是印度裔婆罗门穆罕·毕司沃斯为了追求独立和自我身份认同而奋斗和痛苦的一生,但又不仅限于他个人。韦斯就曾指出:"通过毕司沃斯的故事,《毕司沃斯先生的房子》讲述了一个人的故事和一个家族的、社会的历史。"②小说中小人物的命运得到关注,边缘人的边缘人生得到淋漓尽致的描写,如同诺贝尔文学奖授奖词所言:"这是他诸多似乎自有一番完整天地的非凡卓越的小说中的一部。在这里,我们看到了大英帝国外围的印度的一个缩影,看到了他父亲局促的存在。为了让外围世界的形象在伟大的文学著作领域占据重要的一席之地,奈保尔颠倒了通常的观察视角,从根本上否定了读者的保护外壳。"③毕司沃斯先生在小说中一直处于边缘人、局外人的地位,长期被歧视、被压制。这似乎成为他与生俱来的命运,伴随着他的整个一生。从他的出生到死亡,终其一生都充满荒谬而令人心酸的不幸遭遇。毕司沃斯的人生史是他的奋斗史,他始终为改变自己的命运和追求独立的尊严而不懈努力。

奈保尔从不讳言这部小说是以他的父亲西帕萨德·奈保尔(Seep-

---

① Bruce King. *V. S. Naipaul*. New York: ST. Martin Press, 1993. p46.

② Timothy F. Weiss. *On the Margins: The art of Exile in V. S. Naipaul*. The University of Massachusetts Press, 1992. p66.

③《瑞典文学院 2001 年度诺贝尔文学奖授奖词》,《世界文学》2002 年第 1 期,第 134 页。

ersad Naipaul)为原型创作的。他的父亲属于特立尼达的第二代印度移民，虽只受过很少的教育，但通过自学与不断的努力成为特立尼达《卫报》的一名记者。他拥有成为一名作家的梦想并悉心培养奈保尔成为一名伟大的作家。《奈保尔家书》中父亲在信中这样鼓励奈保尔："不要怕当艺术家。D. H. 劳伦斯是一个彻头彻尾的艺术家。至少现在，你应该像劳伦斯那样地思考问题。"[①]奈保尔也鼓励父亲写作："回顾您的童年时代以来的生活吧，想想让您印象深刻的某个人或某件事，一个故事就会产生……今晚就坐下来，把那个关于那头被淹死的小牛和有经验的潜水员的故事写出来。这是个精彩的故事，您了解您所写的那一类人。"[②]父子之间不仅是亲人，而且是朋友。在儿子眼里，父亲一生操劳，值得同情更值得尊敬。

　　1953 年，父亲因心脏病去世（时年 47 岁），此时的奈保尔刚从牛津大学毕业。1957 年，奈保尔着手以特立尼达为背景写作一部以父亲为原型的小说："最初的念头很简单，甚至很正规：讲一个像我父亲那样的男人的故事，而为了方便叙述，也就是要在讲述这个人的故事的同时，连带讲述他死前置身其中的简单财物是如何获得的故事。在写作过程中，这本书发生了变化。它变成了一个男人为了追求属于自己的房子和这样一座房子所必须包含的财物的故事。"[③]小说主人公毕司沃斯是这样一个人物，一个处于社会边缘的平庸人，与奈保尔的父亲一样，他虽出身于印度高种姓婆罗门家族却十分贫困。以父亲为蓝本，奈保尔塑造了一个主流社会之外的底层小人物形象，通过这种方式，无疑

---

① 奈保尔：《奈保尔家书》，北塔译，浙江文艺出版社 2006 年版，第 25 页。
② 奈保尔：《奈保尔家书》，北塔译，浙江文艺出版社 2006 年版，第 120 页。
③ 奈保尔：《我与〈毕司沃斯先生的房子〉》，黄灿然译，载《记忆》（第 3 辑），第 153 页。

也表达了父亲连同奈保尔本人对于特立尼达的疏离感受。有学者把毕司沃斯所具有的边缘人的尴尬身份用"林勃"的隐喻进行阐释，无论是寄身于图尔斯家族的哈奴曼大宅内，还是脱离哈奴曼大宅之后的"房子"中，他都无所皈依。他是一个"双重的流放者"，永远处在"林勃"般的悬空状态。① 小说固然是对已故父亲的一种怀念与祭奠，但这种双重边缘人的人物书写无疑也是对后殖民社会的一种关注，是对移民主题内在精神世界的剖析，也是奈保尔本人对自我身份问题孜孜以求的一种印证。虽然他称小说是许多地方需要虚构，需要发挥想象，但大体上，类似小说所涉及的人、事、物是真实地存在于奈保尔记忆中的特立尼达的。切身的移民经验感受被注入到人物的塑造过程当中，奈保尔自身鲜活的无根感受亦由毕司沃斯的生命历程表现出来。

其次，对特立尼达被殖民社会形态的描绘，成为奈保尔对母邦仪式性地追思与缅想。

《毕司沃斯的房子》中的特立尼达是奈保尔记忆中的特立尼达，承载着奈保尔心灵深处对故土的情感。他曾这样回忆："在我所有的书中，《毕司沃斯的房子》是最贴近我的一部。它是最个人的，出自我小时候的所见所感。我相信，它还包含我一些最有趣的写作。我最初是一个喜剧作家，现在仍然自以为是，如今，人到中年，倘若我有更高的文学抱负，那就是写一部可以跟这部早期作品相辅或相配的喜剧作品。"② 可见奈保尔对这部早期作品独特的感情与欣赏程度。1957 年开始，他花了三年时间将它完成，耗费了巨大的精力。小说并非凭空捏造，虚构不

---

① 张德明：《悬置于"林勃"中的幽灵——解读〈毕司沃斯先生的房子〉》，《外国文学研究》2003 年第 1 期，第 84 页。
② 奈保尔：《我与〈毕司沃斯先生的房子〉》，黄灿然译，载《记忆》（第 3 辑），第 153 页。

存在的人与事，而是需要搜肠刮肚的回忆与对写作对象的反复审度，尤其是对殖民地社会的世态人心，需要具有分寸而不失个性地进行描述。奈保尔通过毕司沃斯对属于自己房子的追求，反映出后殖民社会人们痛苦与绝望的精神处境，通过对以哈奴曼大宅为典型的印度式移民群体生活的书写表达了复杂的情感。显然，特立尼达在奈保尔的笔下是作为悲剧性存在来描写的，无论是物质上还是精神上，这里的人们都是贫乏的、无望的、走向衰落的，给人以令人窒息的绝望感受。

奈保尔把笔触主要集中在对毕司沃斯入赘的图尔斯家族居住的哈奴曼大宅的描述上。这个印度式的移民大家庭仍然恪守着印度仪式化的生活传统，印度教气息浓厚，经常吟唱《罗摩衍那》，诵读梵文经典，讲究种姓出身与严格的等级制度。这里的人谈论印度，渴望回到印度，但又害怕真正回到印度，面对已然陌生的祖国。他们滞留在特立尼达，无法融入当地社会，也没有勇气回到印度，处于一种悬置的精神状态之中，无法找到令他们感到安定的归宿。在这个毫无温暖可言的环境里人与人之间勾心斗角，相互排挤。毕司沃斯无法忍受受支配的低下地位，哈奴曼大宅只是他一心想要逃离的地方。他曾对妻子莎玛大嚷道："这里简直像一个该死的动物园！"毕司沃斯对哈奴曼大宅及其所代表的文化所持的厌恶，实际上反映了奈保尔本人对其不认同的立场。哈奴曼大宅之外的世界并不见得就是光明的，脱离不开殖民地社会纷乱无序、贫穷落后的大背景。这从毕司沃斯进入图尔斯家族之前的成长环境，与他试图脱离哈奴曼大宅寻求独立自主地位的数次努力过程中所遭遇的种种不幸遭遇中可见一斑。

奈保尔对殖民地家园特立尼达的情感与认同，在不断的迂回反复中建构了又消解，在消解中建构，形成流散文学写作的独特景观。殖民地的记忆成为奈保尔心灵深处意欲逃避却又挥之不去的痛苦。这部分原初经验一再作为他创造性写作的源泉，使他潜意识中对故乡不断进行回望并承受着炼狱般的精神考验。对于《毕司沃斯的房子》奈保尔曾说："这本书写了三年，感觉就像一份工作：有那么一个短暂的时期，在写到临结尾处，我确信我能够默记整本书或大部分。劳作结束，这本书也逐渐淡去。我发现，我很不愿意再进入我创造的那个世界，不想让自己再去经历隐藏在这部喜剧作品底下的情感。我变得害怕这本书。1961年5月我看完校样之后，就再也未读过它。"①而当他1981年在一个朋友家的广播中听到这部小说的内容时，他流泪了，"被二十年来试图躲避的感情淹没"。②

《毕司沃斯的房子》最贴近奈保尔的生命经历，"他已经将一切都放进书里头了——他的家人，他生长的岛屿，所有他知道的事情"③。这部小说也最能反映出奈保尔初期的身份焦虑和与之伴随的身份思考。这部分潜在而真实的自我剖析往往最打动读者，同时也最具有研究价值。从归属感的缺失与"无根"的命运来看，奈保尔与毕司沃斯皆是永远的"局外人"。奈保尔与毕司沃斯身份的一致性在作品中显而易见，也正是通过这种方式，奈保尔无根的命运得到细致入微地阐释，其失根的哀伤与情愁亦得到淋漓尽致的展现。

在小说差不多六百页的篇幅当中，奈保尔时时不忘提醒读者毕司沃斯疏离无根的身份命运。从先天的身份"错位"到后天文化认同的缺失，始终萦绕毕司沃斯的是奈保尔营造的悬空并游离不定的氛围。他

---

① 奈保尔：《我与〈毕司沃斯先生的房子〉》，黄灿然译，载《记忆》第3辑，第153页。
② 奈保尔：《我与〈毕司沃斯先生的房子〉》，黄灿然译，载《记忆》第3辑，第155页。
③ 保罗·索鲁：《维迪亚爵士的影子》，秦於理译，重庆出版社，2005年版，第196页。

没有一处安身之所，更没有精神家园可供栖息。这个命运像魔咒一般伴随他整个人生，从不吉利的出生直到负债病逝。就像小说第一部开头部分毕司沃斯的外公（贝布蒂的父亲）所言："命运。我们无法改变命运。"①

以下我们就此问题分两部分作些粗浅的阐述。第一部分（第二节与第三节）聚焦奈保尔如何通过毕司沃斯的生命历程书写其为母国疏离的"无根"感受，第二部分（第四节与第五节）则关注毕司沃斯通过追求象征自己独立的房子与证明自己身份能力的作家职业，找寻归属感的心路历程及其传达的身份认同启示。

第二节 先天的身份错位与后天的文化疏离

在其人生的最初阶段，"我是谁？"这一关键的身份定位问题一开始就没有得到明确的回答。毕司沃斯是特立尼达第三代印度裔移民，他的祖父母辈就开始从事甘蔗种植园的劳动，但贫困的生活并未得到改善，生活在特立尼达社会的最底层。特立尼达已属殖民地，相对于宗主国，他们处于被压迫地位；作为印度移民，他们又被排斥于主流社会之外。而在印度移民社区中间，他们虽具有高种姓婆罗门的身份，却只是徒有虚名，既不具备日后毕司沃斯入赘的大家族图尔斯家族那样的经济实力，没有得到与婆罗门种姓身份相匹配的社会地位。毕司沃斯出

---

① 奈保尔：《毕司沃斯先生的房子》，于珺珉译，译林出版社 2002 年版，第 11 页。（注：以下引文只在文后标出页码，不再一一注出。）

生于这样一个环境，无疑是种"错位"和"误置"。更糟糕的是，他出生时的状况被认为十分不吉利：六个手指，且胎位不正。产婆说："无论你做什么，这个男孩注定是个败家子。"(P12) 而梵学家说得更具体更严重："这男孩将会是个好色之徒和挥霍者。很可能还是个撒谎的人。现在很难说牙齿之间的缝隙表示什么。可能他仅仅是其中的一种，也可能他三者全是。"(P12) 他的喷嚏将是不吉利的预兆，他在家中注定是一个不和谐的音符，生来"克父"更是使他从一出生就背负着不祥的祸害的罪名。梵学家唯一的忠告是让他远离树木和水，并且告诫他的父亲在孩子二十一天的时候透过装满椰子油的铜盘才能见孩子的第一面。然而，这似乎并没有消除毕司沃斯身上的"恶魔的力量"，父亲从日常的受伤到最终的溺水而亡都被归因于毕司沃斯不祥的喷嚏。与父亲的天生隔阂与疏离乃至相克在这里成为一个隐喻，喻指毕司沃斯甚至奈保尔本人与传统文化和正统秩序的断裂。成人后的他也不像前辈那样沿袭旧有的生活传统和思想观念，因而被视为异类，并成为不受欢迎的对象。虽然他的名字，穆罕，意思是"被深爱的"，但他的人生从出生开始就与他的名字形成强烈的讽刺性反差。

擅长讽刺技巧且惯于字斟句酌的奈保尔没有放过任何一个角落，全面而立体地揭示人物命运的悲剧性。在小说中包含着一处颇有深意的情节——毕司沃斯的母亲带着他来到一所加拿大教会学校让他上学，被老师拉尔要求带来小孩的出生证明：

"出生证明？"贝布蒂重复着英语单词，"我没有出生证明。"

"没有出生证明，哦？"拉尔第二天说，"看起来，你们这些人甚至不知道怎么生孩子。"

但是，他们最后找了一个模棱两可的日子，拉尔完成了他的注册手续，贝布蒂去找塔拉商量办法。……

贝布蒂用印度语对塔拉说："我说不清楚（毕司沃斯的出生日期）。但是梵学家司特拉姆应该知道。他在穆罕出生后给他占卜过星座。"(P38)

也就是说，毕司沃斯不仅没有作为一个独立个体诞生象征的出生证明，甚至连他的亲生母亲都不清楚他生于何时，一个人的身份在这里不仅不重要，甚至可以被消解、被取消，没有任何意义。最后，为了让毕司沃斯尽快入学，他的"出生日期"由律师哥罕尼做主，随意定了一个日子——"任何一个集市日。下个星期怎么样？"(P40) 作者对此进行了讽刺性地描述："就这样毕司沃斯先生有了正式的身份证明，他进入了一个崭新的世界。"(P40) 毕司沃斯的"注册"需要通过加拿大教会学校的老师拉尔这样的操一口不成文的英语的、对印度人充满轻蔑的人才能够办成；毕司沃斯的身份必须由不负责任而又傲慢的律师哥罕尼这样的人轻率地定一个"出生日期"才能得到"证明"。这种讽刺使毕司沃斯原初身份缺失这一问题得到了可悲而又生动的展现。毕司沃斯的父亲死后，母亲把房子卖了，举家离乡。"于是毕司沃斯先生离开了这个他唯一有些权力的房子。在以后的三十五年里他像一个流浪者一样，辗转在没有一处他可以称之为家的地方。"(P36) 他曾经试图寻找他儿时呆过的地方，但他只看见石油钻塔和油污的泵，旧日的家已变成了石油产地，没有留下任何痕迹，而"在那不吉利的夜晚被埋掉的他的脐带，还有不久之后也被埋掉的他的第六根手指，已经化作尘土"。(P36) 这样，毕司沃斯彻底成了一个无家、无根的流浪者，"这个世界上没有任何毕司沃斯先生出生和早年成长的痕迹"。(P37) 这是他物质的家的终结，也成为他精神家园追寻的肇始。

毕司沃斯的父亲去世之后，家庭逐渐解体，"他的哥哥们远在菲利斯逊的甘蔗地里面，德黑蒂成为塔拉家的佣人，他自己也很快长大成人，离开贝布蒂。那时候她已经生病，变得越来越没有用，越来越无法接近，他实际上是孤立无援的"(P36)。不仅如此，毕司沃斯虽然有母亲在，但是，他的母亲是无力的、卑微的、弱小的，她在毕司沃斯遭遇委屈与不公正待遇时起不到任何作用，更谈不上保护和教育。毕司沃斯被安排在梵学家杰拉姆家学习当婆罗门学者，却因玷污了杰拉姆家里的夹竹桃树而被赶出来，满怀委屈、期待安慰地回到母亲身边，"他满以为她会高兴地迎接他，然后诅咒杰拉姆，并保证再也不把他送到陌生人那里去了。但是他刚刚踏入在小路后面的小屋院子，他就意识到自己想错了。她看上去非常沮丧和冷漠，和阿扎德的另一个穷亲戚坐在敞开的被煤烟熏得乌黑的厨房里碾磨玉米；他丝毫不吃惊地发现她不是愉快地看见他，而是非常警觉"(P53)。在酒店挨打之后，母亲也没有给他安慰，毕司沃斯这样对她说道："你从来就没有为我做过什么。你是一个叫花子"(P61)，即便是这样她仍然是麻木的，她能做的只是过着寄人篱下的卑微生活。家庭近乎解散的状态与母亲的无力，一方面，造成了毕司沃斯在成长过程中没有受到系统而严格的教育，没能形成较为"正统"的文化观念；另一方面，则在客观上解除了毕司沃斯在知识获得与性格形成过程中的传统束缚，使他得以发展自己的思想与个性，为他日后另类、反叛的形象起到了铺垫性的作用。

但凡具有不安分心理与反叛性格的人，多数是基于不满意于现实状况和周遭环境或者理想与现实相距太过悬殊等原因，而不能与周围的人甚至不能与自己内心的自我和平相处。对于毕司沃斯而言，他的家族从遥远的印度移民而来。这里的印度人的生活区别与在印度本土生活的印度人，他们并未能沿袭传统的印度文化，有的想要极力适应并融入当地社会并学习宗主国的语言、文化，试图抹去作为印度移民的身份印记而变成当地人或宗主国人；有的则坚守民族传统的独立性，如图尔斯家族，即便面临日薄西山的衰败趋势也要想尽办法维持家族的统一与印度教习俗的传承，严守种姓制度和森严的等级制度，过着想象的印度生活，梅晓云称之为"飞地型移民文化"。然而，图尔斯家族的哈奴曼大宅这座"异军突起的白色堡垒"即使再怎样坚固，居于其中的人一旦不再认同、不再需要它这种已不适应当地社会发展的组织时，它便自然走向衰败，最终妥协于当地文化且分崩离析了。因为，人作为任何一种社会组织体的主体都不复存在，再庞大的物质组织形式都不具有意义。由于家庭的解体，加上当地印度社群的日益非印度化，年幼的毕司沃斯并未受到印度教与印度传统的多大影响与束缚。显然，这就造成了毕司沃斯与印度传统文化的疏离或曰断裂。在此，奈保尔在小说中设置了一处耐人寻味的细节，毕司沃斯的脐带与第六根手指由于他家一带被利用为石油产地而化作尘土，不复存在，不能追寻，寓指毕司沃斯与原初文化身份之源的微弱联系都已消失，他被"移位"到他不属于、不熟悉的文化环境中，彷徨成为他必然要经历的人生阶段。

毕司沃斯先生虽然入赘到图尔斯家族，文化属性与精神归属却并没有一并入赘进来，这个大家族不能成为他安身立命的归宿。他与印度教文化的关系本不甚亲近，进入到图尔斯家族后的见闻感受更加速了他对印度教文化的否定。毕司沃斯先生对图尔斯家族的印度教生活可谓极尽嘲讽之能事，他把莎玛的弟弟们讥讽为"小神们"，把具有绝对权威的人物图尔斯太太和赛斯称为"老皇后"和"大老板"，在其他人做礼拜的时候进行挖苦甚至侮辱，尽管不能起到任何作用。毕司沃斯先生刚进哈奴曼大宅时就感到："在哈奴曼大宅里，在图尔斯太太的女儿女婿和孩子们的包围下，他有一种被吞没的、无足轻重的甚至是害怕的感觉。也没有人特别注意他。"(P92) 而直到他离开哈奴曼大宅那一刻，图尔斯家族与毕司沃斯先生双方都没有真正相互接纳与融合，是互为异质的存在。更具讽刺意味的是，毕司沃斯先生正是因为拥有最具印度教特色的种姓制度下的婆罗门身份，才得以入赘到图尔斯这个严格恪守印度教传统的大家庭中的，他的身份与命运构成了一个不可逆转的悖论。而作为毕司沃斯先生这个弱小的个体，他似乎只能试图投靠别人的文化以探寻身份归属的谜题。

毕司沃斯小时候接受的教育一直是宗主国的、西方的，西方文化对他周围的人的影响随处可见。虽然小说描述的中心似乎并不在于殖民面貌，奈保尔也似乎无意于详述殖民主义对特立尼达的影响，但是，我们仍然可以感受到西方文化对这个殖民地的强大作用力。法依认为，讲一种语言是自觉地接受一个世界，一种文化。哈奴曼大宅里的人虽然说印地语，但也经常使用英语进行交谈、咒骂。罗马天主教对这个大家族的渗透力更加能够说明问题：图尔斯太太逐渐相信天主教且在房间里摆上十字架，小儿子奥华德上的是天主教的学校，毕司沃斯的孩子阿南德这一代人寻求出人头地的道路也是像奈保尔本人那样考取英国大学的奖学金出国读书。在毕司沃斯的意识里，总是以西方殖民者的眼光与思想观念来打量、审视、评判他身边的人与文化现象。

他极度厌恶周围的环境，苛刻地指责着一切，与周围的人格格不入。他不喜欢、不认同更不能融入他所处之地，他把自己从人群中孤立出来，成为一个没有归宿没有家园的真正的孤独者。他脑海中感受到

文化冲突所带来的强大张力,给他带来巨大的困扰和深深的痛苦,即便是在梦境中,他也深受折磨:

> 他的睡眠被梦魇搅扰。他梦见自己在图尔斯商店里。到处都是拥挤的人群。两条又黑又粗的线追逐着他。当他骑车往绿谷赶的时候两条黑线在他身后延伸。其中一条黑线变成纯白色;另一条黑线变得越来越粗,变成紫黑色且令人恐怖地延伸着。那是一条强韧的黑蛇;黑蛇长出一张滑稽的脸;黑蛇发现追逐很有趣,而且对那也已经变成蛇的白线这样说着。^(P269)

从小到大,我们可以看到,他被频繁地"移位","经常地从一个陌生人家的房子迁移到另一陌生人家的房子——父亲死后,他与母亲先是寄居在姨妈家的后院里、然后又在姨妈的安排下住到了梵学家师傅的家里、被逐出师门后在酒馆做学徒期间又搬到为姨妈的小叔子所有的破房子里暂住;结婚后他则感觉自己一直住在图尔斯家的房子里——位于阿伍克斯的哈奴曼大宅、濒临倒塌的矮山的木屋、西班牙港的那间粗笨的混凝土房子。"①但是,不管他怎样变换自己所居住的地址或房子,始终不变的是:没有一处属于他的地方,他也不属于任何地方。在"我在哪里?"、"我与什么认同?"的文化身份问题上,毕司沃斯再一次走进了迷宫,找不到出口。作者通过毕司沃斯所试图撰写的小说名称暗示了毕司沃斯内心的冲动——《逃离》。毕司沃斯每次坐在打字机前打出名为《逃离》的小说开头的句子始终都是:"三十三岁,当他准备好的时候,这位四个孩子的父亲……"^(P346),小说的主题总是一般无二,故事也总是写不下去。逃离,正是毕司沃斯潜意

---

① 高照成:《〈毕司沃斯先生的房子〉的象征主题》,《南通大学学报》2007年第4期,第58页。

识里的强烈冲动，他想逃离不属于他的地方，寻找属于他的位置与价值。他能逃往何方？何处才是他的家？这是萦绕毕司沃斯心头的困惑，也是他在残酷现实面前不低头、不退缩，越挫越勇的动力源泉之所在。

第三节　对独立身份的追寻及其所作的努力

由于毕司沃斯先天的身份缺失与后天的文化疏离，他必须重新定位自己的身份归属。作为一个具有强烈自我独立意识的个体，毕司沃斯不可能进行真空般的自我隔离，而需要在现实社会当中找寻自身的身份与价值所在。为此，他通过各种各样的方式进行挣扎、探索与奋斗。

毕司沃斯曾经通过买出生证明来弥补自己作为一个独立个体的身份缺憾，但是，这毕竟只能在心理上起到自我安慰的作用，现实的窘境并不能因此而有所改变。无独有偶，他对自己亲生女儿的命名权也被剥夺了，强行为女儿重取的名字也并未被实际使用。这里的身份证明和名字都是作为个体生命独立存在与身份价值的物化体现，这样的细节无不对毕司沃斯先生卑微的地位构成尖锐的讽刺。

奈保尔特别擅长刻画殖民地人对宗主国文化的模仿行为，在伊斯兰国家、印度等地的游记中表现得最为突出，而这部《毕司沃斯先生的房子》也不例外。毕司沃斯向往西方文明，艳羡奥瓦德的留学经历，他"阅读以英美国家为背景的小说，对宗主国可谓心驰神往，为此他对他的连襟奥瓦德嫉妒万分,因为奥瓦德曾在英国留学,'朝圣'过真正的世界"[1]。他还对阿扎德哈的能喝上牛奶的生活羡慕无比:临睡之前,阿扎德哈把拖鞋扔在地上,靠在摇椅上,边摇边啜饮一杯热牛奶,闭着眼睛,每啜一口就叹息一声,对毕司沃斯来说,阿扎德哈似乎在品味最精美的奢侈品。这些外界刺激都成为他力图证明自己能力,过上自己有独立尊严的生活的外力。因为,在图尔斯家族的大宅子里,毕司沃斯没有独立的身份和地位。他只不过是凭借自己婆罗门种姓身份才"有幸"成为这个大家族中廉价劳动力女婿中的一个。他不仅没有自己个人和家庭的私人空间,生活的一切都暴露在众人的眼光之下,更谈不上任何的来自他人的尊重,是一个无足轻重的人物。他不像同为受害者的格温德那样被图尔斯家族降服而变得卑躬屈膝,忍气吞声,甚至麻木不仁,觉得一切都不错。他认为格温德没有独立意识,甘于忍受附庸于图尔斯家族的耻辱。他厌恶这个大家族里的人际关系和封闭而令人窒息的氛围。起初,他决不放弃象征着他独立自主的写广告牌的工作,以表明自己的独立价值所在:"放弃写广告牌?还有我的独立?不,伙计。我的格言是:独立自主。"[P103](这份写广告牌的手艺日后也确实使毕司沃斯得以有机会在《特立尼达守卫者报》充当见习记者和专栏记者,使他的收入得以提高,生活得以改善并逐渐有能力购买属于自己的房子,因而成为他人生的重要转折点。)除此之外,他还有意抵制大宅里的"权威"——图尔斯太太和叔叔赛斯等人的召唤与安排,企图凭借这种无谓的消极抵抗显示自己的个人意志。他一方面性格孤僻,沉默寡言,郁郁寡欢,采取自我封闭的方式与这个大家庭进行无声的对抗,另一方面又

---

[1] 李雪:《奈保尔〈比斯瓦斯先生的房子〉的后殖民解读》,《学术交流》2003年第3期,第148页。

时不时地做出一些不利于家族团结的行为,说出一些刻薄尖酸甚至恶毒的话来从语言上表达自己的不满与不甘,标榜自己的与众不同。哈奴曼大宅没有也不可能成为毕司沃斯的家,他这样对妻子吼道:"家?家?你把这个鸡飞狗跳的地方叫做家吗?"(P101)他甚至进行一些可笑的"报复"与发泄,如吐漱口水的这一幕就是毕司沃斯在图尔斯家族可悲地位与窘境的生动写照:

> 说到这里,毕司沃斯先生拿起自己的铜水罐走到德麦拉拉窗户那儿去了,他在那里大声地漱着口,一面肆意地用卑鄙的字眼咒骂着整个图尔斯家,心里明白漱口的声音含混了他的咒骂,没有人能听见。然后他恶意地把漱口水吐到楼下的院子里。(P101)

这类荒唐幼稚的折腾令人啼笑皆非,但正是这种荒谬而可笑的行为才更加凸显出毕司沃斯在哈奴曼大宅里的卑微地位和无奈情状。他的抱怨和反抗是无力的,即使是在搬出大宅后,在家族拥有的一家店铺工作和生活还是成为家族甘蔗种植园的工头在外营生,他始终无法真正脱离大家族的影响与掌控,无法获得真正意义上的独立与自尊。在图尔斯家族这个庞大的系统面前,他的反抗就像与风车搏斗的堂吉诃德那样无力、可笑。经过寻求独立的数次努力与失败,毕司沃斯的身心与自尊都遭受了严重的摧残,但是他也渐渐明白:只要他还呆在图尔斯家族这个坚不可摧的堡垒里,或者说仍然依附于这个家族,就不可能获得独立的尊严与价值,这个大家族也并不会因为他的"胡闹"与"破坏"而有所改变,正如毕司沃斯先生自己所感受到的这样:

> 当他回到哈奴曼大宅的时候,他感到极度的疲惫和暴躁。在大厅里他受到的愤愤不平和挑衅的冷眼让他想起来早晨的胜利。但是他曾经

有过的快乐被他对于自己目前处境的厌恶所取代。他曾经兴高采烈地进行的反对图尔斯家族的斗争，现在看起来不但毫无意义，而且十分卑鄙。假如——毕司沃斯先生在那间长屋子里想——假如只要一个字我就从这个屋子里消失，我还能剩下什么东西呢？一些衣服，一些书。大厅里的喧哗和吵闹依然如故；礼拜也会照做不误；早晨的时候图尔斯商店还是会开门。[P129]

为此，他对成为一名小说家的真切心愿与对一处属于自己的住房的孜孜追求就被赋予了深刻的含义：前者，不仅仅是对内心崇高职业的热爱；后者，也不仅仅是一项普通的物质追求。它们成为毕司沃斯生命意义的载体，自我价值实现的重要途径。在阿多诺看来，作为流散者的知识分子唯一拥有的家园就是写作，因为只有在这个虚拟的家园中，他们才能保护自己的良心和批判能力，而流亡使得他们能将世界看作是一个异地，这样他们的视野也就更具独创性。无根的命运造就了其流散的人生，这并未成为其追求的阻力而是动力，去追寻那一方容纳他们的土地。正是抱着这样的梦想，毕司沃斯先生进行了毕生的努力，下面重点分析家和房子在作品中的特殊象征意义。

第四节　房子在毕司沃斯先生生命中的意义

一、房子是追求独立的必然选择

海德格尔曾经说过："家园意指这样一个空间，它赋予人一个住所，人唯在其中才能有'在家'之感,因而才能在其命运的本己要素中存在。"①对于毕司沃斯先生而言,归属的缺失使他没有家的感觉,对属于自己的房子的追求成为他毕生的追求,也是贯穿这部长篇小说始终的主线。房子意味着人的独立空间、隐私空间。毕司沃斯先生对独立空间的追求实际上正是出于对其独立人格的渴求。

人是社会的动物,不仅需要公共空间,更需要个人的私人空间,公共空间与私人空间二者缺一不可,任何一方未能得到良好的发展都可能导致一个人人格发展的不足与生存状态的缺陷。而社会空间的划分往往暗含着权力因素的作用,在此,我们引用福柯的权力空间理论进行进一步阐述。

在福柯看来,权力并不只存在于战场、刑场、绞刑架、皇冠、权杖、笏板或红头文件中,它也普遍地存在于人们的日常生活、传统习俗、闲言碎语、道听途说、众目睽睽之中。权力绝不是一种简单的存在,它是一种综合性力量,一种无处不在的复杂实体。它由各种因素构成,因此在人类社会中,不论是知识、话语、性、惩罚、规训与教育,都与形形色色的权力密切相关,都充斥着各种样式的权力。在这个意义上,也可以说,任何人都拥有一定的权力。当一个国王头戴皇冠而惶惶不可终日的时候,这本身就证明在他所统治的臣民中也同时存在着威胁该种王权的权力。同时也说明,权力作为一种势力关系、一种自由意志、一种强制性话语、一种渗透性力量,必将作用于人类活动、人类关系的一切方面,具有服务、影响、操作、联系、调整、同化、异化、整理、汇集、统治和镇压等多种功能和属性。②

---

① 海德格尔:《荷尔德林诗的阐释》,孙周兴译,商务印书馆 2000 年版,第 15 页。
② 张之沧:《福柯的微观权力分析》,《福建论坛》2005 年第 5 期,第 47 页。

福柯权力谱系学的核心——权力—知识共生结构，整个现代社会的组织系统就是建立在这个共生结构之上的，它使空间成为权力的物质形式。而权力渗透于社会，这一监视原则具体规定了空间的划分，于是空间成为某种制度的空间：其作用不再仅仅是容纳与象征，而完全与规训权力运作联系起来。这样性质的空间，"对居住者发生着作用"，"控制着他们的行为"，并"对他们恰当地发挥着权力的影响"，这便是福柯所剖析的"权力空间"。①

哈奴曼大宅实际上就是这样一个具有典型的权力空间分布特点的家族空间。梅晓云所撰写的《奈保尔笔下"哈奴曼大宅"的社会文化分析》一文中以小说中移民聚居的哈奴曼大宅的空间权力分析为核心，以移民社会文化为内容，探讨特立尼达土地的异己化以及飞地型移民文化的衰落等问题。② 此文从社会文化分析角度对哈奴曼大宅的空间结构与空间内容进行了精彩的评述。结合哈奴曼大宅的空间权力结构，我们可以管窥到毕司沃斯先生对独立空间追求之执著的原因之所在。哈奴曼大宅像是"异军突起的白色堡垒"，封闭程度标示着它的自在性、与外界文化的差异性甚至对峙性。图尔斯家族的权力中心是图尔斯太太所居住的"玫瑰房"，这个房间处于大宅的中心位置，神秘而封闭；其次是她的儿子"小神们"居住的"蓝屋"，与"玫瑰房"相通，占据了仅次于中心的住房位置与权力空间。家族中的其他成员则依次按照各自在家族中的地位分布于走廊的四周。居住场所成为在这个等级森严的印度教家族中的身份与地位的标签，一目了然而又不可逾越。毕司沃斯先

---

① 朱霆：《福柯权力空间理论的建筑学解读》，《安徽广播电视大学学报》2006 年第 4 期，第 125 页。
② 梅晓云：《奈保尔笔下的"哈奴曼大宅"的社会文化分析》，《外国文学评论》2004 年第 3 期，第 66 页。

生与妻子居住的狭小空间与吵闹环境昭示着他们在这个家庭的无足轻重，只能附庸于这个建立在血缘关系和种姓制度集成上的移民社会组织。个体在这种家庭组织中不能发展自己的个性，更不能有独立的意志与行动。我们可以看到，在这个空间当中，个体的私人空间是不存在的，毫无独立与隐私可言，一切都暴露在众目睽睽之下。毕司沃斯先生这样一个自我意识强烈的独立个体对个人空间的要求显然是较为强烈的，这意味着他的自我尊严与独立的品质在这里得不到伸展。

多数心理学家认为个人空间意识是从文化中得到的，然而各种文化甚至亚文化有着许多差异，而个人空间意识却是全体人员都有的。在这个意义上说，个人空间意识不是从文化中得到的，而是我们作为人从遗传中得到的。用种系发生学的术语来说，个人空间意识来自遗传，然而一旦我们把研究限于人的方面，就得将个人空间意识的种种差异视为个人的、环境的和文化的问题。关于个人空间的多数理论阐述是围绕着适当的距离这一概念提出的。不适当的距离会引起不舒服、缺乏保护、激动、紧张、刺激过度、焦急、评价不当、失掉平衡、交流遭到阻碍和自由受到限制的反面效果，但适当的距离通常产生正面的效果。奈保尔对毕司沃斯先生因缺少个人空间而产生的焦躁与愤怒甚至绝望情绪描写得入木三分：

> 他所害怕的未来降临在他身上。他陷入了空虚，每当夜里他醒来，听见鼾声、吱吱嘎嘎和其他房间偶尔传来婴儿哭声的时候，那种只在梦中才能感知的恐惧萦绕着他。天亮所带来的解脱不断地消失。食物和烟草俱不知味。他总是疲倦，总是不安。他常常去哈奴曼大宅；但是只要他一到那里就想离开。有时候他骑车去阿瓦克斯，却没去大宅，走到高街的时候就改了主意，掉头又回绿谷。当他晚上关上房门的时候，屋

子就像一座囚笼。^(P224)

同时，哈奴曼大宅作为一个小型的公共空间实际上是扭曲的、变形的，人们必须把自己伪装得严严实实的，戴着面具与其他家庭成员交往。在必要的时候，还需要进行一些滑稽可笑的"表演"，无法使人展现真实的自我。毕司沃斯先生内心厌恶图尔斯太太和叔叔赛斯，但是表面上又不得不服从于他们的权威。莎玛为了维护妯娌、姐妹们之间的感情，常常假意鞭打自己的孩子以获得亲人间的"团结"与家族的和平。毕司沃斯先生为儿子买的玩具房子也因其他孩子的嫉妒被摔坏以使他们获得心理上的"平衡"。居住在这种公共空间当中，要么像琴塔、格温瑞那样适应公共空间的生活秩序和文化规则，被公共文化同化，个人空间消融在公共空间当中不复存在；要么就像毕司沃斯先生这样的"独立分子"始终不能融入公共空间，使自己成为公共空间中异质的存在，与公共空间格格不入，从而被"边缘化"或"非中心化"。后者则要求边缘主体对公共空间进行反叛，寻求属于自己的独立空间，只有这样，个体才能摆脱他人的权力操控，从而获得独立的尊严与价值以及自主的权力。

二、四次追求房子的经历是他身份追寻的见证

按照弗洛伊德的理论，房子象征着整个人体，这使我们想到自我的概念。^① 毕司沃斯先生对房子的追求就不单只是在于房子本身，而在于房子能弥补内心的无归属感与边缘感，是事业成功和人格尊严的象征，是自主权力的起码保障。奈保尔选择描写"房子"，不仅因为移民的"房子情结"，还因为"房子"是一个区别于文化差异的文化"质点"，是文化

---

① 惠婧蕊、杨金华：《希望在别处——试析〈毕司沃斯先生的房子〉中逃离的意义》，《齐齐哈尔大学学报》2005 年第 2 期，第 72 页。

空间意识的物化表征。① 而这个意义上的"房子"于毕司沃斯先生而言无疑是难上加难。

毕司沃斯先生的一生曾经住过很多个地方，但无论他身居何处，都没有一处属于他。结婚之前，他先后寄居过的地方有许多：与母亲同住的姨妈家的后院、梵学家师傅的家里、姨妈的小叔子的破房子等。入赘到图尔斯家族后，"毕司沃斯先生和莎玛被安置在木头房子最高层的一个长形屋子里，他们只占据了屋子的一部分。"(P93)这些他住过的房子都不能被他称之为家，他从未感受过"家"应有的安全感和归属感。奈保尔在小说中看似无意却又包含悲情地写道："他曾经在很多房子里住过。没有他那些房子也没有丝毫的不同！"(P129)就像在哈奴曼大宅，他并非不可缺少的家人，而是无足轻重的边缘人。当他离"家"到西班牙港再回来的时候，哈奴曼大宅里的人没有任何反应，他似乎根本没有离开过，"无论是莎玛还是孩子们还是在大厅里的人都没有问及他不在的时候"。(P331)因此，追求属于自己的房子的渴求不仅是自我尊严的驱使，也是外界环境的残酷和绝情使然。在这个过程中，毕司沃斯先生先后四次建立自己小家庭的独立空间，拥有自己的房子。

第一次是在"捕猎村"。毕司沃斯先生与赛斯发生冲突，"因祸得福"获得了去图尔斯家族在乡下"捕猎村"的一家小杂货铺，拥有了自己的"小产业"：

毕司沃斯先生的店铺是一间低矮、窄小的屋子，带一个电镀过的锈迹斑斑的铁皮屋顶。混凝土的地板几乎和地面一样高，已经磨损出裂痕和沙砾，地板上结着厚厚的污垢。墙壁倾斜下陷；混凝土的墙皮布满

----

① 梅晓云：《奈保尔笔下的"哈奴曼大宅"的社会文化分析》，《外国文学评论》2004 年第 3 期，第 67 页。

裂纹，有很多地方墙皮剥落了，露出里面的泥土、剪断的干草和竹篾。墙很容易就松动摇晃，但是剪断的干草和竹篾却使它有一种惊人的弹性；因此在以后的六年里，尽管每当有人倚靠在墙上或者把糖袋面粉袋扔到墙上的时候毕司沃斯先生都心惊肉跳……（P139)

如此恶劣的条件并没有使毕司沃斯先生过于沮丧，初次自立门户的兴奋使他对未来充满乐观，他乐此不疲地改善并努力适应房子的设施与环境，企盼有个美好的将来。在莎玛的建议下，房子让她的妹夫——那个体弱多病、自封为梵学家的哈瑞来做祝福仪式，这个让毕司沃斯先生看到生活希望的"新家"在这次"声势浩大"的祝福仪式之后被损毁得一塌糊涂，且耗尽了毕司沃斯先生仅有的财力。莎玛把捕猎村仅仅当作一个打发时间的地方，总是把哈奴曼大宅称为家。但"那是她的家，塞薇的家，阿南德的家，却永远不会是他的家"。（P189）毕司沃斯先生在捕猎村的日子也不好过，他在这里呆的一大半时间都在还债，"在捕猎村的六年里，岁月在无聊和厌倦中消磨着，以至于到最后只需一瞥就完全可以领会其中的内容"P180。这里并非他的归宿之地，他想离开，逃离这种糟糕的生活，"每周至少有一次他会想着离开店铺，离开莎玛，离开孩子们，走上那条路"（P205）。

第二次是在绿谷。在赛斯的安排下，毕司沃斯先生来到图尔斯家族在绿谷的甘蔗庄园里做一名监工头。——"毕司沃斯先生成了一名监工头，每月挣二十五美元，相当于劳工的两倍。"（P205）这句话里，作者将毕司沃斯先生与劳工的月薪进行了直接的比较，实际上是别有意味的：毕司沃斯先生的地位比劳工高不到哪儿去，只是图尔斯家族雇佣的"高级打工仔"而并非主人。在绿谷有许多营房，环境很糟糕，连洗澡都很不方便，加上与劳工们的紧张关系，毕司沃斯先生决定建造属于自己的房子。但是，建造一座房子并不是那么简单的事情，毕司沃斯先生花光了他手上的每一个子儿也没能建成他理想中的房子，勉强用劣质的材料拼凑成了一个房间。即便如此，命运对毕司沃斯先生的打击仍然接踵而至，在高度紧张与疲劳的折磨下，他病倒了，回到哈奴曼大宅休养，而他辛苦建造的房子也被愤怒的劳工们趁机焚毁了。

在捕猎村与绿谷的两次惨痛经历都沉痛地打击了毕司沃斯先生的"房子梦"和"独立梦"。究其原因，不仅仅是他不幸的遭遇与有限的能力，更为重要且受到强调的是，这两次努力的前提都是毕司沃斯先生仍然身处图尔斯家族的势力范围之下，没有脱离图尔斯家族的掌握，不可能获得真正的独立。这两次的"独立"仅仅是形式上离开了哈奴曼大宅。捕猎村和绿谷都属于图尔斯家族权力空间的延伸，实质上还属于图尔斯家族的内部结构，受到权力中心的支配，不可能使毕司沃斯先生实现自我的建构。

在绿谷期间，阿南德看见"有一个东西落在他的附近。那是一只长着翅膀的蚂蚁，他的翅膀已经折断，它蠕动着，仿佛不胜翅膀的重负。这些蚂蚁只有在暴雨降临的时候才出来，而且很难在暴雨中存活下来。当它们落下来以后就再也不能飞起来了"[P287]。"它们弱小的翅膀被庞大的身躯拉扯着，很快就失去了用处，而没有了翅膀它们也就失去了自卫能力，它们不停地跌落下来。而它们的天敌已经发现了它们。在墙上，在油灯闪烁的暗影里，阿南德看见一群黑色的蚂蚁。它们是噬咬蚁，身体更小，但是更粗壮，也更灵活，紫红色的身体闪着幽光，缓缓地严格按照编队行动着，庄严肃穆，似在承办殡葬。"[P288]

蚂蚁在此构成一个隐喻：毕司沃斯先生就像暴风雨中的蚂蚁，与命运展开壮观的搏斗，他的"翅膀"不够坚强有力，抵挡不住强势的打击，但他"飞起来"的愿望指引他不断在恶劣的环境下求得生存，执著地坚持自己的梦想，努力改变自己的命运。与此同时，他遭受了那些甘于现状之人所无需遭受的苦难，从精神到肉体都被无情地蹂躏与撕扯。这与高尔基笔下的与巨浪在电闪雷鸣中搏击的海燕类似，传达了一种高亢而悲壮的敢于拼搏的精神，也使小说在无形之中具有了更深层的人文意义，启迪我们积极勇敢面对现实生活中的艰辛。

毕司沃斯先生一家在绿谷的房子被劳工毁坏之后，毕司沃斯先生只能举家回到哈奴曼大宅，这成为他的巨大耻辱。他们在绿谷的家具被搬回来，包括莎玛在意的衣柜和赛薇喜欢的摇椅。小说中有这样一段描写：

赛薇痛苦地看见家具被分散开来，而且被置之不理，更让她生气的是看见摇椅立刻就被孩子们侵占了。起初孩子们只是站在摇椅的藤编的座位上，剧烈地摇晃。后来他们又延伸出一个游戏，四五个孩子爬上摇椅摇晃；另外四五个孩子试图把他们揪下来。他们在椅子上打成一团，最后掀翻了椅子：这成为游戏的高潮。[(P297)]

毕司沃斯先生追求独立空间与自主家园的梦想就像这把摇椅一样被来自诸多方面的阻力与障碍"七手八脚"地蹂躏、推翻、濒临毁灭。毕司沃斯先生就像是爬上摇椅的孩子被各种各样的力量"揪下来"，使得他不得安宁与成功。毕司沃斯先生"投降了，而这样的投降带来了和平。当那些男人来接他的时候，他抑制了心中的厌恶和恐惧。他很高兴自己这样做了。投降使得他远离了湿漉漉的墙壁和贴满报纸的墙壁，使得他不再经受酷热的阳光和狂风暴雨，而把他带到了这里：在这个与世隔绝的房间里，在这虚空之中。"[(P298)]

在追求独立身份却遭遇失败的时候，毕司沃斯先生表现出对图尔斯家族的依附，这是他能力与性格的局限性，也是他无法获得真正独立身份的悲剧性所在。他永远认为现时只不过是暂时性的"过渡状态"，他曾经跟阿南德说过："你知道，我们是随时可以回到哈奴曼大宅的。"在他养病期间，他甚至对哈奴曼大宅产生了暂时的类似归属感的幻觉："他一直待在蓝色房间（即图尔斯太太的儿子所住的'蓝屋'）里，因为觉得自己仅仅是哈奴曼大宅的一个部分而感到安全。作为一个拥有生命，力量和权力的有机体，哈奴曼大宅安抚着他，而那是组成他的个体所无法具备的。"(P301) 但此时的毕司沃斯先生仍然面对艰难的选择：如果他留下来的话，在哈奴曼大宅里总会有他的一席之地。如果他离开也没有人会想念他。他没有要求孩子归他所有；他们都回避他，遇见他的时候总是尴尬莫名。

毕司沃斯先生命运的悲剧性与价值所在就在于，虽然他具有相当程度上的软弱性与局限性，却仍然不放弃独立的自我人格。他是生活的反抗者，而非完全的妥协之辈。他百感交集地在没有任何人注意的情况下独自离开了像阴霾般笼罩着他的哈奴曼大宅，去找寻"真正的生活和它特有的甜蜜"。(P304) 为此，他来到了西班牙港。

西班牙港对毕司沃斯先生而言是一个新奇的世界，一个更大的发展空间。在这个空间里有他向往的高尚生活，他希望在这里找到属于他自己的空间和位置，重塑自我的价值。"他不再只满足于在城市里观光了。他希望成为其中的一部分，他想和别人一样每天早晨站在黑黄色的巴士站那里，他想成为那些在办公室窗后办公的人们中的一员，想和那些尽享周末和傍晚的休闲的人一样。"(P314) 在西班牙港立足成为此时的毕司沃斯先生追求高尚生活的当务之急。这正是毕司沃斯先生进行的第三次努力。

这次是在毕司沃斯先生成为《特立尼达卫报》记者之后。如果说前两次"筑居"与寻求独立自主的失败包含着毕司沃斯先生仍然依附于图尔斯家族的因素，那么从他独自悄然离开图尔斯家族的那一刻起，他的目标就有了一个新的起点，那就是完全脱离图尔斯家族、"自力更生"。毕司沃斯先生凭借画广告画的手艺谋取了《特立尼达卫报》的见习记者的职位，之后又转为专栏记者，并拥有了一点名气。这是他有生以来最春风得意、最有成就感的时期，拥有了体面的职业和收入，他逐渐获得了他人的尊重，慢慢有能力筹建自己的房子。"他东拼西凑，从美军废弃的营房中挪来房子框架，买来一些旧的建筑材料，盖起了一座房子。尽管屋顶是旧瓦楞铁皮盖的，屋顶上没有檐沟，只能用水桶接水；尽管房子里没有厨房和厕所，生活非常不方便；尽管地板上和墙壁上都有裂缝，填缝的沥青蛇一般地从屋顶上流下来，但毕司沃斯先生还指望着住进新房子给他带来新的心境。"①不幸的是，这座房子几乎被附近玩火的孩子们给烧毁，无法再居住下去。由于交通的不便影响到毕司沃斯先生上班和孩子上学，毕司沃斯先生不得不再一次搬家，这次是搬到图尔斯家族所属的在西班牙港的房子里。这个房子重现了在哈奴曼大宅的噩梦，嘈杂与混乱使毕司沃斯先生不堪忍受。他不甘心重复以前的生活，促使他进行第四次的努力。

第四次拥有自己的房子是毕司沃斯先生被赶出图尔斯家族几近绝望地离开之后。这一个部分——小说的第五部分的标题是"虚空"，预示着某种不祥和的无奈结局，事实确也如此。在急切心情的迫使下，毕司沃斯先生迫切需要换回自己的尊严，仓促地买下了看似仁慈的法务

---

① 张德明：《悬置于"林勃"中的幽灵——解读〈毕司沃斯先生的房子〉》，《外国文学研究》2003 年第 1 期，第 84 页。

官文书的房子。毕司沃斯先生的急切与莎玛的焦躁使他们都被蒙蔽了，没能看到房子存在的诸多缺陷。直到他们搬进这所花光毕司沃斯先生所有积蓄且欠下贷款的"新居"后，他们才发现受骗了：

> 没有窗帘，屋子里除了那套莫里斯家具之外空无一物，热乎乎的地板不再锃亮宜人，在阳光照耀下地板上只有粗砂、擦痕和肮脏的脚印，房子比孩子们印象中狭小了许多，并失去了他们那天晚上在柔和的灯光里，在厚重的窗帘阻隔下的温馨。……没有窗帘遮挡，楼梯显得过于粗糙，……毕司沃斯先生发现房子没有后门。莎玛发现两个支撑楼梯平台的木头柱子已经腐烂，柱子从底部切削开去，并生着潮湿的绿苔。他们都发现楼梯很危险。每走一步，楼梯就晃悠，最轻微的风也会掀起中间倾斜的瓦楞铁皮，发出金属的噼啪声。……他们还发现楼下的窗户没有一扇能合拢。有一些窗户卡在水泥窗台上；还有一些因为被太阳晒得变了形，根本无法拉上窗插销。他们发现那装饰着白色木框和磨砂玻璃，四边都有人字形格子的漂亮的前门即使插上门闩，强风一吹时门也会被吹开。另一扇客厅的门根本就打不开。[(P566)]

他们不得不花费更多的钱对这破房子进行大量修葺，毕司沃斯先生也因巨大的工作压力与经济压力心脏病发猝死在这所勉强属于他自己的房子里。火化仪式结束后，"莎玛和孩子们开着那辆皮埃福克特回到空空的房子里。"[(P582)] 小说以这样的笔调结尾，平淡无奇，没有任何渲染之词，反衬出毕司沃斯先生生命的悲凉。虽然他至死都没有实现自己的梦想，但作者仍然给予毕司沃斯先生充分的同情与肯定："如果在这个时候没有房子该是怎样凄惨：他将会死在图尔斯家的人旁边，凄凉地死在那个巨大的支离破碎的冷漠家庭；把莎玛和四个孩子留在他们中间，留在一间屋子里；更糟糕的是，活着的时日连在这地球上置办一份属于自己的家业的企图都没有；或者是活着和死去时都像一个人被生下来的一刻那样，毫无意义且无所适从。"(P7) 可悲的是，他所期待的这份仅有的价值并未成立，就如同小说的英文名 A House for Mr. Biswas 所暗示的那样，房子仅仅是为他存在过，而非属于他。精通英语的奈保尔并没有使用 A House of Mr. Biswas 或 Mr. Biswas's House 的所有格形式，而是采用了 for 这一并非属有性的介词，可以表达一种模棱两可而又耐人寻味的属有性质。

毕司沃斯先生追求房子以求安定，实际上这个过程却是他不停流亡的记录，也是对文化之根和自我身份的印证。虽然他最终拥有了属于自己的房子，但这房子只是他一生追求自我身份与地位的物化象征。这一点在奈保尔的身上同样得到了体现，他对房子的追求的笃定，同时又与其疏离流散的命运形成鲜明的对照："拥有房产就等同于归属。他拥有房子的历练越丰富，他的疏离感就越强烈。"① 因此，奈保尔说"我没有自己的国家。我无家可归，……流亡，对我而言，不光是个比喻说法，而是真实存在的状况。我是个流亡者。"② 小说内外，父子的命运轮回，不得不说令人唏嘘。

---

① 保罗·索鲁：《维迪亚爵士的影子》，秦於理译，重庆出版社 2005 年版，第 327 页。
② 保罗·索鲁：《维迪亚爵士的影子》，秦於理译，重庆出版社 2005 年版，第 327 页。

第三章

《河湾》：在差异中建构的流散身份

    《河湾》在 1999 年被美国兰登书屋入选 20 世纪百部最佳英文小说，它是奈保尔的代表作之一，被誉为"最后的现代主义史诗"。[①]小说以独立后的非洲国家为背景，以主人公印度后裔萨林姆进入非洲内陆的经历为主线，描写一个正处于艰难的现代化进程中的非洲国家令人忧虑的混乱状态，呈现出一副欧洲殖民者撤退之后，新近独立国家政局混乱、族群混战、独裁统治的暴政与腐败的当代非洲图景。小说中虚构的人物与故事承载着现实世界中奈保尔对其文化归属的深邃思索与执著探寻，揭示了后殖民模仿、族裔流散、身份建构等多重主题。在以其友人维塔·萨克维尔-维斯特(Vita Sackville-West)为原型的魔幻传记《奥兰多》中，伍尔夫写道："一个作家灵魂的每一个秘密，他生命中每一次体验，他精神的每一种品质，都赫然大写在他的著作里。"主人公萨林姆身上有奈保尔的影子，他既是小说的主人公，又作为奈保尔的代言人进行观察与叙述。因此，《河湾》一直为研究奈保尔文化身份建构问题的学者所重视，我们可以从小说的各个侧面窥见奈保尔在身份建构问题上的困惑。

---

    ① King, Bruce. *V. S. Naipaul*. New York: St. Martin's Press, 1993. p123.

第一节　奈保尔生命中的流散历程

《河湾》(*A Bend in the River*, 1979)是一部流散者书写流散者的优秀作品，某种程度上可以称为"流散写作"(diasporic writing)。流散写作是流散现象的派生物，在全球性的人口流动情势下，许多作家也离开自己的故乡，散居在世界各地，"他们既有明显的全球意识，四海为家，但同时又时刻不离自己的文化背景，因此他们的创作意义同时显示在(本土化传统的)中心地带和(远离这个传统的)边缘地带"。① 他们因其独特的流散特性成为流散作家，其写作也被称为流散写作。近年来的诺贝尔文学奖垂青的多是这种具有多重民族文化身份的后殖民流散作家，他们"往往由于其不同的政见，或过于超前的先锋意识，或鲜明的个性特征而与本国的文化传统或批评风尚格格不入，因此他们只好选择流落他乡，而正是在这种流亡的过程中他们却写出了自己一生中最优秀的作品"②，奈保尔就是其中的典型代表。

自从 1957 年创作第一本小说《灵异推拿师》以来，奈保尔笔耕不辍，其写作之旅所涉及的地域从特立尼达、印度到非洲、英国、南北美洲以及伊斯兰国家，有学者将奈保尔已完成的 29 部作品划分为 13 部为虚构作品，其余 16 部为政论性、自传性或游记性的非虚构作品。③ 这种

---

① 王宁：《流散文学与文化身份认同》，《社会科学》2006 年第 1 期，第 173 页。
② 谢景芝：《全球化语境下的女性主义文学批评》，河南人民出版社 2006 年版，第 158 页。
③ 王守仁、方杰：《想象·纪实·批评——解读 V. S. 奈保尔的"写作之旅"》，《南京大学学报》2003 年第 4 期，第 105 页。

归类性的机械划分对于奈保尔这样一位身份与作品都具有"多栖性"与"杂糅性"的作家而言似乎并不妥当，因为他的创作手法时常是纪实与虚构并存的。他的小说中常常影射现实，带有浓厚的现实转喻性，甚至与现实世界存在参照性的对应关系；而在自传与游记的叙述中也加上了个人的虚构处理甚至不着边际的想象，只能称之为"半自传"和"半游记"性质的叙述体裁或大体上属于虚构的或纪实的作品。库切在《双重视角》中有一句话这样说道："从广义上讲，所有的写作都是一种自传：不论是文评还是小说，你写的每一样东西在被你书写的同时也在书写着你本人。"①因此，作为小说的作品同样对考察作者的文化身份问题具有研究价值。《河湾》是一部具有鲜明流散特质的作品，这不仅是由于奈保尔本人作为作者的流散特质，还表现在主人公萨林姆的流散性与小说一以贯之的流散基调以及后殖民语境下的族裔散居生活情态等方面。奈保尔的一生是漂泊的一生，其作品常伴随着"流散"、"疏离"、"无根"等标记，这主要归因于奈保尔特殊的身份背景和复杂的生活经历。他祖籍印度，生于特立尼达，18岁后求学并生活于伦敦，此外，他多次踏访母国印度，还广泛地游历世界各地，可以说行走了大半个地球。而他的人生史上，包括他所有的生活经历、写作与旅行的经历中，这几个关键词的烙印深刻清晰：印度、特立尼达、英国。

　　首先是印度。与奈保尔作品中的许多人物一样，奈保尔是在特立尼达的第三代印度移民，他的祖父以契约劳工的身份从印度移民到特立尼达的查瓜拉斯镇。奈保尔于1932年生于这个加勒比地区小岛上的一个印度婆罗门家庭。作为移民的后代，特别是作为处于殖民地环

---

　　① J. M. Coetzee, *Doubling the Point：Essays and interviews*. Ed. David Attwell. Cambridge：Harvard UP, 1992. p17.

境中的个体，奈保尔生来就不具备纯粹的身份归属。印度，他的祖先之根，对于奈保尔而言仅仅是个遥远的血脉意义上的故乡。即便是他的祖父与父亲那些长辈与同辈人也已经与印度疏离，印度的文化传统对于奈保尔这样的后辈而言就更加显得遥远而陌生了，而特立尼达这个混杂落后的殖民地环境也不能给他以安全感与归属感。最初的出生环境就成为决定奈保尔流亡的命运的重要因素。在特立尼达，印度人有自己的社区，沿袭着印度教传统，但却受到黑人的排挤，成为"边缘的边缘人"。印度对于奈保尔而言是遥远而陌生的，它"并不是真实的——它只不过是存在于特立尼达这个小岛外面的茫茫太虚中的一个国家。……印度是虚悬在时间中的国家"。① 在奈保尔的头脑里，印度只是一个概念、一种想象。在他心里感受不到太多对印度的亲切感，在童年的印象中，"印度"只存在于家里的一些器物之中：

一两张破旧不堪的、脏兮兮、不能再睡人的绳床……几张用稻草或麦秆编织成的草席；各式各样的黄铜器皿；好几台木制的传统手工印染机……大大小小的皮鼓和一只残破的簧风琴；一幅幅五颜六色的图片……琳琅满目的祈祷用具……②

并不是奈保尔不想认同并归属于他的祖先之根，而是文化上的"断奶"使他与印度的联系割断，无法续缘其文化传统。然而，他对祖先之根始终念念不忘。这种情怀促使他分别于 1962 年、1975 年、1988 年三度踏访印度，追寻文化与血脉之根，并创作了合称为《印度三部曲》的《幽黯国度：记忆与现实交错的印度之旅》、《印度：受伤的文明》、《印

---

① 奈保尔：《幽暗国度：记忆与现实交错的印度之旅》，李永平译，上海三联书店 2003 年版，第 5 页。

② 奈保尔：《河湾》，方柏林译，译林出版社 2003 年版，第 2 页。（注：以下引文只在文后标出页码，不再一一注出。）

度：百万叛变的今天》三部游记作品。与故国的亲密接触给他游子的心灵以某种程度上的慰藉，但是，印度衰落的现状与历史感的缺失等情形令他迷失在愤怒而焦虑的情绪中，这类寻访并未解决奈保尔的身份定位问题。

其次是特立尼达。如果说祖籍印度带给奈保尔的是失根的遗憾，那么，亲身体验的特立尼达经历对他而言就是无法逃避的苦楚。特立尼达这个西印度群岛之一的小岛于1498年被哥伦布所发现，几个世纪以来，陆续被西班牙、法国和英国等国家的殖民者统治。英国殖民统治期间，由于殖民需要，统治者从同属殖民地的印度引进劳动力。这些印度移民主要从事农业和种植业。奈保尔的祖父就是1880年以这样的方式从印度西部移民到特立尼达从事甘蔗种植园的劳动。由于殖民历史长久，特立尼达的传统土著文化早已断裂，取而代之的是黑人文化、印度文化、欧洲移民文化等各种混杂的文化形态。殖民主义给殖民地国家与人民带来的不仅仅是陌生的语言与生活环境等外在因素造成的不安全感，更重要的是导致一群处在两种或两种以上文化夹缝中艰难生存的"边缘人"无所归依的精神处境。相对来说，从小接受较好教育的奈保尔比其他殖民地人更能够敏锐地感受到这种虚空的状态，加上从小父亲的英国文化（在奈保尔心里象征着更加纯粹而"高级"的文化）的熏陶与他自身早熟而敏感的文人性格与勤奋进取的积极态度，奈保尔12岁时就对特立尼达产生了极度厌倦的情绪，早早地立下了四年之内一定要离开特立尼达的誓言。1950年，18岁的奈保尔如愿离开特立尼达，来到向往已久的宗主国英国求学，此后极少回到特立尼达。特立尼达是奈保尔心中抹不去的黑暗历史，他嫌恶却又无法逃避这段真实的过去，即使多年后睡在伦敦开着暖气的房间里,他仍然会被回到赤道地区的特立尼达的噩梦惊醒。尽管如此,奈保尔本人也不否认这个被他称为"最可笑的岛屿"的故乡给他的写作生涯,尤其是早期创作带来不竭灵感与素材,并奠定了他作为一个伟大作家最初的名声。早期作品《灵异推拿师》、《埃尔维拉的选举权》、《米格尔街》、《毕司沃斯先生的房子》、《河湾》等,或以特立尼达为背景或借用记忆中的殖民地印象进行创作的。而作品《失落的黄金国》则是专门研究特立尼达历史的著作。在以后的小说、游记与自传性作品中,奈保尔都常常对故乡特立尼达进行反复回望,特立尼达情结在奈保尔作品中得到一再呈现。

第三是英国。英国对奈保尔的一生都产生着重要的影响。作为英国的殖民地,特立尼达深受英国文化的渗透。童年时期与少年时期,奈保尔在特立尼达所接受的教育都是英国式的,英国在其年少的心灵上打上了深深的文化甚至思维上的烙印。奈保尔在《读与写》(1999)一书中回忆道,他12岁之前就已经记得英国文学中很多片段,它们主要来自莎士比亚的《裘力斯·恺撒》,狄更斯的《雾都孤儿》、《尼古拉斯·尼克贝尔》和《大卫·科波菲尔》,乔治·艾略特的《弗洛斯河上的磨坊》,兰姆的《莎士比亚故事集》和查尔斯·金斯利的《英雄》。热衷写作的父亲对英国的向往与鞭策性教育也给奈保尔的成长以至于获得政府奖学金远赴牛津求学起到最初的督促作用与深远的影响。童年时,父亲常常给他读英国文学作品的片段,在他脑海中形成深刻的印象,尤其被狄更斯笔下的文学世界所吸引,并向往成为狄更斯那样的文学大师。奈保尔在中学接受的殖民地教育特别是他喜爱的文学领域的教育主要是英国的或西方的,他向往作为外面世界象征的英国。奈保尔如愿赴英求学,与《米格尔街》中的"我"、《毕司沃斯先生的房子》中的阿南德、《抵达之谜》中的主人公一样离开故乡，投奔英国的怀抱，完成了由边缘移向中心的重要一步。

但是，在英国求学以至定居英国的奈保尔始终是个"有色人"。即便是享有被英国女王受封为骑士的殊荣，他仍然不可能摆脱作为外族人标签的发肤与长相特征所标示的异族人身份。由于在牛津所受的高等教育使他无法认同故国印度的文化，加上与英国文化感到的疏离，他常常站在一定的距离之外以凌驾者的姿态看待英国。或许正是这种间离状态，他看到的更多是英国的阴暗面，把英国说成"有半数是同性恋的国家"、"一个次等人类国家——游手好闲的政客、龌龊寒碜的作家，还有些心术不正的贵族"，把牛津大学说成"二流的乡村大学"。奈保尔内心对英国是持否定态度的，尽管这可能是出于自我保护的傲慢，但身在他乡，他不得不努力改造自己以适应异国的文化。这种强烈的张力使他感到近乎人格分裂的痛苦，他在《抵达之谜》中进行了这样的自我剖析："我在特立尼达岛以一种不太可能的方式接受了19世纪末美学运动的思想和布卢姆斯伯里的思想，这些思想基本上是在英国帝国富强、稳定的社会环境中孕育出来的。为了成为那种作家，我只能变得虚伪起来，我只能假装自己是另外一个人，假装自己是另外一种背景下长大的人。在作家身份的掩盖下，隐藏印度侨民血统。"弱势文明所具有的自卑感与强势文化带来的压迫感令他无法正确定位自己，奈保尔一度陷入精神焦虑症的困扰之中。即便在功成名就且定居英国的日子里，奈保尔的心并不归属于英国，迷惘与忧虑如影随形。他仍只是个旅人，且无处抵达。无法接受与融入英国文化，奈保尔再一次被疏离与放逐。这位敏感多思的知识分子从出生的那一刻起就命定着一种无法达到纯粹的文化身份，他的内心因归属感的缺失与身份的焦虑而不再平静。

从印度到特立尼达，从特立尼达到英国，奈保尔的一生可以说经历了三次越界行为，其精神之旅在"边缘"与"中心"文化之间也历经了无数次的穿梭。这种从边缘到中心的越界行为打乱了传统的地域、种族、语言和文化的分界线，给奈保尔带来广阔的视野的同时，也导致了精神和文化上处于流亡状态，使他对自己的文化身份变得敏感起来。由于奈保尔"无根"的命运，无论身处何处，他都感到疏离、无家可归。他不断逃亡，成为一个"在流浪中写作、在写作中流浪"的旅行作家。一方面，他在流浪中写作：他周游世界，亲身旅行的体验开阔了他的视野，给了他无法取代的创作素材和灵感。通过旅行，这个自称"世界主义者"的流亡者执著地一直对自己身份归属进行反思与探寻。最典型的作品当属他数次踏访故国印度写下的"印度三部曲"。

另一方面，他在写作中流浪。即便是小说，他也赋予其深刻的现实意义。在《河湾》中，奈保尔以他丰富的人生阅历和对后殖民社会的敏锐洞察力精心构建一个真实场景，向我们展示处在后殖民社会境况下不同文化背景生命个体所面临的生存困境，著名的后殖民主义文论家阿什克罗夫特认为，"流亡是生命个体与在文学意义上的家园或原居地文化群体或族群相脱离的一种状态。"①《河湾》是奈保尔注入巨大心血的一本小说，奈保尔将后殖民国家的现实世界嵌入到小说之中，把自己的影子放置在小说人物身上。《河湾》不仅是一本单纯的虚构小说，他包含后殖民国家的缩影，更是记录了奈保尔本人对身份之谜进行追寻的精神之旅，是一部"灵魂的游记"。

---

① Ashcroft Bill, Gareth Griffiths and Helen Tiffin. *Key Concepts in Postcolonial Studies*. London: Routledge, 1995. p92.

第二节　萨林姆的流散身份建构

《河湾》以昔日的比属刚果为背景,将故事集中在非洲中部的一个河湾小镇,描述一个殖民地国家独立后从混乱到繁荣再到衰败的整个过程。小说开头描述取得独立的小镇再次发生动乱,但惠斯曼斯神父却预言小镇惨遭摧毁只是暂时的退步,他意识到古老的非洲传统正处于垂死的边缘,新的非洲正在崛起。虽然神父死于小镇再次叛乱结束的尾声,但是他的预言开始被逐步的验证。总统借助白人

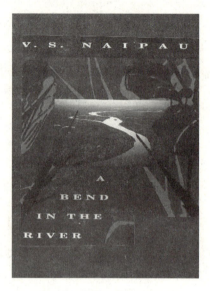

《河湾》英文版封面

的力量平息了小镇的叛乱,随着和平局势的逐步稳定,经济开始复苏。总统作了一个壮举,他把急流边的废墟夷为平地,开始了自己领地的创造。领地是新非洲崛起的地方,是总统将要建设的现代化的非洲的模型。总统和小镇居民虽然都痛恨过去的殖民统治,想通过各种手段去摧毁殖民时代的一切来达到忘记殖民过去的目的,但是他们又是如此羡慕殖民者所拥有的一切,并且在不知不觉中模仿殖民者的风格。但是这个充满现代化意义的新非洲的建设,在整个过程中却避开甚至是遮盖了一个真实的非洲,它只是欧洲意识的拙劣模仿。欧洲的文化意

识已经在不知不觉中侵入了古老的非洲。《河湾》让我们看到了遭受后殖民侵略的真实的非洲。后殖民入侵是一种潜在的文化侵略，它会潜移默化地同化殖民地的人们，使人们丧失自己的文化传统成为殖民文化的奴隶。新非洲只是一个拙劣的西方模仿物，它只是大人物推行新思想的试验场，它隐藏了真正的非洲现实，使国家的发展再次陷入畸形。

"世界如其所是。人微不足道，人听任自己微不足道，人在这世界上没有位置。"[P1]小说的开篇就把人置于一种边缘的位置，暗示出萨林姆不属于任何一种文化形态，他既不是东方的也不是西方的。赛义德认为，作家身上具有一种渴望追溯本源的意图，这一意图涵摄着社会的文化政治宗教力量，是一种使作家与其自身世界的诸种力量难以逃逸的网络，具体方法就是将关注点集中在其文本创作上。奈保尔强调作品内容与现实生活的一致性，他在创作中遵循的原则是"事实对于现实必须是完全真实的。人决不能为了使一个故事更生动而去篡改事件或者陈述"。[①]为此，他淡化了小说的故事性，而且为了突出真实性，他把发生在20世纪前后的重大社会事件作为故事的情节和背景。另外，奈保尔的民族宗教背景和个人移民经历也都充分地显现在主要人物身上，这不仅赋予了小说浓厚的自传色彩，而且在很大程度上把文学、社会和历史有机地融合在一起。我们不难发现萨林姆以多重身份出现在故事里，他既是奈保尔的代言人、故事的中心叙述者，又是事件的参与者和评论者，因此重点研究他有助于更准确地领会作者的阶级立场和文化观。赛义德曾论述道："萨林姆就是现代流亡知识分子的一则动人

---

① 法·德洪迪：《奈保尔访谈录》，《世界文学》2002年第1期，第128页。

例子。他是祖籍印度东非伊斯兰教徒，离开海岸，旅行到非洲内陆，在一个新建立的国家中历尽苦难仅以身免，小说中的新国家以蒙博托建立的扎伊尔为原型。"①在此，我们把萨林姆这一人物形象理解为奈保尔的化身，发现二者有惊人的相似之处。我们可以跟随萨林姆的视角，对奈保尔的文化身份问题进行探讨。

首先，身份上的相似，都属于前殖民地居民，而且都是移民。萨林姆生于非洲东海岸，其祖先来自印度西北部，虽然"按照习俗和思想，我们更接近于印度西北的人"，但"到底是什么时候从那里迁过来的，没有人能告诉我。所以我们也不算那里的人"。(P11)"他不属于任何一方——既不属于中部非洲，也不属于非洲东海岸已衰落的印度穆斯林社区。"②与奈保尔一样，萨林姆的身份生来就不纯粹：

> 海岸那里不能算地地道道的非洲。那是一个阿拉伯人、印度人、波斯人、葡萄牙人混杂的地方，这里的居民其实是印度洋人。真正的非洲在我们身后，连绵许多英里的丛林或荒漠把我们和内地的非洲人分割开来。我们把目光放在东边的土地上，比如阿拉伯、印度、波斯。我们和这些地方的人做生意，我们的祖先也是从这些地方来的。不过我们不能把自己说成是阿拉伯人、印度人或波斯人。和这些地方的人比较起来，我们感觉自己是非洲人。(P11)

可见，萨林姆是一种"半非洲"的散居身份，这种散居身份必然伴随着一种文化身份的混杂性。印度文化遥不可及，无法与之形成认同，同时对出生地文化也持否定态度。萨林姆没有继承家人的穆斯林传统，他

---

① Edward W. Said. *Representations of the Intellectuals*. London：Vintage Books（UK），1994. p 49.

② Timothy F. Weiss. *On the Margins：The Art of Exile in V. S. Naipaul. Review*，May13，1979. p1.

坦言"我的不安全感也是因为没有真正的宗教归属感造成的"。他对穆斯林宗教的态度是否定的,小说中他这样评论叫女儿取回晾在外面的铜瓶的婶婶:"……看着这个虔诚的女人掩在自己的墙后,我突然发现她对于铜瓶的关注是多么的琐屑。粉刷成白色的墙是多么单薄,比沙滩上奴隶围场的墙还要单薄,能给他提供的保护实在是少得可怜。她太脆弱——她的为人,她的宗教,她的风格,她的生活方式,全是脆弱的。"(P19)东非海岸之于萨林姆,就如同特立尼达之于奈保尔,不能提供归属感:"……我很早就养成了观察的习惯。我尽量从熟悉的情景中跳脱出来,从一定的距离之外打量它。正是由于这种观察习惯,我发现我们这个群体已经落伍了。从此我就开始有了一种不安全感。"(P15) 在《河湾》中,奈保尔借萨林姆之眼对当地文化与人群投以了鄙夷的眼光,对其"落后"与"愚昧"大加笔墨。这引起了不少争议,连萨义德也在《东方学》后记中把奈保尔归入不怀好意的"东方主义者"行列。奈保尔也属于特立尼达这一前英国殖民地人,他曾经说过:"我来自一个殖民地,一个曾经是种植园的社会,在那儿奴役是一种更加绝望的境况。"①他与萨林姆一样厌恶自己所处的殖民地环境,想方设法逃离出生地,选择了自我流散的道路。

萨林姆时时感受到自己处于一个充满敌意的世界之中,并因此导致了他极度的痛苦与思乡病:

夜晚睡醒,一个人呆在卧室里,我感到寂寞,也感到了周围世界的不友好。这就像孩提时处在陌生地方的那种头痛感觉。透过刷白的窗户,我看到了树——不是树的影子,而是它们的轮廓。我想家了,接连

---

① Naipaul. *The Enigma of Arrival.* London：Pengunin Books,1987. p64.

几个月我一直想家。不过现在有家也难回了。家只存在于我的头脑之中，我已经失去它了。^(P111)

对身处异乡的萨林姆而言，家仅仅是头脑中一个空洞的概念，是早已失却的东西，他始终没有在河湾找到家的感觉，特别是在仆人墨迪开始拥有自己的生活之后，他沮丧地想："我不会继承任何房子，我建的房子也不会传到子孙手里。那种生活方式已经结束了。我已经年近三十，我离家寻找的东西至今还没有找到。我只是在等。我一辈子都要等下去。我刚来的时候，这房子还是那比利时女人的，它并不是我的家，它像是暂时的营地。后来它成了我的营地。现在又变了。"^(P111)家的存在对每一个人来说都是非常重要的，它意味着一种归属感和安全感，正如米兰·昆德拉所指出的："家园：CHEZ－SOL，捷克语为 do-mov，德语是 das Heim，英语是 home，意即有我的根的地方，我所属的地方。家园可大可小，仅仅通过心灵的选择来决定。可以是一间空间，一处风景，一个国家，整个宇宙。"①

其次，对英国为代表的西方文明的向往，以及文化碰撞下共有的身份迷惘。在宗主国文化意识形态的影响下，殖民地人民对自我的身份和本族的文化产生了严重的认同危机。这些受过西方文化置换了的人对前辈人沿袭的传统文化产生了疏离感，觉得与身边的世界格格不入，而对外来身份的认同使他们反倒将西方当成他们想象中的精神家园。弱势民族的自卑情结和对想象中的家园的向往，驱使他们选择逃离本位文化而急切地追寻宗主国文化的认同。

出生地文化的落后使萨林姆期望远走高飞。接受欧式教育的他对

---

① 米兰·昆德拉：《小说的艺术》，董强译，译林出版社 2004 年版，第 159 页。

英国为代表的欧洲文化赞赏并向往，他认为"欧洲人能够评价自己，所以和我们比起来，更有办法应付变化。我把欧洲人和我们自己作了比较，我发现我们在非洲已经无足轻重，也创造不了什么价值"。(P17) 未能像好友因达尔那样投奔心向往之的欧洲文明，他折中地选择了走向更有"希望"的"外面的世界"，接手经营纳扎努丁在非洲内陆河湾处小镇上的商店。这个小镇是个半欧化的后殖民地国家的缩影。刚刚独立后的非洲国家混乱不堪，萨林姆看似冷静地观察着这里呈现的社会面貌与发生的种种变化，从容地穿梭于各色人物之中。就如同奈保尔的文化代言人，他并不完全认同任何一种文化，最终他迷失在这个混乱而复杂的世界并选择了继续逃亡，印证了他最初进入非洲内陆时的预感——"我走错了方向，走到头也不可能有新的生活。"(P4)

奈保尔从小就向往着英国伦敦的美好生活，渴望在那里实现成为一名作家的理想，这源于他从小接受的西式教育，从而确立了西化的价值观。就连他与父亲的作家梦都是源于对西方文明向往与肯定，因为在他眼里，特立尼达人尚未开化，根本不懂得阅读和写作。而当他真正实现这一人生理想并获得一定社会地位之时，他却发现这种理想的达成并不能使他摆脱失根人的窘境，他仍然不能完全融入西方社会。因此西方社会不能成为他的归属之所，他那种流散者的文化身份并未改变，为此他借《抵达之谜》表达了实际上属于他自己的情绪："要在等级分明、阶级意识强烈的文艺首都伦敦成为一个小说作家是另一种方式的流放。"①

再次，对西方白人世界的态度由最初的好感，到审视继而是揭露与

---

① Naipaul. *The Enigma of Arrival*. London：Pengunin Books，1987. p83.

否定。虽然已经摆脱殖民者的统治，但这个国家在精神意识与文化上还没有独立，欧洲殖民者的影响随处可见。撇开其政治立场，淡化其后殖民批评的初衷，我们更加关注的是奈保尔从萨林姆的行为观念中透露出的文化认同倾向与追寻自我的足迹。舍弃了母邦文化庇护的萨林姆被一种更深的疏离感包围着，因而更加急切地寻求一个心灵归依之处，他把与白人交往、获得西方文化的认可当成唯一可以达到目的的手段。虽然经过西方文化的熏陶，但萨林姆对欧洲文化的感性印象首先来自于他在新领地的见闻感受。他与因达尔应邀参加总统顾问——欧洲人雷蒙德及其夫人耶苇特举办的晚会，他享受这样的领地晚会，"这房子里的气氛我也从来没有体验"。(P135) 他尤其赞赏雷蒙德，"注意到雷蒙德言谈举止的稳妥自信，想到他的工作和地位，留意到他外表的不凡。这是思想的不凡，是思想工作造就的不凡"，(P135) 对于欧洲人的喜爱与羡慕之情溢于言表。

　　萨林姆的文化认同与价值取向最直接地表现在他对女人的好恶之上。他把非洲女人描述得或丑陋（"身材矮小消瘦，看上去像秃头，身上穿着破破烂烂的工装"）(P45)①，或神秘而不可接近（"身上的气味是防护油的气味……驱赶别人，警告别人"）(P26)。虽然与非洲女人逢场作戏，但还是担心家人知道而"授之以柄"。(P39) 相反的，他对具有身份象征意义的白种女人耶苇特一见倾心。小说中白色意象在萨林姆心中成了一个符号，它象征着白人社会以及这个社会赋予一切白人的特权，而萨林姆对耶苇特图腾崇拜般的迷恋则来自于他对整个白人世界的迷恋。他完全地接受了西方价值观，把西方文化作为自己的精神家园，因而渴望

---

　　① 王进：《文化身份的男权书写：解读 V.S. 奈保尔的小说〈河湾〉》，《天津外国语学院学报》2007年第 3 期，第 68 页。

得到白人社会的认可，渴望成为其中一分子。耶苇特作为一位白人妇女因其背后有着整个西方文化价值体系的支撑，而在萨林姆心中被赋予了权威性。奈保尔刻意着重描写了萨林姆对白色意象的欣赏，表现出一定的文化价值判断倾向："身穿白夹克的男仆"，"她（耶苇特）的一双脚显得如此美丽，如此白皙。……耶苇特的手搭在右边的大腿上，白白的"。^(P134)对欧洲文化态度的转变表现在他对新领地与雷蒙德夫妇的逐渐了解以及因达尔对伦敦的叙述过程之中。

萨林姆突然造访雷蒙德与耶苇特夫妇让他看到了领地的真面目："领地的楼房都是仓促建起来的，有的是缺陷，只是在灯光下被掩饰了，但此刻在正午的光线下，这些缺陷都暴露出来了……"^(P178)同时，让他着迷的耶苇特也失去了原来的光彩，随着交往的不断深入，萨林姆洞察到雷蒙德的失势、耶苇特的恐惧后，开始轻视耶苇特：

看到耶苇特每天居住的是这样的房子，再想想雷蒙德在这个国家的地位，我觉得我这次来就像是对耶苇特来了次突然袭击。我了解到她作为一个家庭主妇的平凡，了解到她在领地生活的不安和不满。而在此之前，她的生活在我眼中有着多么大的魅力！我突然间害怕和她搅和到一起，害怕卷入她的生活。我的幻想破灭了，这让我感到吃惊，但吃惊之余便是释然。^(P179)

倘若换个场合，换个时间，她或许不会给我留下同样的印象。或许，如果我当天就读了耶苇特给我的雷蒙德的文章……要是拜访后立刻就能通过文章认清雷蒙德，我就能进一步看清耶苇特——她的野心，她的判断失误，她的失败。她这样的失败我一点也不想卷进去。我之所以想和耶苇特偷欢，只是需要如入云霄的快乐需要脱离我现有的生活状态：枯燥，无谓的紧张，"国家的现状"。没想到最终和落入同样生

活圈套的人纠缠到一起——这不是我的本意。^(P195)

这就暴露了萨林姆与耶苇特偷情的原因，他并不是从内心深处爱上了耶苇特，只不过是为了摆脱恐惧和枯燥，寻求暂时的欢乐而已。一旦发现对方并非想象中的那样能带来安全感，立刻后悔甚至逃脱，而不是从心里去同情呵护她。

动乱之中逃往伦敦的感受与纳扎努丁受歧视的遭遇使他逐渐看清：没有任何一个地方属于他。摈弃了本位文化认同西方文化，却又不为西方社会所认同，这种尴尬的身份注定了他在任何一个地方都永远只是一个驻留在旅馆里的陌生人，一个人走向不可知的命运，在没有目的地的旅程中踟蹰，不知道下一站在哪里。在这样的身份追寻过程中，萨林姆与自己的初衷背道而驰。他失去了文化之根，失去了自我，摇摆在两个社会之间茫茫然不知所终。最初的奈保尔对西方文明的态度是近乎膜拜式的仰视甚至畏惧，他在《阅读与写作》中这样写道："这个外在的世界，主要是英格兰，但也包括美国和加拿大，无所不在的统治着我们。"^①这种原初心理上的自卑和压抑，对他日后不能在英国获得身份认同进而对英国文化颇有微词不无影响。这类批评不仅仅是出于自尊的心理平衡的狭隘之举，更多的是缘于无法逾越的文化与身份的鸿沟。在萨林姆从自我追寻到自我丧失这样一个过程中，作者向读者展示了这些边缘人面对宗主国大规模的文化侵略和渗透，在文化归属问题上的困惑和迷失，并以此表明放弃本位文化而一味追求宗主国文化，不仅不能给自己带来一个新的身份，反而会导致人格的分裂和自我的迷失。

---

① Naipaul. *Reading and Writing*: *A Personal Account*. New York: New York Review of Books, 2000.

　　总体而言，萨林姆替奈保尔演示了一个流散知识分子的形象，并替他传达了奈保尔自身的思想观念与精神理想。而奈保尔本人，则更为真切地演绎了一个自我流散的特立独行知识分子的角色。萨义德在《东方学》中提出这样的问题："知识分子扮演的是什么样的角色？他是否只是在为他所属的文化和国家提供合法证明？他必须给予独立的批评意识，一种唱反调的批评意识，多大重要性？"[1]他在《知识分子论》中把知识分子描述为应该是"特立独行的人，能向权势说真话的人、耿直、雄辩、极为勇敢及愤怒的个人"，"不管世间权势如何庞大、壮观，却是可以批评、直截了当地责难的"，[2]认为"知识分子为民喉舌作为公理、正义及弱势者、受迫害者的代表。即使面对艰难险阻也要向大众表明立场和见解，知识分子的言行举止也再现自己的人格、学识与见地。知识分子的重任之一就是努力破除限制人类思想和沟通的刻板印象"。[3]《河湾》中的萨林姆与奈保尔本人所扮演的都并非完全属于这类救世形象，并未充当所谓"民众的喉舌"替少数族群发出声音，甚至参与了对其刻板印象化的话语过程。但这些仅仅是停留在小说人物看似漫不经心的描述与叙述之中，后殖民主义色彩并不浓厚，反而更多的是关注内心的自我感受与身份归属的追寻。虽然如此，但这并不影响小说中知识分子形象所博得的赞赏程度，萨义德1993年在英国演讲时，就曾对奈保尔这一代表作大加称赞，称《河湾》的主角沙林姆是现代流亡知识分子的一则"动人例子"。结合奈保尔本人而言，萨林姆这一形象寄托了作者的流散情怀。萨林姆对自己的祖先和出生地持明显的背离、流散立

---

① 刘大椿：《百年学术精品提要》，知识产权出版社2006年版，第536页。
② 萨义德：《知识分子论》，北京三联书店2002年版，第15页。
③ 周冰心：《萨义德的中国命运》，《社会观察》2005年第10期，第50页。

场,对混杂文化世界中的人与现象有自己的理解,具有独立的人格,却又始终处于疏离而无法达到归属的状态。

第三节　流散者文化身份的拼盘

除了作者本人与主人公的流散特质之外,贯穿小说的流散气息还体现在小说中众多人物形象的塑造上面。河湾小镇似乎只是个弹丸之地,叙述场景也不多,奈保尔却在这个狭小的空间安排了各色人物,代表了各种文化身份,仿佛拼凑出一份文化身份的"拼盘":马赫士夫妇、惠斯曼斯神父、"大人物"总统、扎贝丝母子、因达尔、雷蒙德夫妇、墨迪……这些人物都撕扯着萨林姆的价值观念与身份认同取向,也暗藏了奈保尔对文化身份问题的困惑与矛盾。而同时,除了扎贝斯与费尔迪南母子之外,这些人物大部分是来自于外地的移民、流散者,在这个复杂而混乱的河湾处的小镇里上演着流散者的悲喜剧。拉什迪认为:"传统上,移民要遭受三重分裂:他丧失他的地方,他进入一种陌生的语言,他发现自己处身于社会行为和准则与他自身不同甚至构成伤害的人群之中。"[1]河湾小镇上没有人是安适、不受伤害的,林林总总的人们的生活处境无不刺激着萨林姆,启发着读者思索人物的文化身份问题。他们的流散有的是主动进行的"自我流散",有的则是被动的。他们又构成了一个文化身份的迷宫,等待主人公

---

[1] 拉什迪:《论君特·格拉斯》,《世界文学》1998年第2期,第286页。

的只是迷失与流散的命运。

一、扎贝丝与费尔迪南母子

扎贝丝是个精明的非洲女人，因经营小生意而与萨林姆结识，她行走在丛林深处与小镇之间。她与儿子费尔迪南是非洲本土传统文化身份的代表，扎贝丝把希望寄托在儿子身上，并将其托付给萨林姆照应。扎贝丝是典型的传统非洲人，"过着纯粹的非洲式生活"。(P35) 她懂得如何生存于丛林之中，无论外界如何变迁，怎样动荡。每次到小镇上的时候，都会涂上散发出难闻气味的防护油来驱赶男人，警告男人，保护自己。她在躲避殖民后国家混乱时局下混乱的两性关系，躲避驱赶外部世界的文明。

扎贝丝的儿子费尔迪南"象征着新旧非洲之间的冲突"①，他承载了这个非洲国家新一代的希望，却又命定走向失望甚至绝望。费尔迪南代表独立后的非洲成长起来的新一代非洲人，他受教育于因达尔所执教的欧式公立学校，接受白人的教育，受到西式教育的他身份意识逐渐觉醒同时变得复杂。他感受到非洲与西方文明之间的差距，还曾唐突地要求萨林姆送他去美国留学。然而他未能实现文化身份转换，他选择适合自己的传统的非洲民族文化，简单地认为"非洲外面的地方日渐堕落，而非洲正在蓬勃兴起"。(P47) 这是"大人物"总统所实行的鼓吹政策造成的。文化身份对他来说是相对单一而稳定的，"他觉得自己成了非洲的新人类……他把自己和非洲划上了等号；而非洲的未来也只不过是他将来要从事的工作"。(P47) 逐渐成熟的他也曾对社会现实进行过智

---

① Weiss，Timothy. *On the Margins：The Art of Exile in V. S. Naipaul.* Amherst：The University of Massachusetts Press，1992. p189.

性的思索，然而迫于纷乱的国家状态与大环境的腐化不堪，他选择盲目信从，最终"悲哀地发现自己成了极权民族主义的帮手"。[①] 但费尔迪南并非简单的被他者化或同质化的对象，在他的身上我们可以充分体会到第三世界被"他者化"的身份及其过程，并不像萨义德所悲观认定的只能是一种无法反抗的命运。第一世界对第三世界的他者化从来都不可能是单方面的、同质化的直线性的历史过程，而是一个总是被差异化、遇到反抗的、被延搁的时间状态。奈保尔在费尔迪南身上寄予了拯救民族文化的可能性。然而基于他自身的悲观主义历史观，他认为费尔迪南这样的非洲"新一代"不可能为非洲找到出路，因为"非洲没有未来"。在奈保尔看来，类似非洲这样的前殖民地文化处于时代的边缘，他不能认同也不看好这类"亚文化"——无论是他的出生地特立尼达，还是故国印度。

二、墨迪

墨迪是个有一半非洲血统的东海岸混血儿，是萨林姆东海岸大院里的一个奴隶家庭的孩子。这个家庭连续三代作为仆人住在萨林姆家。在萨林姆离开东海岸前往河湾地区不久，海岸那里发生了起义，非洲人终于把阿拉伯人打倒了。萨林姆的家人没有了地盘而东奔西走，家中的仆人坚持奴隶身份不散去，成了主人的累赘。后来，家里将奴隶墨迪分给了萨林姆，作为他的助手，于是墨迪来到了非洲丛林深处的河湾地区。

奈保尔把自己强烈的自尊心与自我保护的意识给了萨林姆。萨林

---

① 欧阳灿灿：《"漂流的洋水仙"——从〈大河湾〉看奈保尔的文化认同》，《哈尔滨学院学报》2004年第 11 期，第 113 页。

姆紧张兮兮,不安全感无处不在,就连仆人墨迪也能使他感到威胁与焦躁,似乎随时面临被侵犯与损害的危险。这个情绪与行为不稳定的男孩跟着萨林姆在河湾小镇经历了心理上的震荡。我们可以看到,墨迪在心理上与萨林姆最初来到河湾时有几分相像。他始终把自己定位为河湾小镇这个小型社会的过路人和旁观者,认为自己不属于这个地方。虽然他只是一个伙计,但他努力在费尔迪南面前把自己塑造成一个暂居者,一个相比当地非洲人更高层次的人的形象,他同样处于文化的夹层中。他懂得利用萨林姆的地位而在镇上混得不错,越来越大胆、快活,以至于做出在萨林姆看来出格的蠢事——与非洲女人"在什么地方生了个孩子"。萨林姆责怪墨迪:"你看你都干了什么? 生个非洲小孩出来,在别人的院子里到处乱跑,小孩的'小东西'两边摆来摆去,你难道不觉得恶心吗?"^(P110)在他看来,在这个混乱落后的非洲内陆生个"非洲小孩"是种耻辱,他从来不把这个地方当作能正常生活的安家之所,即便墨迪生下小孩安家立业好好生活,他也永远会认为这里始终是"别人的院子",别人的家。他把墨迪的变化归因于非洲:"我感到很震惊。我感到自己被欺骗了。如果在海边的家里,他会安分守己,不会有什么东西瞒住我。要是他和外面的女人好上了,或是生了孩子,我都应该知道的。在非洲这一块地方,我失去了墨迪。我感觉很凄凉……"^(P109)萨林姆从来没有认同过非洲世界,他时常"感到寂寞,也感到了周围世界的不友好"^(P111),他不属于非洲。他潜意识里的想法和墨迪一样,"不会在这里待下去"。

墨迪对萨林姆的称呼由"恩主"到"萨林姆"再回到"恩主"。这样一个表面看似主仆关系的变化实际上标志着墨迪内心精神世界自我意识与独立尊严的觉醒与再次模糊和迷失的过程。在萨林姆看来,"这么一个友善的人，到头来却没有了朋友。他应该留在海岸才是。那才是他呆的地方，周围有和自己一样的人。到这里，他迷失了。"(P186)而墨迪的身份迷失比萨林姆更多的是一层悲剧色彩，因为他始终是萨林姆的附属，没有独立的人格和话语权，他是动乱社会的受害者与弃儿，他的流散过程是被动的、受伤害的。

三、因达尔

因达尔出生于一个富裕的民族资本家家庭，他们的祖辈是移民到非洲东海岸的印度穆斯林。非洲殖民地的独立战争使他的家族四分五裂，也蒙受了经济上的巨大损失，因此他十分仇视非洲，时刻想要离开非洲这个他憎恶的地方，依靠家里的经济支持，他进入了英国的大学。在留学期间，他不能融入英国社会，也没有学到什么知识，就这样糊里糊涂地过了三年。毕业后因达尔求职屡屡遭拒，在一次去应聘印度外交官的工作时，偶然的顿悟让他对自己的身份作出了最后的选择：

同时，我也开始认识到，我那作为一个漂泊者的痛苦是虚假的，我对故乡和安全的梦想也只是离群索居的幻想而已，不合时宜，不入大雅，不堪一击……对我这样的人来说，只有一种合适的文明，只有一个地方，那就是伦敦，或者其他类似的地方。其他的生活模式都是假设。家——要家做什么？逃避吗？(P158)

痛苦过后的因达尔选择了彻底解脱，他抛弃了自己的"根"，而选择了西方文化身份。

但是，因达尔寻求西方文化身份的主观意愿却没有在客观上取得成功。英国文化不会轻易地接纳、认同这样一个外来的有色人种，这一点从因达尔在伦敦求职无望就可以看得出来。因达尔被迫回到河湾小镇后，在"新领地"的文理学院担任老师并且加入了一个被美国人暗中操纵的组织。这个组织的实际目的就是利用因达尔这类有西方留学经历的当地人，以西方文化和思想去驯化当地的非洲年轻人，因达尔实际已经成为了西方对非洲进行文化殖民的帮手。

因达尔内心也是痛苦的，前殖民地人的身份令他无法真正解脱，过去令他觉得耻辱："忘记过去并不容易，并不是你想忘就可以立即忘掉的。你只能武装好自己，否则会中伤痛的埋伏，并遭到毁灭。"他对萨林姆说："我们的文明在很大程度上已经成了我们的牢笼！我也没有意识到，非洲和简单的海岸生活所构成的成长环境对我们有如此大的影响；对外界，我们如此无法了解！构成外界社会的思想、科学、法律，我们简直无从了解，哪怕是一点点。我们只有被动接受。除了生而敬羡，我们再无办法。我们感觉到伟大的世界就这么存在着，我们中幸运一点的尚可去探索一番，不过也只能游移在它的边缘。我们从来没有想到自己能为它做点什么贡献。所以我们错过了一切。"(P148)他只能消极地采取逃避的方式蜗居在西方文明的庇护里寻求归属感。不论这是否是一种无奈的自欺，所幸的是他做到了，并且得以寻求安慰与归属感，获得一定的地位，主人公萨林姆却不能。

四、雷蒙德与耶苇特夫妇

雷蒙德来自西欧某国，是当地很有名气的历史学家和"大人物"的顾问。殖民时期雷蒙德在首都一所大学任教，一个偶然机会使他与现在的"大人物"总统结成了不寻常的关系。独立后，雷蒙德成为总统身边的"红人"，地位显赫，可惜好景不长，不久他的地位就被新的白人专家取代，他被总统从权利的中心首都放逐到河湾小镇的新领地，有关非洲的研究再也引不起别人的兴趣。雷蒙德是奈保尔笔下的那些对非洲抱有浪漫主义的西方自由主义者，他们想在非洲实现自己的理想，结果成了失落的人们。

雷蒙德在小说中一定程度上只是个符号性的人物，极少正面出场。作为总统的白人顾问，他看似忙碌，却并不能作出多少实质性的贡献，只是"新领地"的象征欧洲文化干预的傀儡。他的妻子耶苇特则因为与萨林姆的较多接触占据了小说更多的篇幅。就如同初次见面时，萨林姆特别注意到的耶苇特白皙而美丽的皮肤标明她的欧洲人的身份。她与雷蒙德在新领地维持着令萨林姆欣赏的优越生活，"和他们相比，我们在镇上的生活多么闭塞，多么贫乏，多么停滞"[P122]！这个欧洲白种女人对于萨林姆来说是一种很具有吸引力的挑战，"我从来没有结交过耶苇特这样的女人，从来没有像这样一起谈话，也从来没有见过这样的愠怒和成见，……对于像我这样背景的人来说，这种诚实和大胆有点可怕，但正因为可怕，它也让我着迷"[P177]。其实，真正令他着迷的是耶韦特身上与周围事物散发出来的欧洲文化气息。萨林姆与她发展成了情人关系，这不仅是他肉体欲望的需要，而且象征着他对欧洲文化的爱慕与占有欲，把这种渴求发泄到耶苇特的肉体上，连他自己也觉得"发现了新的自我"——一个"完全不同于先前心目中的自我"。这种自我并非仅仅指他自认为的"一个寻花问柳者"[P184]，而是本身对这个象征着他心目中更高层次的美的女人的征服所带来的全新感受。这一点萨林姆看似不自知，却为奈保尔所暗指。萨林姆自我的确立寄托于与另外一个人的关联与依附之上。他们是两个世界的人，他们畸形的情欲关系注定不能长久，在反复中恶化，最终走向分道扬镳。他痛恨并恶心自己与耶苇特的不正当关系，同样把这种情绪粗暴地发泄在她的肉体之上。可以说，对于河湾小镇来说，雷蒙德夫妇是彻头彻尾的外来者，由于特殊的社会关系，他们得以占据位高权重的位置，但并不能掩盖其尴尬的流散者身份，一方面是精神家园的缺失以及与周遭的社会环境格格不入，另一方面又不可能舍弃"新领地"这个"美丽"孤岛里虚幻的美好生活。

小说中还有一些其他的流散者形象，比如马赫士夫妇等——同样作为欧洲外来者的马赫士夫妇令人不可思议地专注于二人世界，保持着欧洲式的生活方式，封闭性的自我隔绝与宗教信仰给予他们一定的心理抚慰与归属感。通过诸多富有个性的人物形象的塑造，奈保尔试图构造自己的文化世界观，形成对各类文化的整体认识与评价，这一切都有利于解决他自身的身份困惑。正如布鲁斯·布尔在他的文章《文明与奈保尔》中写的那样："奈保尔考察这些外国社会，不是因为他要去谴责什么，而是他希望去了解每一种文化，去概略性地了解人类，还有最重要的是，去懂得他自己。"[1]而这些人物从性格秉性到生活方式，无不给人压抑无奈、令人窒息的紧张感，他们都在诉说着奈保尔的无奈、焦虑和绝望。他曾在非洲进行旅行，朋友保罗·索鲁对他的看法作了如是转述："我已经有许多年，不曾听维迪亚如此彻底诋毁某个情境，不过，他的逆耳警语逐一实现，也让他悲愤更深。他曾经预言独裁统治的崛起、印度人遭到驱逐、白人拒绝支持、坎帕拉步向衰颓，最后回归丛林等等……那是块惹人嫌恶的大陆，只适合此等人民。"[2]这种旅行经验带来的流散经历造就了小说中的后殖民乱象与人物命运的无所皈依；同时，也给奈保尔的身份追寻之路在心理上带来了负面的影响，使他必须带着周而复始的焦虑不停流亡。

---

① Bewer, Bruce. *Civilization and Naipaul*. Hudson Review，Autumn 2000.
② 保罗·索鲁：《维迪亚爵士的影子》，秦於理译，重庆出版社 2005 年版，第 275 页。

第四节　在河湾处迷失的身份

　　萨义德在《流亡的反思》一文中指出："流亡是一种奇怪的东西，让人心里总是惦记着，但经历起来却是非常痛苦。它是人与故乡，自我与他真正家园之间不可逾越的鸿沟。它那极大的哀伤是永远也无法克服的。"①奈保尔追寻身份的流散过程是哀伤的，他把这种哀伤寄托在作品人物命运身上，使其结局充满无奈甚至绝望。奈保尔是个彻底的悲观主义者，不仅对于历史，对于自身的文化身份追寻的态度也是如此。

　　费尔迪南的经历代表着奈保尔对文化身份追寻所作的可能性尝试之一，即努力坚持本土民族传统文化，然而以失败告终，他陷入了彻底的悲观与绝望。他在小说结尾帮助萨林姆作最后的逃亡时说道："大家都在干等着，在等死，……一切都失去了意义……我觉得我被利用了。我觉得我的书白读了。我觉得自己受到了愚弄。我听得到的一切都是为了毁灭我。我开始希望我能回归到孩童时光，忘了书，忘了和书相关的一切。……简直是梦魇！……现在梦魇一处安全的地方了。"(P289)另一方面，因达尔前往美国，投向了西方文化的怀抱，代表了奈保尔对文化身份追寻所做的另一种可能性尝试，却也同样落得进退两难的身份处境。他试图在美国朋友身上寻求精神寄托，然而"这人并没有同样地对他"，西方世界里没有他这样的来自第三世界的"外来者"的平等位

---

① Edward Said, *Reflections on Exile and Other Essays*, Cambridge, Mass：Harvard UP, 2000. p173.

置。因达尔也未能找到精神归宿，没有获得真正的解脱。

萨林姆与康拉德笔下的吉姆（《吉姆老爷》）一样，有着分裂的人生故事："个人理想扎根在欧洲这个中心，人生经验的舞台却处于边缘的殖民地。"①而不同的是，吉姆是具有自我优越感的白种男人，而萨林姆既不具有"中心"国家人的身份，又不归属于当地文化，因而吉姆的权威能通过与本土人的关系获得界定并坚定地相信自己同当地人的生活并无关联且寻求欧洲方面对他的赞赏，而萨林姆则处于更为尴尬的地带，他一直在焦虑中游离，没有一处他能投向、栖息的怀抱。萨林姆不是真正的非洲人，无法像扎贝丝那样游刃有余地安心生活在非洲腹地，也不可能像费尔迪南那样选择固守民族文化，更不可能像他期望墨迪的那样留在海岸；萨林姆不是真正的欧洲人（如雷蒙德与耶苇特夫妇），也没有勇气与力量放弃民族文化而投奔西方文明（如因达尔）。《河湾》没有为奈保尔的文化身份之谜提供解答，但它给读者以及奈保尔本人提供了一个想象的世界。奈保尔给萨林姆——也给自己设置了一个文化身份的迷宫，他找不到出口，也辨不清方向，他只能像萨林姆那样，继续流亡，任那静静的河湾继续流淌，前面是一片茫然：

不过我有时也在想：在这个地方之外，还有个完整的生活在等着我，有着种种关系，让我在这世上有归属感，让我知道自己有归宿。偶尔这么随便想想，也不失为安慰。但内心，我知道事实并非如此。我知道，对我们来说，世界已经不那么安全了。

这时候我们能看到汽船上的探照灯，灯光照在河岸上，照在驳船乘客身上。驳船已经和汽船脱开了，正在河边的水葫芦丛中斜着漂流。

---

① 埃勒克·博埃默：《殖民与后殖民文学》，盛宁、韩敏中译，辽宁教育出版社1998年版，第72页。

探照灯照亮了驳船上的乘客，他们在栅栏和铁丝笼子后面，可能还不知道自己脱离了汽船独自在漂。后来，又传来了枪声。探照灯关上了，驳船再也看不到了。汽船又发动了，所有灯都关了，汽船在一片黑暗中沿河而下，离开了打仗的区域。空中肯定满是蛾子和各种飞虫。探照灯还开着的时候，能看到成千上万这样的虫子，在白色的灯光下，白茫茫一片。

人只需活下去，而痛苦终归是虚妄。我用伦敦来比照非洲，或是用非洲来比照伦敦，结果二者都虚幻化了，然后我就渐渐进入梦乡。^(P295)

最终在非洲与欧洲，在东方与西方，奈保尔化身的萨林姆终没有找到属于自己的文化身份。奈保尔表现出一种文化身份的困惑，正如萨义德认为的，每种文化的发展和维持都需要某种对手和"他者"，每个时代，每个社会都一再创造它的"他者"。这也就是说，所谓身份、认同等都不是固定不变的，而是流动的，复合性的，这一些基本要素，如语言、习俗等，都已经与"他者"文化混合，从而呈现出一种不可避免的杂交性。

《河湾》对于奈保尔身份追寻似乎并不具有建构性的意义，这很大程度上是局限于其小说体裁，并不能充分表达奈保尔本人内心的价值观与真实的身份认同状态。但是从另一方面来看，恰恰是这类作品使奈保尔脱离了他惯有的关注他个人自我的自传性风格，把遍游世界各地、饱览各地文化之后的世界观、价值观尤其是对后殖民社会的看法通过富有想象力的文学形式表现了出来，因而仍然对其自我认识与身份认同研究具有价值。《河湾》中的社会形态被认为取材于他曾到过的非洲内陆某国，不仅如此，奈保尔广泛游历各国文化常常出现在其作品之中。他山之石，可以攻玉，这些经历对奈保尔本人的身份建构与自我的再发现不无影响，在自我认识的道路上，奈保尔也认识到了各种文化的作用："这种反思的、批判性的自我认识，是通过对各种文化的观察和历史的回顾而得出的自我发掘。"①

有人这样评价与奈保尔类似的霍米·巴巴的身份困境："身份的'焦虑'对巴巴而言是一种永远的张力，是移民地位与生俱来的宿命，但或许正是因为有了这种张力与宿命，一个敏感的学者才获得了一种观察的新视角、一种批评的原动力。"②这种情形同样适用于奈保尔，在这种"原动力"的驱使之下，追寻身份归属的宿命之旅成为其生命之必须行走的征途。巴巴推崇的是一种身份建构的"双重身份"，这种双重身份是充满矛盾的、协商的过程，且并非稳固不变。而在奈保尔这里，文化身份并非仅仅是简单的二元冲突，而是一个多重混杂困境中的更加棘手的难题。而他进行的以流散与写作方式进行的独特的身份追寻过程起始于流散生命与写作生涯的开端，在地域上形成了一段由特立尼达、印度以及英国构成的身份追寻历程。

---

① Weiss，Timothy. *On the Margins*：*The Art of Exile in V. S. Naipaul*. Amherst：The University of Massachusetts Press，1992. p210.

② 李琳、生安锋：《后殖民主义的文化身份观》，《国外理论动态》2004 年第 12 期，第 48 页。

第四章

《印度三部曲》：文化之根的寻找与迷失

　　作为一个祖籍印度，出生在特立尼达而又在英国接受教育的作家，奈保尔拥有一种多元文化背景。作为一个殖民地人，他一直试图通过文字书写来确定自己在这个世界的位置。在数量众多而具有批评性质的虚构和非虚构文本中，呈现出他在探求自我身份过程中的殖民地焦虑。对他而言，旅行是一种理解自我，最终认识自我的方式。因此，他的旅行引起了心灵的共鸣，他的文字书写也成为一种走向自我认同的旅行：

　　我一直持有一种观点，认为旅行是一个严肃作家生命中一个迷人的插曲。但我意识中的作家——他们可能毫无例外——都是大都市人，赫胥黎、劳伦斯、沃尔夫。我不像他们。他们在帝国时代写作，无论他们笔下的人物是否在国内，他们不可避免地在他们的旅行中变成半帝国的，用旅行中的偶然事件来限制他们与外国背景相对立的都市个性。我的旅行不像那样。我是一种被殖民者在新世界种植园殖民地的旅行，它和我在其间成长的那个种植园殖民地一样。作为一个观光客，去看另一个在被剥夺殆尽的岛上的，在新世界巨大的浪漫背景中的，半遗弃状态的社区，意味着从某种距离外看他自己的社区，可能会使一个人脱离其直接环境——虚构的材料——并对其生活的环境持有新的视角，模仿一系列追溯久远的历史事件。①

在其《印度三部曲》中，奈保尔形象地再现了他对印度文化遗产不断变化的心态历程。《印度三部曲》作为一种旅行文学，交织着奈保尔对印度的描述与批判，从而被视为对后殖民印度最精彩的论述之一。也许它并不像奈保尔的代表作《毕司沃斯先生的房子》、《模仿人》和《抵达之谜》那样有名，但是对祖先之根的追寻在他的人生之旅中扮演着重要的角色。在其最新的作品《半生》中，奈保尔再次强调祖先的家园将会深深地植根于一个人的意识之中，无论他走多远。

印度是奈保尔祖先的文化与历史家园，因此奈保尔的旅行是在寻找祖先之根。尽管他意识到一个像他这样的殖民地人，没有一个清晰而完整的过去来供自己追寻，但他仍然需要回访祖先的家园，断裂的过去是达成自我认识的根源。玛格丽特·汤普森认为："对奈保尔而言，印度是一个与过去的连接点……追索印度的每个地方和每件事，目的就在于寻回过去。"②《印度三部曲》表征着奈保尔从第一次访问印度到第三部作品出版将近三十年间的心灵成长历程，表现了他对印度看法的不断变换：不再感到厌恶与失望，他开始接受祖先的家园。在《幽黯国度》中，奈保尔表达了自己对印度的失望之情，这是他无法认同的地方，印度的消极被动考验着他忍耐的极限。奈保尔曾给《维迪亚爵士的影子》一书的作者保罗·梭鲁传达过一个信息："神经紧张是第一本书的主题"。在第二部作品《印度：受伤的文明》中，他尽量理性地分析印

---

① Naipaul, *Reading and Wilting*：*A Personal Account*. New York：The New York Review of Books, 2000. p29 - 30.

② Thompson, Margaret. *Colonial Anxieties*：*The Psychological Importance of Place in the Writing of V. S. Naipaul*. New York：New York City U. , 1990. p174.

度,因为他感到自己已经能够理解它了。而在《印度：百万叛变的今天》中,奈保尔高兴地看到印度开始拥有一种更积极的姿态。印度的这种变化也引发了奈保尔对印度态度的变化。在这块土地上出现了一种更具智性内涵的变革或者"叛变",即便有些是通过暴力手段实现的。

赛义德的《东方学》建构了一种后殖民理论并提供了一套分析方法来表征真正的"他者"。赛义德试图区分被描述的东方和东方自身,他认为在由西方学者所建构的东方学话语体系中,东方不再是一个地理空间而是一个客体。东方学是一种"自我"与"他者"之间机械的划分：西方话语把东方表述为低等、非理性、僵化；与之相反,西方则是高等、理性、活跃。奈保尔的《印度三部曲》提供了关于印度的去神秘化表述而尽可能揭示出一个真实的印度。有意味的是,奈保尔的书写态度从单一的"东方主义视角"转换为一种复调的"超越东方主义"。在《印度三部曲》中,我们能看到奈保尔对印度态度的发展变化。在《幽黯国度》和《印度：受伤的文明》中,奈保尔通过赛义德所谓的"东方主义视角"呈现了他所看到与了解到的印度,但在《印度：百万叛变的今天》中,他却超越了东方主义的视角,揭示了印度民众声音的多重性、复调性与异质性,让这种"他者"的声音能够自我表述。这是一种印度人关于印度的表述,一种关于印度身份的本质性建构。最终,奈保尔学会从主观到客观的观念转换,反映了他自身的精神发展变化。

奈保尔不仅捕捉到印度的多重焦虑,而且折射了他自己对这个大陆的矛盾心态。在前两部作品中,奈保尔表达了他的失望与挫折感,在与查尔斯·韦勒的对话中,他阐述了自己印度之行的原因。由于自己的祖先在印度,他感到自己在世上没有一个"旗帜"来鲜明地表征自我,因此他"关注印度",接着奈保尔谈到他的无安全感和无家感,"这么多年来这一切痛苦地折磨着我，使我持续保持着对印度的兴趣"。①正如《幽黯国度》这个题目所暗示的那样，在作者青年时代，印度对他而言确实是一个黑暗之地，因为"小时候，对我来说，哺育过我周遭许多人、制造出我家中许多器物的印度，是面貌十分模糊的一个国家"(P10)。

奈保尔的印度之旅开始于 1962 年，目的在于更好地求证与反观自己的文化身份，"我从我的过去而来，我就得写我所来之地的历史——写被遗弃的人民。我必须写印度"。② 在第一部作品中，他谈到这次旅行使他跳脱了殖民地的窠臼："旅行是迷人的。但旅行也时时提醒我意识到自己是一个作家，当然这也成为我写作所必需的一种动力。旅行开阔了我的视野，在我面前展现了一个变化之中的世界，使我跳脱了殖民地的窠臼。"③印度是一块神秘的大陆，在那种想了解文化遗产和祖先之根的欲望推动下，奈保尔运用了一种观察和记录的写作方式。很显然这时再用那种欧洲传统的游记模式来界定自己的身份是不够的。遗憾的是，在第一次的印度之旅中，奈保尔有太多先入为主的观念。因此，他努力寻找那种仅仅符合他的殖民地"先见"的印度形象，表达他困惑不解的归属感。读者也只能通过奈保尔主观选择的表述方式来看视印度。第一部作品仍然采用了第一世界的西方视角，尽管他一再宣称在这部游记中他不会用欧洲人的眼光而是用世界性的视野来观看这个西方的"他者"。

萨拉·苏莱瑞认为奈保尔的确运用了东方主义的视角来观察记录印度，她检视了《幽黯国度》中自我与身份认同之间难以处理的关系，这

---

① Wheeler, Charles. "*It's Every Man for Himself—— V. S. Naipaul on India.*" *Conversations with V. S. Naipaul*. Ed. Feroza Jussawalla. Jackson: Mississippi UP, 1997. p 44.

② 法·德洪迪：《奈保尔访谈录》，《世界文学》2003 年第 1 期，第 124 页。

③ V. S. Naipaul. *Finding the Center*. Vintage. 1985: 11.

部作品削弱了它固有的观念，因为叙述者无法否认他作为印度人的身份归属，这就导致了书中一直没有真正处理好的矛盾态度。一方面，奈保尔倾向于拥抱他的故国家园，另一方面他又拒绝完全接受这块走向衰颓的土地。奈保尔游记作品的转折点出现在他的第三部作品中，他逐渐意识到亲耳聆听民众真实经历要比一个作家记录下来的观察更有意义。民众的亲身经历见证了他们自己的文明和历史，因为记录当地居民的即席谈话比一个作家的描写更为真实可信。奈保尔逐渐意识到这个问题，通过持续不断的旅行，最终在第三部作品中运用了这种方法。在这部作品中，人们谈论了他们的经历，而奈保尔只是用连贯的形式来组织他们的叙述。巴特尔认为，奈保尔在印度的文化寻根可用印度史诗《罗摩衍那》的结构范式来阐释，"《幽黯国度》可以称为流亡之书，《印度：受伤的文明》则是受苦之书，《印度：百万叛变的今天》则是挣扎之书"。[①]尽管西方价值观的渗透注定了奈保尔族群归属的艰难曲折，但他的"印度三部曲"却呈现出其身份认同与叙事策略的变化。

第一节　初访印度：《幽黯国度》

一、满目疮痍的印度印象

奈保尔从多方面来记录印度，有历史叙述和社会分析，他是亲自来到印度生活一段时间后才去表述印度的文化。他的书写立场并不只是

---

① Vasant S Patel. *V. S. Naipaul's India: a Reflection*. Standard Publishers. 2005. p1343.

单一的角度。在 20 世纪下半叶，当欧
洲中心主义开始受到批评以来，许多
人不得不重新思索世界的秩序与文化
重整的问题。西方知识分子开始面对
欧洲中心主义的倨傲，并试图以欣赏
的眼光观看第三世界；而东方知识分
子则是在抨击西方帝国主义之余，逐
步重建自身文化的主体性，并以自己
的血统为自豪。具有东方血统的西方
作家奈保尔，他个人在《幽黯国度——
记忆与现实交错的印度之旅》所反映

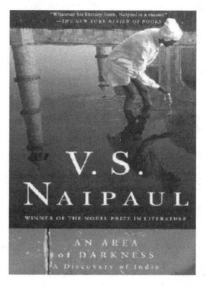

《幽黯国度》英文版封面

出的探索历程与生命困境，正是夹杂在东西方文化冲突与矛盾之中的
一种知识分子典型。奈保尔在书中对印度种姓制度、宗教习俗、生活状
态进行了毫不留情地嘲讽和批判，对印度人严重颓败停滞的精神状态
进行了冷峻剖析。印度的这些现状与奈保尔从书本中认识到的神秘的
东方世界差别迥异，也跟童年在特立尼达形成的想象国度截然不同。

1. 种姓制度

宗教在印度社会生活和意识形态领域一直占有重要的支配地位，
直到今天，大多数的印度人的情感和思维模式依然被宗教观念紧紧地
束缚着，宗教的力量有形无形之中影响着印度，而种姓制度是与宗教息
息相关的一种制度。书中一再提及腐败的种姓制度，对种姓制度所发
出的声讨可以说是全书的重要主题，奈保尔深切叹息的是英国人离开
印度以来，政治上虽然已经独立当家自主了，但印度文化社会因心灵过
度依赖印度传统宗教，以及后殖民时代仍不完善的政治结构与官僚体

系，印度给人的感觉仍然是一片停滞、落后、饥馑与脏乱，这正是奈保尔称印度为幽黯国度的主要原因。

种姓制度是印度教核心思想之一，宗教经典《薄伽梵歌》中写道："做你份内的事，即使你的工作低贱；不做别人份内的事，即使别人的工作很高尚。为你的职守而死是生；为别人的职守而生是死。"书中有许多内容都在描写着印度的种姓制度，最明显的有以下两个例子，一是奈保尔因为女伴在办事处昏倒，所以向办事处的职员要一杯水，却无人理会且毫无动静，只换来几声轻笑，最后终于有一个杂役慎重其事端了杯水过来，奈保尔才恍然大悟："职员是职员，杂役是杂役；各司其职，不相混淆。"(P21) 二是在印度传统中，越是属于劳工的工作越下贱，也因此，一个速记员在上司的压迫下打出一封他自己速记的信时竟然哭了。他觉得很受辱，因为他的职务是速记员，不是打字员。再来看看奈保尔对印度种姓等级制度的描述：

地点是孟买城中的一间称不上五星级的旅社。第一个男子提着水桶，一面走下台阶一面泼水；第二个男子握着一支用树枝编织成的扫帚，使劲擦洗台阶上铺着的瓷砖；第三个男子拿着一块破布，把台阶上的脏水抹一抹；第四个男子捧着另一只水桶，承接台阶上流淌下来的脏水。四个清洁工人每天准时上班，而在印度，只要准时上班就不会有人找你麻烦。身为清洁工人，你可不一定要拿起扫帚，认认真真把地板打扫干净。那只是附带的职责。你的真正职责是"担任"清洁工人，当一个下贱的人，每天做一些下贱的动作。这是社会要求他们干的贱活，而他们也心甘情愿，接受这种屈辱。他们本身就是秽物：他们愿意以秽物的面目出现在人们眼前。在旅馆的服务生，若被要求打扫地板，他肯定会觉得受到污辱。在政府机关办公的文员，绝不会帮你倒一杯开水，

就算你昏倒在他面前，他也无动于衷。^(P85)

奈保尔认为这种现象是印度固有的种姓等级制度造成的，正是这种等级制度，使得等级差别天经地义、见怪不怪。在孟买的一家旅社，清洁工人的工作不是要把地板擦洗干净，而是要担任一个形式上的清洁工，完成一些卑微下贱的动作。例如擦洗地板时必须蹲着，像螃蟹一样在地上爬行，在顾客的胯下钻来钻去，不能抬头乱瞄，不能碰到顾客的身体。这是社会要求他们干的贱活，他们必须心甘情愿地接受这种屈辱，他们本身就是秽物，他们愿意以秽物的面目出现在人们眼前。这种等级意识在印度有着悠久的历史。

种姓这个词源自于葡萄牙文 castes，意指部族、宗族或家族，梵文称种姓为阇提（jati）。种姓制度可能是从职业的专门化过程中演化出来的，并从早期（大约在公元前 500 年）的印度教经典中所记载的四种主要的瓦尔纳（varna，即阶级）而获得现今的形态。这四种瓦尔纳为：婆罗门，即社会中的教师与僧侣；刹帝利，即战士/统治者；吠舍，即商人与生意人；以及垫底的首陀罗，即农人。除了这四个等级外还有一个"贱民"阶层，称作不可接触者。在这个体系中，每个种姓集团都占据一定的位置，其地位高低依婆罗门、刹帝利、吠舍和首陀罗顺序排列。被排斥在种姓制度之外的"不可接触者"阶层地位最低。

大体说来，种姓制度具有职业世袭、内部通婚、等级森严和社会隔离等特点。种姓集团之间一般不交往，不在一起吃饭，高种姓不从低种姓那里接受食品，否则就会降低自己的种姓地位。一个人究竟可以从什么样的种姓手里接受什么样的食物，各地区有很大差别，但所有种姓集团都不同程度地遵守这样的原则：不接受较自己低下的种姓集团烹调的食物。婆罗门被认为是最洁净的，任何种姓都可以接受其烹调过的食品。不可接触者被认为是最污秽的，接受他们的食物，或者同他们接触，会被玷污。

上述有关种姓制度的各项规矩，奈保尔在书中的《遇见婆罗门家族》部分有详细的描述，婆罗门家族在吃斋、平日用餐、食物的准备和分配上都必须遵循传统的习俗和其固定的程序，也只有婆罗门家族可以触碰食物。奈保尔看见这个婆罗门家族为了防止"不洁"（此处是指非婆罗门家族，及住在旅馆中的其他人，包括奈保尔）的人的目光偷窥他们，防止"不洁"的人污染他们的食物与水，他们决定要建造一座围墙，甚至把被其他人踏过的草皮全部铲掉。这样的行为，让旅馆中的船夫发出"这样的宗教未免太不近人情吧"的不平之声。种姓制度加诸在印度人身上的束缚，印度人却都不自知，还乐在其中，带着西方眼光且没有宗教信仰的奈保尔对于这一切现象，无法体会，更无法认同。

印度的种姓制度是个非常复杂的问题，它不仅在印度教徒中存在，在伊斯兰教、锡克教中也有不同程度的影响。种姓是世袭的，代代相传，不易更改。几千年来，人们受种姓思想的约束，在日常生活和风俗习惯方面影响很深。印度独立以后，虽然规定不允许种姓歧视，但是由于几千年来种姓制度根深蒂固，种姓歧视至今仍未消除。

我们也可以从奈保尔的叙述中，得知种姓制度的危害表现在各个方面，它使社会四分五裂，人民之间缺乏团结。在历史上，它为异族入侵提供了便利条件。印度的历史是一部不断被外族征服的历史，其原因与种姓制度造成整个印度社会中人与人之间的隔阂不无关系。它妨碍了印度人形成统一的民族意识，在面临外族入侵时，不能组织起强有力的抵抗力量。独立以后对各项事业同样产生了不良影响，如在国会制宪会、长老会等选举中矛盾重重，不是以人的才干为条件，而是以某种姓为前提，这样势必影响到选举的顺利进行和选举效果。由于种姓制度把人分成若干等级，彼此仇视，各种纠纷此起彼落，甚至造成不幸的伤亡事故。因此，种姓制度是印度产生矛盾和不团结的重要原因之一。

种姓制度把社会分成不同的社会集团，彼此接触受到影响，有些人"种姓主义"思想严重，他们大都考虑本种姓的利益，从本种姓的利益出发，只对本种姓忠诚，缺乏民族同胞间的互助精神，这对整个经济的发展是不利的。加之每个人的职业生来决定，代代相传，不易更改，不管一个人对某种职业有无兴趣或特长，工作是否合适，都得被迫去做，这就影响了一些人的才能发挥和工作效果，对经济发展非常不利。

种姓构成一种现实，对国家观念漠不关心，所以说印度人没有国家观念，无论是英国或伊斯兰教都无损印度人安然自若的生命态度。印度教主张万事万物都是固定的、神圣化的，人人都是安笃的。不管时局处在戒严时期与否，印度都依然闻风不动，正如奈保尔在书中所说的："印度之外的世界要以它们自己的标准来评判，而印度是不能被评判的。印度只能以印度的方式被体验。"(P33) 这样的种姓制度和意识形态令奈保尔痛心，也是他所谓印度停滞不前的主要原因之一。

2. 印度式模仿

奈保尔看到的印度是已经独立了 15 年的印度，但是英帝国的遗迹随处可见，更严重的是印度人民在历次社会动荡和殖民文化的影响下，精神上也形成了一种对现实漠然置之的态度，不愿正视国家面临的困境，印度的国力、创造力和活力都退化了。奈保尔在书中对印度与英国的关系进行了深刻的分析，辛辣讽刺了印度人机械性的模仿行为。

奈保尔讽刺印度人是全世界最会模仿的有色人种，只不过他们模仿的不是真正的英国，而是由"欧洲大爷"混合了"印度马夫"的"盎格鲁印度人"，是一种假英国人。虽然奈保尔试图以比较客观的角度去看印度，可是作为一个典型西方知识分子，对于自己出生的殖民地、祖先渊源所在的印度，奈保尔显然失去了耐心，他是这样来描述印度模仿英国的现象：

> 与特立尼达岛上的印度人不同的是，对这儿的印度人来说，内在和外在世界是分不开的。两个世界和平共存。印度只是假装成殖民社会，因此，它的荒谬很容易显露出来。它的模仿既是殖民地式的模仿，但也不纯然是殖民地式的模仿。那是一个古老的国家特有的一种模仿……在这一千年中，外来的模仿对象不断变换，但内在世界永远保持不变，而这正是印度人生存的秘诀。……以前，印度人模仿的对象是蒙兀儿人；未来他们也许会模仿俄国人或美国人。今天，他们模仿英国人。^(P55)

"模仿"（mimicry）也许是太苛刻的一个字眼，不太适合用来描述影响印度社会那么深远、那么广泛的那些个东西：建筑物、铁路、行政体系、公务员的培训和经济学家的养成。……但我还是坚持要用"模仿"这个词，因为我们看到的现象，有太多只是单纯而荒谬的模仿，令人啼笑皆非，而根据我的看法，在全世界各色各样的人种中，印度人最具模仿天赋。……你刚抵达印度时的感觉，渐渐获得了确认和证实：印度人模仿的并不是真实的英国，而是由俱乐部、欧洲大爷、印度马夫和佣人组成的童话式国度——"盎格鲁印度"（Anglo-India）。^(P55)

虽然在形式上已经取得了独立，然而事实上，印度仍像一个还未彻底断奶的孩子，与他的乳母英国仍然存在着剪不断理还乱的关系。在印度，殖民戏剧的大幕似乎还没有落下。孟买的起重机和建筑物上都是英文名字；英印混血儿随处可见；公司里本地人的工资低于留过学的人的，而留过学的人的又低于欧洲籍工作人员的；夜总会里人们使用英国名字，说英国俚语；旅馆里挂着英国军官的结婚照；船屋主人把自己的船屋布置成一个"英国人的印度"；马辛德拉太太把自己的房子变成了一个外国货的展览馆。多年以来，英国的思维方式、生活方式已经对印度人产生了潜移默化的影响，这种影响不是英国的离开就能随之消失的。

跟这个英国不同的是身为印度殖民地宗主国的英国。直到今天，这个英国仍然活着。它存活在印度的各个角落和层面。它存活在印度的行政区域：英国人将印度的城镇划分为"军区"、"民区"和市场。它存活在军官俱乐部和餐厅：军官们穿英国式制服，蓄英国式八字胡，手持英国式短杖，口操英国式英语，使用擦拭得亮晶晶的银器进餐。它存活在地政事务所和档案局：那儿保存的字迹整齐但早已经泛黄的土地调查资料，加起来，就等于是一整个大陆的地籍簿；这些档案，是英国测量官骑着马，带着成群仆从，忍受风吹日晒，花了无数时日走遍印度各个角落所取得的成果。……这个英国存活在俱乐部、礼拜天早晨的宾果游戏、黄色封面的英国《每日镜报》(Daily Mirror)海外版——印度中产阶级妇女那十指纤纤、修剪得十分整齐的手儿，总是握着这么一份报纸。(P276)

奈保尔看到，在印度的日常生活场景中到处充满浮夸拙劣的模仿，在夜总会、酒吧等公共场所，英印混血歌手在歌唱，人们使用英国式的名字：邦提(Bunty)、安迪(Andy)、弗雷迪(Freddy)、吉米(Jimmy)、邦尼(Bunny)。更为严重的是，这种拙劣的模仿倾向还逐渐渗透到文化艺术领域。巴巴的混杂理论认为，在殖民过程中，殖民主和被殖民者间的关系往往相当含混矛盾：殖民主虽然试图将被殖民者形塑、规范为由自身形象延异而出的他者，但其结果却是塑造出一个和自己"几乎一模一样，却非完全相同"的"模仿者"（mimic man）。但这只是殖民者一厢情愿的梦想，因为这里存在着一个盲点与难题：譬如在殖民地印度，模拟策略是要产生真正的英国人还是"英国式的"模仿人？

英国殖民者拒绝融入印度社会，英国人统治印度的同时，却又对印度表示轻蔑和不屑。英国人在印度成了第五个阶级，即最高阶级。他们表面上与印度人同桌进餐，却极少通婚。英国人是"超婆罗门、刹帝利阶级"，全印度人则为"贱民"。他们人在印度，心在英国。英国人从未解读过印度这份重写的羊皮纸，只是读到表面的一层文字而已：印度作为衰弱、龌龊、落后的国家，当然有若干不朽的事迹遗产、若干胜人一等的才智之士，不过大体上相当低劣，又是亚洲低度开发国家。19世纪末，名震印度的英国元帅罗拔兹爵士说过："欧洲人与生俱来的优越感使我们夺得了印度。无论本地人受过多高的教育、多精明、表现多勇敢，我相信我们授予他再高的官位，也无法让英国官员平等对待他。"①英国统治文化的霸权，使得被殖民者印度本身的文化特性和民族意识受到压制，导致当地居民和精英知识分子认同殖民者文化，当他们看待自己本土的各种文化现象时往往会不自觉套用殖民者审视和评定事物的标准和理论，追求所谓的西方文明，而忽略自身的历史与文化。于是，印度式模仿就成了帝国统治撤离之后所遗留下来的笑话。

3. 奈保尔的自我之旅

在第一部作品中，我们看到只有作者主观的叙述，而缺少与当地居

① 路易斯·费舍尔：《印度传》（中），台北久博图书出版社1980年版，第22页。

民的直接对话。他最初只想找到一种在特立尼达的印度社区无法实现的整体归属感，令人失望的是，他发现印度这个幽黯的国度与自己想象中的家园，与他本来辉煌的过去、他的文明独立都难以匹配，真实的印度不再是一块想象中的神秘大陆。他曾经称之为故国家园的地方现在已成为一个真正的黑暗之地，"即使到了今天，虽然时间扩展了，空间收缩了，而我也已经在那个曾经被我看成黑暗的地区，神志清明地旅游过了，但那团黑暗依旧残留着——残留在今天的我再也无法接受的那种人生态度、那种思维和看待世界的方式中"^(P10)。奈保尔在第一次旅行中看到印度作为一块神奇的大陆，他的光荣显赫已经化为乌有。而对当下印度的现状，奈保尔绝望了。书中名为"想象力停驻的地方"这一章描写了奈保尔始于想象而终于现实的旅行。

奈保尔意识到印度的现实存在于它本身与他儿时对印度的想象之间的鲜明对照之中，因此他记录下在印度的痛苦的寻根之旅。奈保尔特意去了他祖父的故乡，为的是探究祖先们的历史。但离开之时，他仍然有一种无根感。不仅如此，对于印度文化，他觉得自己像个陌生的旁观者，因为："这些令人触目惊心的现象，不管怎么看，都和我在特立尼达岛上一座小镇所认识和体验的印度连接不起来。"^(P197)他被间离于特立尼达，但在印度试图确认自己身份的过程中，他感受着更强烈的无根和失落感。他发现特立尼达的印度人所保持着的从印度移植过来的风俗和传统，更多地还是属于"新世界"而不是印度。他们谈论回到印度，然而，这样一种回归又是不可能的，由于他们的文化已经改变，回到印度，他们将成为真正的陌生人。在印度，奈保尔重复着他祖先在特立尼达的疏离感。他发现他年少时代在特立尼达接受的印度教育是对真正印度文化的一种扭曲或误置的形式。他没有继承那种真正的为印度人获得并成长于其中的印度文化。以奈保尔印度之行后的生活来看，罗伯特·莫里斯认为："奈保尔的印度之根，已被他祖父转移到特立尼达，这也是滋生他矛盾态度与作为三种文化继承人之忠心的根源所在。对它的追寻更深刻地暗示着他将是个永远的去国者。"①

作为特立尼达的第三代印度人，奈保尔感受的文化冲突和困惑必定多于他的祖先。他对印度人的反应显示出他的矛盾心理与复杂情绪。在印度，无处不在的乞丐是高尚的，因为他们唤醒了人们的同情之心。然而奈保尔对乞丐却有一种不安的反应："我心中的恐惧和厌恶转化成了愤怒和轻蔑。这种感觉就像伤口一样纠缠着我，让我感到十分苦恼。我走到他前面，掏出几张钞票递给他。在印度这个国家，你很容易就能够尝到权力的滋味。"(P299) 他复杂的反应正反映出他找寻祖先之根的急切，因为"故土对他来说并不等于家园"。他不能接受印度人忽视他们国家与文化问题的事实。就像一个旁观者或是陌生人，抑或"外国人"，奈保尔看到印度的问题所在。但是，种族上仍属于印度人的奈保尔是感到矛盾的，因为这种伤痛也部分地属于他自己，他与印度的联系是无法抹去的。然而那些印度人强化着他的疏离感，他们力图提醒他的无家状态。

奈保尔希望在印度找回他失去的家园，但是他却以否定自己的文化遗产和展现"一种绝望的哲学"告终。然后，奈保尔拒绝成为印度人的一员并宣称着他与"真正的"印度人不同：

生平第一次，我发现自己变成了街头群众的一分子。我的相貌和衣着，和那一波一波不断涌进孟买市"教堂门车站"的印度民众相比，看

---

① Morris, Robert K. *Paradoxes of Order：Some Perspectives on the Fiction of V. S. Naipaul*. Columbia：Missouri UP, 1975. p54.

起来简直一模一样。在特立尼达，印度人是一个独特的模样。在那座岛屿上，每一个族群都是独特的；"与众不同"变成了那儿每一个人的属性和特征。在英国，印度人是与众不同的；在埃及，印度人显得更加独特。如今在孟买，每回走进一间商店或餐馆，我总会期待一种独特的与众不同的反应和接待，但每回都大失所望。感觉上，就像被人剥夺了一部分自我似的。我的身份一再被人识破。在印度，我是个没脸的人。只要我愿意，我可以随时遁入街头汹涌的人群里，霎时间消失得无影无踪。我是特立尼达和英国制造的产品；我必须让别人承认和接受我的独特性。在印度，我渴望重振我的独特性，但我不晓得如何着手。(P31)

最初，奈保尔去印度寻找那些能连接他文化遗产的东西，但真正的印度证明与他想象中的故土迥异。他希望在印度成为一个独特的个体以区别于他人，因为过去他也总是这样；但此刻没有人会注意到人群中的他，因为他们全是印度人，而这使他的身份感更加困惑不清。奈保尔的自我进一步分裂了。在伦敦，他习惯于在外表上不成之为一个真正的英国人，所以他也不想在印度成为一个"只是另一个印度人"的印度人。这种介于印度人和英国人中间的尴尬感被加强了，如果他的"特立尼达人"的身份被考虑入内的话，我们则可以说他是被挟于三种身份中间。也正是这种游离，这种无家状态阐释着他的文化定位。

奈保尔不能忍受印度人的消极和宿命论，并强化这样一种感觉：他必须永远"感觉像一个因第三世界去殖民地化之政治混乱而流亡异乡的殖民旁观者"。①印度人的消极被动和宿命论意味着他们不用一种理智的方式面对和解决问题。因此奈保尔忍受着《黑暗的心》中类似马

---

① King，Bruce. *V. S. Naipau*l. London：Macmillan，1993. p54.

娄的恐惧，并害怕失去身份——一种在差异和推延中搁浅的身份。印度的衰颓超乎作者的想象，他不能接受。因此，当初他试图找到一个家来确认身份的时候，他的旅行则这样告终："我的印度之行就这样匆匆地、草草地结束了，留下的只是一份怅惘和自责。我开始奔逃，离开这个国家。"(P396)事实上，奈保尔不能忍受他故土的衰颓正是因为他对印度的爱。他对印度越是感到恶心，他对印度的爱就表达得越多。在回答关于他多次回返印度的询问时，作者说出了真正的原因："我之所以对印度感兴趣是因为，我仍是，因为我的关注，我恨痛苦，我恨贫穷，我希望看到它变轻松，它能不幸地消失，但我希望看到它变轻松，那就是我所找寻的，我找寻那些迹象。"[1]奈保尔希望印度人能审视自己，为自己的问题寻求解决之法。他觉得他们应该更加积极，直面问题并解决它们。他称印度人要生存得更好的最好办法就是采取行动以解决问题。作者意欲将生活在第三世界国家人民忍受压抑的现状展示于人，而且他试图激发印度人去追求更好的生活，一种与他的现代而繁荣的（白人的）社会之梦相一致的社会。

最后，奈保尔给他的首次印度之旅做了一个总结："我不该从事这趟旅程；它将我的人生切割成两半。"(P401)在这里，奈保尔显示出一种对印度知之与不知的矛盾。他已发现想象中的印度与现实中的印度之间的巨大差异，而看上去他会更愿意不去知道他所不能接受的事实，但他却忠实地记录了他的见闻。他是一个"永不妥协的现实主义者，决不允许人道主义充当或者同情心将他所发现的令人不悦的事实所掩盖"。[2]

---

① Kohn, Rachael. *India Through V. S. Naipaul's Eyes*. Radio National: the Spirit of Things. Sep. 9.
② Nightingale, Peggy. *Journey Through Darkness: The Writing of V. S. Naipaul*. St. Lucia: Queenland UP, 1987. p92.

最终，奈保尔明白了他本质上是无根的，"真正的"印度是一块幽黯的地带，使他进一步陷入绝望、困惑、焦虑和迷失的深渊。经过他徒劳地想要与祖先之故土血脉相连的找寻，他的无家感、无根感反而进一步加强，"家对他来讲已失去了意义"。由于奈保尔已无处可去，他留在了伦敦："伦敦倒是个令人迷失的好地方。没有人真正认识它了解它。……在这儿，我只是一座大城市中的一个居民，无亲无故。时间流逝，把我带离童年的世界，一步一步把我推送进内心的自我的世界。我苦苦挣扎，试图保持平衡，试图记住：在这座由砖屋柏油和纵横交错的铁路网构筑成的都市外面，还有一个清晰明朗的世界存在。神话的国度全都消退了，隐没了；在这座大城市中，我困居在比我的童年生活还要窄小的一个世界里。我变成了我的公寓、我的书桌、我的姓名。"(P29)没能通过印度之旅找到自己地理上的家园并确认自己的文化身份，奈保尔只好通过在他的虚构世界里构建一个家园来创造一种他自己的身份感了。

第二节　再访印度：《印度：受伤的文明》

尽管失望于祖先之故土，奈保尔在 20 世纪 70 年代一再地踏访印度，并写下了他的第二本关于印度的作品《印度：受伤的文明》。在第一次寻访中，他希望确认他的印度身份，然而这个梦想破灭了。他发现这片土地的贫瘠返照出印度人智识的贫乏，他还不能完全接受印度人所谓的"神圣的贫穷"的概念。然而，在他第二次印度大陆之行中，奈保尔学着与印度再次呈现给他的失落相处了：

> 印度于我是个难以表述的国家。它不是我的家也不可能成为我的家；而我对它却不能拒斥或漠视；我的游历不能仅仅是看风景。一下子，我离它那么近又那么远。我的祖先百年前从恒河平原迁出，在世界另一边的特立尼达，他们和其他人建立了印度人的社区，我在那里长大。那个社区与甘地1893年在南非见到的印度人社区相比，组成更为单一，与印度也更加隔绝。印度，这个我1962年第一次探访的国家，对我来说是一块十分陌生的土地……我花了很长时间来适应印度给我的这种陌生感，来确定是什么把我从这个国家分离，同时，也明白了，像我这样一个来自微小而遥远的新世界社区的人，其"印度式"态度，与那些认为印度是个整体的人的态度会有多么大的差异……尽管我在印度是个陌生人，但这项探究的起点却正是我自己——这比书中所表达出来的还多。(P3)

印度留给奈保尔的只有童年的记忆，奈保尔也只有在保存这段记忆的基础上才能实现其延续的开掘和发现，进而不断地往历史的深处探寻。奈保尔是真诚的，奈保尔显然已经置身于印度文化的内部，在融入印度这个立体的丰厚的文化体系的同时，在真切体悟印度文明的深刻伤痛并将其与自身的伤痛相提并论时，奈保尔无疑已经找到了书写的真义。奈保尔悲叹印度成为一个受伤了的伟大文明，

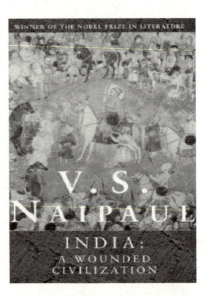

《印度：受伤的文明》英文版封面

并且解释了"受伤"的涵义。为进一步描述印度的衰败，奈保尔通过审视纳拉扬的小说《桑帕斯先生》再次攻击了印度人的消极被动，他谴责斯里尼瓦斯的寂静无为以及退却于世界的消极。在《印度：受伤的文明》中，奈保尔特别提到印度独立后的工业发展以及科技进步。尽管奈保尔对印度仍带着一种尖锐的苛刻眼光，但在这本书中已展示出一种与《幽黯国度》中所表现的态度形成鲜明对照的观点："印度总以另外的方式寻求复兴，用接续的方式。……印度很长时间内不会再度稳定。但在当前的不确定和空虚之中，存在着真实的新开端的可能：在漫长的灵性之夜过后，印度会出现思想。"^(P213)奈保尔相信在印度仍有新的发展希望，佩吉·南丁格尔称奈保尔的信念寄予在"城市工业化"之中。在第二部作品中，他似乎在预告着他在第三部作品中对待他祖先之故土的态度将更加积极，他评述了印度文明及其复杂性。

　　从书名副标题"受伤的文明"，就可以想见奈保尔在这趟旅程中，对这既是古文明发源地，也是先祖故乡的印度，其贫困现状的无奈与失望。这贫困不单单是指经济上的贫穷而已，更包括了文化上的"创意无能、知性枯竭"。无奈的是，这种现状是印度的历史与文化、种族与宗教等因素盘根错节、剪不断理还乱的结果，要描述印度外在现象容易，但要剖析洞察印度内部问题才是难上加难。但是，奈保尔不仅带领读者了解当时的印度状况，也让读者看见了印度人看不到的盲点。他在书中通过亲自下乡贴身观察百姓的生活百态，也通过本土小说家的作品剖析印度人的精神状态。他讥讽挖苦，却也犀利批判，对象包括了英国的殖民统治、印度传统的种姓制度，甚至是印度的国父甘地。帝国统治强化了印度人的臣服意识，"知性上寄生于别的文明"；种姓制度让印度人独善其身，缺乏种族一体的观念；甘地主义则神化了贫穷，内省的精神观反而无助于印度的现代化。以下我们就来探讨导致印度停滞不前的那些错综复杂的环节。

一、沉重的宗教观

印度是一个宗教盛行的国家，人民沉迷于宗教的各项仪式或崇拜活动中。奈保尔在此更深入去了解和探讨印度宗教的深层涵义，解除了他自己的种姓偏见迷惑与烦扰。印度是个多种族与多宗教的千年古国，不过境内大部分是奉行种姓制度的印度人。种姓制度是阶级世袭的宗教观，规范了印度人的日常行为与观念，不同的阶级各司其职，不得僭越，直至独立建国后仍是如此。或许印度确实在前进，但是印度教的宗教观依旧是根深蒂固，即使境内还有其他宗教，但种姓制度坚决抗拒伊斯兰教与基督教想改变它的企图，正如奈保尔所言：

印度教对大众并不够好，它暴露在我们面前的是千年的挫败和停顿。它没有带来人与人之间的契约，没有带来国家的观念。它奴役了四分之一的人口，经常留下的是整个的碎裂和脆弱。它退隐的哲学在智识方面消灭了人，使他们不具备回应挑战的能力；它遏止生长。所以印度历史总是一而再、再而三的重复自身：脆弱、挫败、退隐。^(P57)

对那些抱有苦难哲学观的人而言，印度又提供了一种耐久的安然，其平衡——即《桑帕斯先生》的主人公认识到的世界完满均衡的观念——是"由神来安排的"。只有印度，以其伟大的过去，以其文明，其哲学，以及近乎神圣的贫穷，提供这一真理；印度曾经就是真理。于是对印度人来说，印度可以与世界其他部分相分离。世界可以分为印度和非印度。而印度则正因了它所有表面可怕的现象，可以被毫不狡诈、毫不残酷地称为完美。^(P30)

　　奈保尔认为印度安于停滞、颓废的根源在于印度教旧有的平衡思想，它使得印度人在危机四伏的时刻找到神与信仰作为逃避的手段，从而得以退缩到古代以回避现实，纳拉扬那句"印度还会继续"的名言就是这种平衡观的表现。奈保尔详细分析了纳拉扬的小说《桑帕斯先生》的主人公斯里尼瓦斯身上的那种隐身而退、清静无为的思想，那就是印度教平衡观念的典型表现。奈保尔感到这种平衡观念如果不改革或者废弃，印度社会就注定不会有前途和活力。

　　在《受伤的文明》的开头部分，奈保尔花了大量篇幅描述了参观维加雅那加王国都城遗址的情景。维加雅那加是印度教的圣地之一，在16世纪被穆斯林联军毁坏，沦为一片废墟。朝圣者们来到一个幸存下来的神庙中，用古老巫术进行祭祀。神庙周围的破败仿佛是古老神性的见证。他们都沉迷于自己古老而辉煌的历史文明，对现实的破败不堪、贫穷落后熟视无睹，不思改变。历史和宗教都成为了他们的避难所，这样的民族最终面临的可能是智识的枯竭。印度智识的枯竭使得绝望变成了倦怠，行动的思想消退了。拉贾斯坦邦的班迪—科塔地区是政府重点培养的农业实验基地，这里有水坝和大型的灌溉改造工程。政府有财政支持，还派专员下来驻扎蹲点，一心想把这儿建设成"模范村"。蓝图很容易描绘，技术问题也可以解决，但从理想到现实的最关键的一环——行动者——地方行政官员的思想却难以改造。几千年来生生不息的苦难哲学观、种姓观和印度教安宁之本——"业"的观念使得人们安分守己、安然地生存在凄凉与贫穷之中。在他们的眼里，他们的世界是完满的。那些征服者和专员的振兴农业项目一样，来了又走。他们遗留下的残迹仿佛在告诉人们：在印度，只有"无为"才能永恒。

　　斯里尼瓦斯是纳拉扬的小说《桑帕斯先生》的主人公，是个典型的崇尚沉思的闲人，深受甘地"非暴力"和"无为"思想的影响。他曾尝试过很多工作，最后选择待在家里研读《奥义书》，从而对"非暴力"和"无为"之完美有了更充分的理解。纳拉扬与他从印度教抽象出来的虚构世界安宁相处，但印度独立后，他的那个世界开始土崩瓦解。这在《糖果贩》中表现得很明显。曾经非常自信的印度教，开始变为绝望，但"有为"在印度仍然是行不通的。清静无为才是最好的选择。贾干是个虔诚的甘地主义者，崇尚心灵的纯洁。他儿子远走美国，带回一个混血女人；他们在小镇上办厂，破坏了小镇的安宁；他们没有结婚却胜似夫妻……这些都打破了贾干世界中的规矩，他只能从自己童年或是成长的记忆中找寻那些甜蜜的仪式，以暂时安慰自己受伤而失落的心。绝望之下，贾干散尽家财，含泪远离自己的世界，归隐丛林。

奈保尔看到，印度教的这些"无为才是圆满"、"归隐"、"苦难哲学观"、"德法"等的思想把人们的观念都禁锢了，人们只注重个人心灵的修持，对现实无视，对历史无知，无需承担任何社会责任。在印度，人们已经习惯于印度式贫穷和落后了。精神的满足超越了一切物质的享受。虽然印度教的平衡在一点一点地打破，但它仍然对人们的生活起着很大的影响。它遏止生长，耗尽了印度的创造力，直接导致了印度"智识的枯竭"，造成了社会的停滞不前。

二、甘地主义：现代知识分子的悲哀

奈保尔的作品用清晰透明的语言，不仅描述了非洲、印度、中东和拉丁美洲等第三世界国家人民在困境中挣扎的悲惨现状，更明确而尖刻地指出：虽然西方对非洲、拉丁美洲等的殖民统治给当地人民带来了文化震荡，留下了深远的影响，但绝不应成为今天第三世界国家落后、野蛮的理由。在殖民统治结束后，那些国家的情形更黑暗，而造成这种黑暗的原因完全在第三世界国家自己：军阀混战的独裁统治；迎合支持独裁者的文化人；缺乏人性的文化；被原始、野蛮包围的大众。奈保尔尤其愤怒地指出，第三世界的知识分子从来都是把他们自己国家的失败归罪于别人，归罪于西方，而这正是他们的统治者所期望的，所以奈保尔认为第三世界几乎没有知识分子。

在《幽黯国度：记忆与现实交错的印度之旅》的第三章，奈保尔从殖民经验着眼，谈到甘地清晰与透彻的眼光，乃是基于他在南非 20 年的殖民生活经历，"他却是现代印度政治领袖中最不像印度人的一个。他观察印度的方式，和一般印度人截然不同：他的观点和看法是直接而坦诚的，而这种态度在当时（今天仍然如此）是革命性的。他看到的与外国游客看到的完全相同；他不刻意漠视、回避明显的现象。他看到乞丐和恬不知耻的所谓贤人智者；他看到印度教圣城贝那拉斯的脏乱；他看到印度医生、律师和新闻记者令人咋舌的卫生习惯。他看到印度人的麻木不仁；他察觉到印度人拒绝面对现实的习性。印度人的习气、印度社会的种种问题，全都逃不过他的眼睛"[①]。

奈保尔在书中对于印度圣雄甘地的批判，直接而犀利，甘地是奈保尔非常敬佩的一位人物，对甘地的遗产他却不敢恭维。奈保尔说，甘地一再提醒他的国人不要到处丢弃垃圾，不要在公共场所随意拉撒，这种恶习只表明一个简单的事实——缺乏公共意识。甘地试图倡导一种他从英国人那里学来的"公共精神"、"服务精神"，然而甘地最终给印度带来什么？奈保尔形容甘地的名字与形象，遍布整个印度，印度人景仰他

[①] 奈保尔：《幽黯国度：记忆与现实交错的印度之旅》，李永平译，上海三联书店 2003 年版，第 83 页。

的人格，至于他一生所传达的信息，却不受印度人注意。甘地生前曾经说过每个人都渴望给他的照片加上花圈，但没人听他的劝说。甘地的自述道出了他的痛楚与乏力，也道出印度人民对偶像崇拜的迷信和执著。

复兴传统文化并不意味着要连传统文化中的糟粕也跟着一起继承下来，甘地在这方面则是针对印度教里贱民制度之类的陋习加以抨击。甘地主张每个人都应该从自己的传统文化、传统宗教里吸收精神养料。他自己就是这么做的，始终以印度教徒自居，而且在印度发挥巨大影响。甘地本人坚决反对任何人将他神化，他在1924年就曾表示：在印度迷信已经够多了。应该不遗余力地防止以甘地崇拜的形式去增加更多的迷信。他厌恶崇拜，他相信应该崇拜道德本身，而不是崇拜有道德的人。奈保尔认为，甘地前往伦敦求学期间，还是奉行印度教徒的虔诚信仰，他对英国的外在现象都不加以描述，他只追求自己内在的自我观照。客观的、外在的世界对甘地而言仿佛都不存在，英国生涯只是更强化他身为印度人和印度教徒的认知。

在奈保尔看来，甘地已成为表现印度文明消极性的一条线索，他曾尖锐地评论道："但斯里尼瓦斯已经觉得，甘地的非暴力已蜕化，恰与甘地的意图相反。对斯里尼瓦斯来说，非暴力不是一种行动的形式，不是一种社会意识的兴奋剂。它只是达至稳固与不受搅扰之安宁的手段；它是无为，是不介入，是社会中立。它杂糅了自我实现、本体真理的理想。这些听上去时髦并且让斯里尼瓦斯面对艺术家的困境感到安心的词汇，暗含着对'业'的接受。"(P20)奈保尔已经意识到甘地所推崇的其实是一个印度教社会。甘地思想虽然一度风靡印度，却没能成为一种意识形态。甘地主义在发动印度人民团结抗英的运动中虽起到一些积极的作用，但随着印度的发展，新的混乱和信仰的缺失再次出现。所谓"甘地主义"是甘地在南非流亡期间摸索的一套社会改良主张，它建立在印度传统思想基础之上，同时又混杂了一些西方思想，主要包括三个方面的内容：追求"坚持真理"的终极目标；通过"非暴力"的手段实现社会变革；强调以"苦行"为主的道德修为。在奈保尔看来，甘地视贫穷为神圣的思想、非暴力主张、过度自我专注的世界观，在独立后的印度已经成为产生颓败、落后、停滞的精神因素。

不管人们今天对甘地重新的估价如何，他的形象和成就已经不能动摇：道德英雄，反抗殖民的不公，提倡非暴力的原则，推动印度脱离大英帝国的统治，建立印度民族的自尊等等，不仅使他的人格不朽，也给后世许多从事反抗运动的人，留下最佳的典范。但是，关于印度的建设，无论是精神或物质的层面，脱离贫困与落后，他却建树不多，许多印度人都持这种评价，所以奈保尔说他是个失败的改革者：甘地就是沉湎在这极为贴近感情的过去中，他也变成印度失落的一部分，他自己变成让人追忆的对象。拥抱他或以他的名义行事，就拥有重获清静和历史的幻想；要拥有他，只需反观内心即可。在印度，人人都是甘地，人人都有自己的甘地主义观，人人都仿效他所提出的村治观。

人所共知，甘地可说是印度最有名、对印度影响最大的人。作为著名的民权领袖，甘地不仅是个强烈的民族主义分子，同时满脑子乌托邦幻想。虽然他在印度独立的第二年就被暗杀，但他的想法、他的巨大影响至今在印度仍深入人心。奈保尔肯定甘地强调社会改革的必要性，但甘地却没有能力破坏印度教的印度，因为他自己就深陷其中。甘地带给印度政治，唤起古老的宗教情感，又把印度推回虚无主义。这是1975年奈保尔对印度的体验，他以知识分子的代表甘地为切入点对印度受伤的文明进行剖析并发出叹息：印度文明在一再被割裂后显现出它不幸的本质，印度的思想根源和各种认同都在过去而不在未来。尽管如此，奈保尔仍看出一线希望，他希望更多的印度人能够意识到印度教世界的坍塌，能够不满足于旧有的平衡，能够在灵性之夜后产生新的思想，正如他在《印度：受伤的文明》一书的结尾部分所希望的那样："如果他（指甘地——引者注）为印度规划出另一种生存法则，他就可能给独立的印度留下一种意识形态，有了它，印度可能已产生真正革命性的变化，产生大陆的种族意识和印度人特有的归属感，甘地全部的政治目标可能已经借此实现，甚至实现得更多；它们不但动摇'不可接触者'制度、淹没种姓制度，而且唤醒个人，让人在一种更广义的认同中自立，建立起关于人类之卓越的新概念。"[(P212)]

第三节　重返印度：《印度：百万叛变的今天》

距离奈保尔第一次到达印度之后25年，奈保尔第三次返回印度，并于1988年完成"印度三部曲"的第三部《印度：百万叛变的今天》。这次旅行已是作者第三次踏上母邦，其心态和写作笔调较前面的作品少了些鄙薄，多了些宽容；少了些惊诧，多了些同情；少了些彷徨，多了些认同。这次，他先后漫游了孟买、班加罗尔、马德拉斯、加尔各答、勒克瑙、德里等城市，做

《印度：百万叛变的今天》英文版封面

了多达几十人次的访谈，接触到了印度社会的各个阶层和各个角落。由于访谈有着作者本人探求印度文化、民族特质的"寻根"需要，因此不但谈话细致到不厌其烦，而且在访谈对象、内容的选择更可谓别具匠心，奈保尔通过这些人叙述他们的生活故事，进一步的表达他对印度的种姓、阶级、种族的思考：

> 那本有关印度的书（《印度：百万叛变的今天》）不是口述历史：它是记述一个处于关键时刻的文明。它是透过人类经验写成的；这本书有一个特别的样式，它是由一条探究的线索串联起来的，它是非常小心地构造的。我是这样想的，也即真实的印度并不是我所想象的印度，而是他们所体验的印度。这是一个很大的发现；我是通过早期几本有关伊斯兰国家和美国南方腹地的书，而逐渐抵达这个发现的。我到南方的时候，才获得这个形式。在南方，人们向我描述他们所感到的东西；我对我这个发现激动不已。我从来不知道音乐和宗教是一种支持力量，可以抵挡无政府状态。我从来不明白这个。写南方的手法，运用到那本印度游记上。这本游记对我来说也是一种学习过程。它远不止是口述历史。书中很大部分是根据实际旅行和每日的思考写成的。[1]

奈保尔开始真正去触摸最日常和最平凡的印度生活和印度文明，他给予这些生命以最广阔的话语权，从印度文化的内部出发提取其最本质的核心。"他希望知道事物是如何被看到、听到、感到的，他给予访谈人物话语权。读者不仅能看到他笔下的人物，而且能了解他们是怎样看待事物、作家又是怎样看待他们的。当访谈涉及某些抽象概念时，他希望听到的是这些概念是如何进入人物的头脑的，他想知道的不是

---

[1] 艾梅尔·侯赛因：《传达真实——奈保尔访谈录》，《天涯》2002 年第 1 期，第 145 页。

人们在想什么，而是他们是如何想的。"①奈保尔这种独特的叙事手法打破了自我与他者、小说与非小说、游记与新闻特写之间的界线，形成一种夹缝中的后殖民叙事艺术。

一、印度的必然变迁

从关于印度的第一部作品到第三部，奈保尔对印度的态度经历了一个实质性的变化。通过书写他祖先的故土，他获得了对文化之根的一种新的认识和理解。在第一部作品中，他责怪印度人民没有能力面对和解决他们自己的问题，认为印度人"需要被引导着去评判地看待自己并明白他们到底是谁"。在第三部作品中，他对印度的态度已经成为"接受和容忍"。他高兴地看到印度的变化，就如同读者可能也高兴地看到他自己变化中的观念一样。印度人在面对他们的政治问题时变得更加活跃。在"百万叛乱"中，奈保尔反映出他对印度乐观的看法。奈保尔宣称在对数世纪的压迫的反抗中，很多叛乱甚至暴行可以被看作是一种进步的表现。在《印度：百万叛变的今天》中奈保尔继续较为详细地探讨了《印度：受伤的文明》的主题，这些主题实际上是长期被人们忽视的印度社会的普遍现象。不同的是这本书里登场的主角，代表的是一种反抗，"反抗"说明受伤的人们和受伤的文明正在从长期失语的状态中站起来，维护自己的权利。

1. 印度的多元宗教

奈保尔在《印度：百万叛变的今天》一书中提到最多的就是印度落后的等级文化以及严重的宗教种族冲突，"在印度，宗教涉及每一个活

---

① Ian Bruma：*Signs of life*, in New York Review of Books, February14, 1991. p3 – 5.

动领域"，"人一旦有了历史意识的觉醒，就不再只凭本能过日子，而会
开始以外人的眼光来看自己以及自己所属的团体，也开始产生某种愤
怒。如今，印度到处弥漫着这种愤怒。印度人经历了普遍的觉醒，但每
个人最先觉察到的是自己的团体或社群；每个团体都认为自己的觉醒
与众不同；每个团体都想把自己的愤怒跟其他团体的愤怒区别开
来"。^(P453)

在印度，宗教活动主宰每一个人，人们通过宗教体验生命。印度教
在印度有广大信徒，印度教的教义深深影响印度的每一个人，是在印度
具有指导性概念和居于支配地位的思想。但是印度教也有其令人无法
忍受的教义或思想，再加上印度长期是受到异族统治的国家，异文化的
入侵多多少少会带给当地人民和宗教文化一些冲击和打压，于是伊斯
兰教、佛教、锡克教就逐渐兴起或是入侵，但都可以把它们理解为来自
印度教内部、为了满足印度教信仰不同阶段的特殊需要而出现的宗教
改革运动，甚至可以说，伊斯兰教在印度也深受到印度教的影响，以至
于逐渐变成印度的本土宗教。以下论述的是奈保尔在《印度：百万叛
变的今天》中所提到关于宗教的种种现象以及自身的思考。

（1）伊斯兰教的融入

伊斯兰教发源自阿拉伯，后来又传入印度，并且成为印度的主要宗
教之一。由于印度教种姓歧视严重，引起一些人特别是低级种姓的人
的不满，所以首陀罗和吠舍这些低级种姓的人改信伊斯兰教的也不少。
同时，伊斯兰教自身也有所变化，染上了印度的特色，如种姓制度对其
影响就是明显例证，不少伊斯兰教教徒组成种姓集团，还遵守种姓的种
种规定，甚至还举行印度教的祭祀，这就带上了印度色彩："伊斯兰解放
人类。……伊斯兰不鼓吹歧视，它教人互相扶持。如果有一个盲人要

过街，穆斯林不会先查明他的宗教是什么，穆斯林不管如何都会帮忙。"(P44) "1971年的印巴战争不但改变了穆斯林的生活，也改变了印度教徒与穆斯林的关系，穆斯林完全不能再声称他们比别人优越。印度在这个次大陆扮演着决定性角色。每个穆斯林对巴基斯坦都有一份特别的情感，每个人都因为那个国家的实验不到二十五年就失败而感到悲伤。美梦已经破灭。"(P396)

奈保尔认为印度历史上最糟糕的是伊斯兰教的进入，伊斯兰教在印度的发展简直扭曲了印度的历史，毁掉了传统的印度文明。虽然他认为印度教的等级制度是野蛮的，但伊斯兰教，还有包含了伊斯兰和印度教两种内容的锡克教（Sikh），则给印度带来灾难，造成印度人的精神混乱，区域争夺和宗教种族混战。他认为伊斯兰教在印度造成的破坏远大于英国的殖民；野蛮之所以弥漫印度，因为它和宗教连在一起。由于伊斯兰教像共产主义一样强调人人平等，信徒之间都是兄弟，所以它对印度教里面低等级的人很有吸引力。

虽然许多年对伊斯兰教的信仰根本没有改变那些穷人的困境，但印度人对糟糕的现状却有相当的忍耐力，他们慢慢地等待、指望着政府能给他们带来公平。伊斯兰教在印度引起的冲突和战争，在书中都有清楚的描述。但是因为印度的环境因素影响，印度穆斯林是强调人人平等，没有所谓的贱民阶级，于是在印度的穆斯林和其他地区的穆斯林就有本质上的差异。所以，奈保尔在亲身走访了伊朗、印度尼西亚、马来西亚、巴基斯坦等四个穆斯林国家之后得出的结论是，穆斯林人口最多的印度是这里面最好的国家。伊斯兰教在印度境内的发展证明了印度的矛盾，即使是互不兼容的印度教和伊斯兰教，也能共处一地。

（2）佛教在今日印度的地位

奈保尔第一天抵达孟买时，街上人挤人，大排长龙的人潮看起来安安静静、心满意足。后来，奈保尔通过一位作家朋友得知，那是为了安贝卡博士所举办的生日庆祝活动。安贝卡博士曾经是印度境内一位被称为贱民者的伟大领袖，他鼓励贱民丢弃奴役他们的印度教，改信佛教。

佛教在印度的兴起与当时的社会背景有关，印度教的婆罗门种姓为等级制度积极维护，于是佛教的创立者针对其主张的婆罗门至上，有种种特权，提出了众生平等，反对特权统治，打破种姓制度的主张。因此，除婆罗门外，受到其他种姓的支持和拥护，也形成了一股很强大的社会势力。佛教在印度产生与流传，尤其是初期，对社会的发展确实有进步和积极的意义。只是到了后来，由于热衷偶像崇拜，一般人染上了虚无色彩，民族健康深受其害，至今印度佛教徒的人数也不算多。

换言之，佛教在印度社会的作用和意义，是对印度古代婆罗门教的大革命，但是佛教的势力兴盛到了一个时期以后，婆罗门教又复兴了，婆罗门教吸收了佛教的优点之后，终于又统治了整个印度，取得佛教的地位而代之。这一段历史，更显现出印度教其实很多元，可以包容伊斯兰教、佛教、锡克教等等不同宗教，不同宗教之间会互相吸收互相融合，但同化力量最强大的仍属印度教。

安贝卡博士在他推崇信仰佛教的观念想法还未有机会改变或发展之前，就在 1956 年过世了，而今，印度每个达利特的家中都挂着一张安贝卡博士的照片。而庆祝活动上的旗子和标志仿佛不是生日活动，而像是在从事宗教活动，对奈保尔这个承认自己没有宗教信仰的人而言，印度对宗教活动的迷信和执著令他大呼想不通，任何改革领袖最后都会成为一种信仰，成为神，人民通过膜拜他们的圣者的同时，也膜拜了自己。

（3）奈保尔宗教态度的变化

不难发现，作者把握印度种姓制度和宗教的尺度也在转变，这种意识也反映出他现在能够更清晰准确地看待印度的一切。他用一种非常客观的视角去观察与调查印度的种姓制度和宗教。在《印度：百万叛变的今天》中奈保尔描述了种姓制度和宗教对于将自己定义在这种系统中的人们的重要性，而在他的前两部著作中，他却毫不含糊地谴责了种姓制度和印度教，因为"它暴露在我们面前的是千年的挫败与停顿"。在第三部作品中，他不再把种姓制度说成是一种破坏性和束缚性的力量，而是转而说它稳定而有凝聚性，印度人不停地想要把自己从压迫性的限制中解脱出来，奈保尔也通过阅读"百万的叛乱"表达出他的乐观和对这个国家前景和进步的信心。

在《印度：受伤的文明》中，奈保尔记录了他对印度教的"文明的停滞"的巨大不满，他不能接受印度教的消极被动。但他现在在《印度：百万叛变的今天》中采取了一种更积极的看法，说明其中仍然存在新的进步与成功。举个例子来说，巴布正在信奉耆那教，他的禁欲生活允许他从事一份作为证券经纪人的成功事业。巴布这样描述他的信仰："耆那教是在佛教之前从印度教衍生出来的一个古老教派，其信徒所要达到的境界是他们心目中的绝对洁净。他们不吃肉、不吃蛋、不杀生。耆那教徒每天早晨都要沐浴，以没有缝过针线的布覆体，然后赤脚走到寺庙祈祷。"(P13)巴布继承了他父亲的职业。他父亲尽管没有接受正式的教育，但在证券市场挣了一些钱。然而，巴布比她父亲赚得更多："29岁的证券经纪人巴布近五年赚了一大笔钱，数目比他父亲整个一生所赚的钱还更多。"(P12) 在证券市场工作必须面对各种挑战，但他常在脑中保持着他的宗教意识并遵守着宗教信条。他能成功是因为他的宗教使他免于野心，他甚至认为他的素食主义赋予他以一种非素食主义者所不能拥有的一种补偿性的"修养"、"意志力"和"性格"，他的宗教不仅培养了他，也使他能成功地经营他的事业。巴布也将巴扎吉企业家族的成功作为说明印度文化和宗教之重要性的例证，"这里有一家叫做巴扎吉的公司。它是全世界第二大的小轮摩托车制造厂商。三年前日本厂商进入印度时，我们认为巴扎吉很快就会关门大吉……他们的个人所得税达到百分之九十七的税率，遗产税税率高达百分之八十，但今天他们的财富还是相当庞大。这让我相信它还行得通。"(P18) 巴布的理想是去做社会工作，把自己奉献给慈善事业。

宗教不仅成为促使一个人成功的因素，也引导人对社会做出一些贡献。巴提尔先生就是另一个例子。宗教在巴提尔先生的生活与事业中都扮演着重要的角色。他的父亲在一个工厂的器具部门工作了 40 年；后来，他开始在一个晶体管公司工作，他感谢常常在他生命中保佑他帮助他的伽巴提，"大约两年之前，他面临了一个严重的危机。这个危机涉及他的政治生涯，历时九天……他前往巴里朝圣，向象神欢喜天许愿说，如果他能脱离这次危机，他将向他献祭一百零一颗椰子。"(P25) 巴提尔先生感谢并赞扬神的保佑，因为神给了他最好的礼物——自信心。在听完巴提尔先生的描述之后，奈保尔意识到他早期关于印度宗教的观点太狭隘了，他已学会尊重印度人对他们宗教的感情并深深为之感动："听着这些关于象神欢喜天、神庙、朝圣、许愿、祭献等等的话，我开始略微意识到土地对像巴提尔先生一家这类人所具有的神圣性，他们在生活中偶然感受到的荣耀，他们所接触的美好事物。他们的世界包含了肉眼看不到的东西。"(P26) 因此，在他的第三部作品中，奈保尔彻底改变了对这个国家的宗教的看法，他学着接受和尊重那激发人们心智和意志力的印度宗教。

2. "提箱仔"文化

英国文化成功地塑造出帝国自身文明的优越感，再通过教育和语言的传递也成功地内化到印度社会内部。印度人民一时之间否定了自身文明的优点，反而钦羡起英国文化，并进而模仿，先看以下两段描写：

这些提箱仔认为自己融合了印度和欧洲的文化。提箱仔的工作有保障，同时跟英国人的交往，乃是教养的象征，因此其他印度人对他们既钦佩又嫉妒。他们薪水很高，属于印度最好的受薪者；另外——提箱仔在待遇上还锦上添花——公司还为他们提供汽车和备有家具的公寓。他们的职务并不繁重。提箱仔上班的每一家公司都或多或少独占了印度的某个领域。提箱仔必备的条件只是良好的教养和人际交往能力、举止优雅。(P308)

提箱仔被制造成一种非常奇特的动物。整个体系是为了英国人的需要而建立；为了他们的生活方式，他们吃、坐、睡、拉的方式。到这边工作的英国人把他们待在印度的时期看作像是住在旅馆一样，什么东西都有人提供，包括每一条毛巾、每一只汤匙。这段日子只不过是前奏，过后他们就可以回老家，买一栋房子，有自己的洗衣设备。他们在这里时甚至还配有佣人。(P316)

从提箱仔身上，我们可以看到印度人如何内化了帝国主义的影响，蹩脚的模仿是印度文化的一大特征。奈保尔认为，过去的历史，印度一次次被外来势力征服，并未真正拥有自己的、堪称行为楷模的王室和贵族统治阶层。模仿只能以入侵的外来势力为对象，原来模仿信奉伊斯兰教的莫卧儿(Mughal)人，现在模仿英国人(不论是否信奉基督教)，那是一种单纯而荒谬的模仿，在印度的社会语境下，那种对英国腔、英国风味的刻意模仿几乎就像一首糊弄听众的狂想曲，结果是可悲的，正如奈保尔所说：整个印度社会仿佛被一个漫不经心的骗子玩弄于股掌之上。我说他漫不经心，因为他玩够了，不感兴趣了，拍拍屁股走人了。在这股模仿的风潮中崛起了一个新贵阶层，他们不是公务员或政客，而是外国公司的印度本土企业主管，这批被称为"提箱仔"的"人上人"，模仿英国的地道用语，在舞池里翩翩起舞，在一个个高尔夫球场上挥杆建立人脉。不顾地理气候条件，盲目崇拜高尔夫所象征的社会地位，奈保尔称之为可悲而恶俗的模仿，因为，在舞场球场外，奈保尔看到的是一个贫穷肮脏的印度。

"提箱仔"们在模仿中逃离现实，逃离责任；生活在恶劣环境中的人也会用另一种心理防御机制逃避现实：脏乱的世界越缩越小，人类不可能有所作为，还不如清静无为；草草看待自己的需求的人必然对自己的创造潜力不抱希望。印度传统文化中重精神、轻物质的一面在奈保尔眼里只是没出息的表现。奈保尔不客气地说，印度人面对欧洲时无形中流露出自卑感。他在参观迈索尔邦王宫时特意提到，旧宫毁于大火，现在的建筑物于 1897 年至 1912 年重建，由英国建筑师设计，反映的是 19 世纪末英国殖民统治者心目中印度王宫该有的模样。王宫俗丽、杂糅的风格所显示的只是英国人想象中的印度式豪华。在国际文化交流中，某些发展中国家是不是也经常会用一种取悦于人的姿态，乐意用流行欧美的程序来代表它们的形象？

不论是制度的模仿、建筑的模仿还是提箱仔的模仿，都透露出印度文明的肤浅和不足。显示出印度在新旧文化之间摇摆不定的矛盾，是要全盘丢弃古老传统文化迎向未来，还是要以自身文明的传统为基础来做创新？新旧之间的拉扯，换来的似乎是两头皆空。

二、主客关系的积极变化

奈保尔历经 27 年的时间，做了一趟他认为可以真正算数的重返之旅，这 27 年中间，他消解了身为印度后裔的焦虑，理解了印度的外部行为和内部文明，从认为印度是理所当然或是不被了解，到体认印度已经改变。漫长的岁月中，消极和积极对奈保尔而言是一体两面，悲观和乐观同时并存于印度和印度人民，"祖父一看到我读书就非常不安，他说我老是在读书。我是家族里第一个不种田的，恐怕也是第一个大学毕业生。我们村里现在有十六个人拿了文科硕士学位。我出生时，村中只有一个大学毕业生——他拿了文科学士学位，是一位老师。如今大家很关心新事物，很重视教育，花再多钱也要把小孩送到较好的学校。"(P476)"我们过去有佃农，现在没了。现在已经不那么依赖人力。过去收割时常见到人家在晚上磨镰刀，穷木匠整晚就干这活儿，因为一大早镰刀就又要派上用场。今天，我村里有几个人专门制作和修理新式农具。"(P477)

奈保尔在 1962 年初访印度，到了第三次访问印度时，已经是相隔 25 年之后的事情了，这次来到印度，他又重新造访当年见过的一些人或到过的一些地区，重新看待印度，也重新给印度人民发言的机会。印度从旧世界到新世界，当然也有许多改变，1962 年的印度当时几乎没有观光业，旅馆管理也还不是一种专业。到了 20 世纪，印度的观光客人数众多，旅馆迅速建立，女性刊物诞生，教育受到重视，文盲减少等等。这已经不是奈保尔 1962 年所看到的那个幽黯国度了，印度正要展开新的知识活动，它对自己的历史和文明有了新的看法。印度做出改变,奈保尔也做出了改变:"在我所做的这种旅游中,有时可得慢慢体会,才会对所见所闻有所理解;旅游者有时会选择性听取别人的话;有些事情太过于被视为理所当然。"

在"印度三部曲"的最后一部里,虽然印度仍是问题严重,但毕竟开始有希望,变化、创造开始取代沉闷。奈保尔认为印度知识界已经开始连蹦带跳地向四面八方舒展,而巴基斯坦,只知道宗教信仰,则越来越萎缩。自由的概念已经深入到印度的每一个地方,而这个概念两百年以前在印度是没有的。个人主义的价值和人道情怀都开始在印度深入人心,知识分子已经开始反省。只是,此书的写作方式和写作材料的选择和运用,其主控权仍然是在奈保尔手上,诚如他的作家朋友保罗·索鲁说的:"维迪亚的叙事属于冷酷而经过刻意选择的那种——带有预设立场的(tendentious)。"[1]

在这里,奈保尔从一种主观的视角转变为一种更客观的视角。他尽力使自己远离它早期选择的代表这个国家的形象,他摈弃了他早期的东方主义视角去看待印度,取而代之的是一种更积极的角度,甚至允许自己去赞美他祖先的故土。这本书被认为是他与印度之间关系的全新阐释,这种观念的转变反过来又推动着奈保尔自身的发展转变,他对印度变化着的看法反映出他自己与印度双方的二元成长。前两部作品中,奈保尔认为印度是这样一个国家:停滞的、麻痹的、衰败的、无望的、倒退的。第三部作品中他指出,印度有力量影响自己的发展,从而变成一个现代化国家。因此,奈保尔收回了一些他早期对印度的批评;现在他感到这个国家充满潜力和希望。在《幽黯国度》中,他谴责印度

---

[1] 保罗·索鲁:《维迪亚爵士的影子》,秦於理译,重庆出版社 2005 年版,第 215 页。

人缺乏真正看到自己的问题跟评价自己处境的能力。然而，在《印度：百万叛变的今天》中，他为自己未能超越现实的表面去看问题而自责："就在举行象神欢喜天节庆的好日子期间——就在这里，在这个地区，在我先前走过只观察到表象的那些巷子里……"(P477) 60年代被他描述为无用而贫瘠的土地在70年代转换为了另一副面貌，这里成为一个"百万叛变"的地方："今天的印度拥有两百年前所没有的东西：一分凝聚的意志，一套主导的知识，一个国家的理念。印度联邦大于其构成部分的总和；许多急进运动把国家视为法律和情理的依仗，因此增强了国家的地位。"(P553) 在这本书中，奈保尔深入探究了这个国家的显著变化，因为那些看上去无重大意义的争斗已经创造出了正面而积极的效果并释放出巨大的政治能量。他在这里将印度授以"祖国"之名，而这是他1975年第二次访问印度时所还不愿意的。这种态度甚至在1977年仍未实质性改变，那时他还为"一种印度人特有的归属感"的缺失而哀叹。但在1997年纪念印度独立50周年时，他提到印度是一个具有新生命和新未来的国家，这反映出奈保尔对印度的感受以及他自身与他祖国关系的重大变化。

通过作者对印度的重写，读者能够看到他正在不断向一种更加全面的自我理解靠近。在前两部作品中，奈保尔有意地并有选择性地记录着他在印度的见闻，他的观点难免是主观的和东方主义的。在第三部作品中，他客观仔细地观察了印度人的生活，研究了他们的文化与历史。通过对印度的异质性与印度人身份的一种反本质主义建构的叙述，他有意使自己与东方主义立场划清界限。奈保尔运用叙述的多声部发声方法，让每个人物的声音展现出他自己独特的个性特征，每个人都发出他自己的声音，展示着自己的主观性。巴赫金认为真理出于并来源于对话："真理不是天生就存在或存在于某几个人的头脑里的，它产生于人们共同追寻它的过程——相互对话的过程之中。"在第一部作品中，奈保尔呈现给我们一个经过选择的印度叙述，也就是说，他主观地选择那些关于这片国土的他想要叙述的一切。但是，在第三部作品中，他通过对话记录了大量印度人的日常生活现象和文化，真实的印度逐渐浮现于他更加客观的书写之中。

第五章

《抵达之谜》：差异原则支配下的混杂身份建构

奈保尔于 1987 年出版的《抵达之谜》是一部独具艺术特点的作品，在这本书写到四分之三的时候，他就充满自信地对朋友说过"这是部重大作品"，诺贝尔文学奖颁奖辞则把它称之为作家的代表作，"在他的杰作《抵达之谜》中，就像一位人类学家在研究密林深处尚未被开发的一些原始部落那样，奈保尔造访了英国的本原世界。在短暂仓促、漫无边际的观察中，他创作出了旧殖民地统治文化悄然崩溃和欧洲邻国默默衰亡的冷峻画面"。① 这是一部略显"另类"的作品：非小说而像小说、非游记而似游记、有散文气息而不是散文，穿插大量的回忆与议论，哲思与写实并置，现实与历史对话，因此这部作品也成为我们研究一个前殖民地人、一个流散作家的内在精神生活的典型文本。

在《抵达之谜》中，奈保尔描绘了一位出生在加勒比海地区的作家，在英格兰历经数年的学习和游荡之后，在观察与描写世界的过程中，试图寻找自己的写作风格和认证自我的文化身份。《抵达之谜》中的主人公长途跋涉抵达英国，目的是要实现成为一名作家的雄心壮志，有意无

---

① 《瑞典文学院 2001 年度诺贝尔文学奖授奖词》，《世界文学》2002 年第 1 期，第 133 页。

意之间，他同时也在探索自己由殖民化和非殖民化碰撞而形成的文化身份，"虽然我们有着共同的历史，但是我走的路并不一样。我以印度背景的直觉开始旅途，成长在没有前途的殖民地特立尼达，我经历了许多阶段的认知和自我认知"。[1]《抵达之谜》以双重经验的手法处理旅途这一主题，一方面是人物形象的撕裂，另一方面是新身份的建构。

第一节　生活在别处的旅行者

《抵达之谜》讲的是一位殖民地居民在压迫者古老的土地上作为陌生人孤独地寻根的故事，小说由五部分组成：第一部分"杰克的花园"讲述的是主人公在英格兰威尔特郡的乡村生活；第二部分"旅程"讲述主人公从特立尼达来到英格兰的移居生活，以及他为了成为作家所付出的努力；第三部分"长青藤"和第四部分"乌鸦"围绕的是主人公在英格兰乡村的经历和他对其他人的认识；而第五部分以主人公回到特立尼达参加妹妹的葬礼——"告别仪式"作为结尾。

奈保尔在《抵达之谜》中塑造了一位和他有着相似双重移民背景的第一人称叙事人"我"，"我"从故事的一开始就不得不面对着一种文化上的流放状态。"我"出生在一个印度契约劳工家庭。祖父一辈从印度移民西印度群岛中的特立尼达岛，在五年契约期满后选择留在当地。虽然远在异乡，但特立尼达的印度人还是顽强地保持着母国的语言、宗

---

① Naipaul，V. S. *Our Civilization*，The 1990 Wrision Lecture at the Manhattan Institute for Policy Research，New York City，October 30. 1990.

教、习俗和神话。但是，与母国文化空间上的疏离、与生存环境的格格不入加剧了印度文化在小岛上的衰落。"我"既不认同自我封闭的印度文化，也不认同特立尼达本土文化。"我"在特立尼达学校中接受到的都是典型的英国教育，青年的"我"就已经感到生活的希望在别处，不在自己出生的特立尼达，而在遥远的大英帝国。"我"迫切地想要成为一名用英语写作的作家，到英国去生活，变成一个英国人。

"我"的英国之行最初被"我"视为是一次文化上的省亲之旅。"我"期待着能在仰慕已久的宗主国文化怀抱中获得自己的文化身份，找到自己的文化家园。在英国生活多年以后，他对英国的熟悉程度甚至远远超过了对他自己的出生地特立尼达，他认为：

> 我对于我出生的新世界的农业殖民地所知甚少。而对于我对亚洲—印度教社会，那样一个移植的农民社会，我也只知道我那扩大的家族。我的全部生活，从我变得开始有了自我意识的时刻起，就投身于学习，对那种抽象的学习我曾经努力想要赋予它一些思想。然后这种抽象的思想已经转变成了在另一个国家中的文学生活的念头，这已经驱使我更进一步的，更尽心竭力的学习，已经驱使我进一步撤退。我真正的生活，我的文学生活，注定要在别的地方。与此同时在家的时候，我在电影院里在想象之中，预先品尝到国外生活的滋味。在星期六下午，在一点三十分开始的假日电影专场之后，在黑洞洞的电影院和我们在其中生活了三个小时左右的遥远世界之后，重新走进我们的色彩明亮的世界，那是很痛苦的。

奈保尔发现自己总是与英国格格不入，自从踏上英国土地那一刻起，自己就始终是一个陌生人，"于是我以文学的眼光，或者说是文学的帮助下，来看许多事情。作为在这儿的一个陌生人，带着陌生人的那种焦虑,带着一种对于这种语言及其写作的历史的认识,带着一部分我承认纯属幻想的想法,我能在我所能看到的东西中找到一种特殊的过去"。作为陌生人,在寻根的旅途中,他根本没有真正融入自己想要融入的世界,而是以陌生人的眼光,通过文学的、语言学的或历史的眼光来看世界:

> 我看见了一片森林,但他并不真是森林;它只是靠着我的小木屋的大房子背后的旧果园。我清楚地看到我所看到的一切,但我知道我并没有在看什么。我没有什么与之相称的东西。我仍然处于一种边缘的状态。虽然有些东西我是知道的。我知道我在火车上所路过那小镇的名字。它是索斯伯里。它几乎是我最先知道的英国小镇。通过第三级读本中康斯塔伯德索斯伯里大教堂油画的复制品,我最先了解了这个小镇……除了康斯塔伯德复制画的浪漫之外,我对自己身处之地的知识是语言学的。我知道"亚芬河"原本是就指沱,就像"猎犬"原来是狗的通称一样。我还知道我所住的庄园的村庄所在地的名字沃尔登肖的组成部分"沃尔登"和"肖"都指的是木头。除了雪和野兔的神化感之外,这是我为什么想到我看到了一片森林的更深层次的原因。①

英国的生活对"我"来说就是一段不断否定自我的经历。"我"不停地把现实中的英国同自己在特立尼达接受教育时所了解的英国进行对比,相互印证。在英国生活的前六年里,"我"不懈地追逐着自己的作家梦想。在这个漫长的过程当中,"我"一直试图把作为第三世界的"人"和受英国文化滋养的"作家"这两个角色截然分开,把印度

---

① V. S. Naipaul. The Enigma of Arrival. London：Penguin Books，1987. p3.

和特立尼达在自己的写作道路上放到一边，使自己成为一个真正的英国正统作家。直到六年后的一天，在经历了无数次的挫折和失败后，"我"突然恍然大悟，自己的写作素材其实就是"西班牙港的街道"。

于是在离乡六年之后，"我"第一次又踏上故土。这一次的返乡之旅以及四年后的第二次回家使我接续了被剪断的生活历史。同时因为"我"在西方国家的生活，西方民主和自由观念已经对我产生了影响，这又使"我"难以忍受殖民地生活中的狭隘与落后。在查找大量档案材料的同时，"我"发现特立尼达的历史就是殖民主义的历史，它历史的每一页都和哥伦布，和奴隶种植园有关。这一次的创作经历最终持续了两年。它不仅使"我"在时间和空间上重建了特立尼达的历史，而且唤醒了"我"内心深处的好奇心，使"我"希望从一个更大范围的世界中去认识文明与历史。"我"开始了在西印度群岛这个英属殖民地的旅行。"我"的行程从特立尼达开始，从圣基茨岛到安圭拉岛，再从危地马拉到伯利兹城。在这次历史长河的逆流之旅后，"我头脑中有些疑问消除了，填补了一点空缺"。现在的"我"可以站在殖民者和被殖民者的双重角度来理解人类社会的殖民历史。

第二节　生命中的第二次抵达

《抵达之谜》这部作品的名字来源于意大利著名画家乔尔吉奥·德·基里科（Giorgio de Chirico，1888—1978）的早期同名画作，但命名者并非画家本人，而是一个名叫阿波利奈尔（Apollinaire，1880—1918）的法国诗人。画面上是一幅典型的地中海图景，故事的叙述者这样描述对它的第一印象，"在近处一条僻静的街道上有两个人，都裹得紧紧的，一个可能是那个抵达的人；另一个也许是这个港口本地的人。这个场面凄凉而又神秘：它述说着抵达的神秘。它向我述说着这个，正如它当年向阿波利奈尔在述说着"[①]。

《抵达之谜》英文版封面

　　这幅画之所以能引起故事叙述者的注意，是因为他觉得"这个标题以一种间接的、诗化的方式，使人注意到我自己体验中的某种东西"[(P105)]。在叙述者的想象中，故事的场景应该是这样的：那个旅人抵达古罗马港口，穿过陌生土地的寂静、荒凉和空洞，进入到一扇门中，卷进一种热闹而嘈杂的城市生活。他此行是负有使命的，但他逐渐感到毫无进展，慢慢地迷失了，慌乱了，他要逃离回到船上，但不知道怎样去。一个好心人把他带到一个宗教仪式上去，结果仪式上的祭品竟然就是他自己！危急时刻他打开一扇门，发现自己又回到码头并已得救，世界还是原来的样子，只是船已经消失了。旅人过完了他的生活。对奈保尔而言也是如此：已经没有古船把他载回自己过去的生活，也不可能有新的旅程使他的生命再来一遍，无论是特立尼达、英国，还是印

---

　　① 奈保尔：《抵达之谜》，邹海伦译，浙江文艺出版社 2004 年版，第 106 页。（以下引文只在引文后标出页码，不再一一注出。）

度，都不能够让他有抵达的感觉。就像他作品中的人物一样，奈保尔也总是在途中，总是处于一种精神焦虑状态，不知道何处是归程，不知道哪里是可以安身立命的栖居之所，这就是从未抵达的感觉。从流散文学的角度而言，就是处于无明确认同方向的状态，就是"异化"和"错位"（alienation and displacement）。因此，奈保尔在这部与基里科的画作具有相同名字的作品中，自然而然地涉及写作的状态、对写作的思考和作家对他的影响。在回顾自身写作经历中，又引申出他在特立尼达岛上的童年时代和在牛津深造时对写作迷恋的记忆。于是，这两种状态——对威尔特郡乡野生活的观察和对自身写作经历的回溯——在他缥缈而连绵的叙述中交织呈现，并形成一种四处扩散的张力。

奈保尔把这本书称为"小说"，但它却是用第一人称叙述的，显然就是自身生活的写照。在《自我隐喻：自传的意义》一书中，詹姆斯·奥尔尼（James Olney）把自传简单地定义为"关于作者自己过往生活的一种观点"。在此意义上，《抵达之谜》可以说是自传性的。然而按照惯常的理解，它又不像一部自传那样讲述作者一生的经历，它所关注的仅仅是人生的一个转折点：抵达英国。

这部作品中的"抵达"并不是指一个人来到新地方，而是指一种新的心理状态。奈保尔写的是他所谓的"第二次抵达"，即在靠近史前巨石阵的威尔特郡乡村的一段新生活。"第二次抵达"促使他反思 18 岁时从特立尼达第一次来到英国的情景。在时光穿梭中，作为一个外来者，奈保尔比较了自己早年和后来对英国的不同印象以及由此而来的思想变化。

如果说基里科的画作暗喻着小说中的人物，那么画面中的一个人就是 18 岁时刚抵达英国的奈保尔，来接他的另一个人则是年岁渐老已成为作家的奈保尔。两个人于对方而言都是一个谜，都以自己独特的方式观察和体验着周遭世界。多年以后两人合而为一，这也成为小说叙述的心理起点。当一种新的生活开始时，奈保尔似乎要剥离他早年的那种殖民地人的焦虑和与生俱来的不安全感，"在威尔特郡的第二次生活的赐予，是第二次、也是更幸福的童年，有的是这种自然万物知识的第二次抵达，加上在这树林中实现了童年时代的拥有一个安全家园的梦"(P97)。

在作家的妹妹和弟弟相继离世之后，一种新的意识，抑或他所谓的"自然万物知识的第二次抵达"随之而来。小说的最后一章《告别仪式》描述了作家返回特立尼达参加为妹妹举行的葬礼，妹妹的离世唤醒了作家与母国的联系。在印度教告别仪式上，他看到特立尼达的印度教传统渐趋消亡，"我们的神圣世界已经不复存在……每个世代都将使我们更远离那些圣洁"(P378)。

作品的结尾包含着它的开端，他在最后一段文字中论及妹妹的离世是"一种真正的在忧郁所创造的空虚中产生的悲伤"，"面对一个真正的死亡，以及有关人的新的神奇，我将手稿扔在一边，抛弃了一切犹豫，开始悬河泄水，写关于杰克和他的花园"。(P378)这里提及的"真正的死亡"是与作品前面部分中所想象或者沉思的死亡相比较而言的。给妹妹举行的告别仪式也是作家对早年特立尼达生活的告别，这最终促使他到别处寻找一种新的生活，因此这里的"第二次童年"、"第二次抵达"以及"杰克和他的花园"，指涉的都是第一章《杰克的花园》。为了回溯到小说的开端部分，他才特别在意书写的方式，在意作品结构的重要性，在意"真实"和"虚构"的关系。

事件、人物、地点都是真实的，唯一虚构的是结构本身——时间和事件的重构，例如作家在结尾处暗示作品仍在写作过程中，现有的仅是"草稿和犹豫"。在奈保尔的这部作品中，存在着其他作品所没有的不确定性、暂时性，好像作家意识到自己置身于一片陌生的疆域。奈保尔以成长、变化、衰败和新生的可能性贯穿整部作品。《杰克的花园》写的是作家的邻居，一个垂死的人直到离世都在照看着一个凋敝庄园中的花园，他对杰克的观察给了奈保尔一种"对人的新的好奇"。起初，奈保尔把杰克看成是"某种来自过去的东西，一种遗物"。很快，他就发现自己是把他所意识到衰败的过去投射到杰克和他周围的环境上：

> 要看到这种衰败的可能性、确实性，甚至在进行创造的时刻就看到：这就是我的脾气。那种神经，是我作为一个特立尼达的孩子的时候我们的家庭环境就给予我的。……也可能，这种感觉模式走得更深远，是一种古老的遗产，是与造成了我的历史同来的某种东西：不仅仅是印度，以及它的一种超出人们控制的世界的思想，也有那些殖民地种植园或特立尼达的庄园，我的穷困的印度先人们曾经在上个世纪移居到那里——对于那些庄园来说，我现在所居住的这个威尔特郡庄园，曾经是崇拜的偶像和顶点。(P55)

他开始用一种新的方式来看待杰克，"坚实的，植根在他的土壤上"，"他并不完全是一个遗物；他已经创造了他自己的生活，他自己的世界，甚至他自己的大陆"，"他曾经在一个沼泽和已荒废的农家庭院旁边创建了一个花园：曾对不同的季节作出了答复，并且在其中找到了自豪快乐。在他周围是一片废墟；在他周围，在更深的意义上，是一场变革。……他所确定的方式，在终结的时候，首要的并不是超越生活的东西，而是生活本身"。(P102)

这种"对人的新的好奇"是作家关于"自然万物知识的第二次抵达"的一个组成部分，乡村旷野的景色使他的"神经得到了安慰"。杰克的花园、附近的果园和水草牧场让他意识到，"作为一个特立尼达的孩子，我能拥有英格兰在自然方面的每一种美好的思想"^(P56)。

奈保尔在这里频繁使用的"孩子"、"童年"等词语暗示着对早年天真状态的回归。在威尔特郡，他意识到身边的一切，就是自己作为一个在特立尼达长大的孩子所想象中的遥远的英格兰的一部分。当他第一次抵达西方国家，它对周围环境的最直接反应就是试图与他以前自认为已经知道的概念相对接：

> 我看见的东西非常清晰。但是我并不知道我正在看着的是什么东西。我还完全没有适应它。我还处于一种过渡状态之中。虽然，有某些我知道的东西。我知道我乘火车来到的这个城市的名字。它叫索尔兹伯里。它几乎是我以往知道的第一个英格兰城市，我对它最初的概念，来自我小学三年级时课外读物里面康斯太布尔的油画复制品——索尔兹伯里的天主教堂。那还是在我的热带海岛上，当时我还不满十岁。那是一张四色的复制品，当时我以为它是我所见过的最漂亮的图画。^(P3)

这里所谓的"知道"指的是殖民地的人们在接受教育时所了解的有关"伟大世界"的遥远的、第二手的知识。奈保尔的"自然万物知识的第二次抵达"指涉的是一种新的认知方式，一种与那些通过殖民地教育而被灌输到头脑中的知识的直接相遇。印度和英国是他对抗自我"错位"的两个重要区域。在印度，奈保尔找到了"童年时代的神秘大陆"，在《抵达之谜》中的英国，他终结了自己殖民地经历中的错位和不安全感，开始一种新的生活状态。

第三节　叙事视角的转换

　　殖民地的背景和他所接受的教育，让他用"文学之眼"来观察英国，"用文学之眼，或者借助于文学，我从这当中看到很多东西。身为这里的一个陌生人，有着陌生人的神经，又有着这种语言、语言史和写作方面的知识，我能够在我看到的东西中发现一种特殊的过去；因为我的一部分头脑使我能够接受想象。"[P16]在他看来，杰克的老丈人看上去"更像在一个古老的景物中的文学人物。他看上去似乎是一个华兹华斯笔下的人物：弯腰驼背，有些夸张的弯腰驼背，庄重地干着他的农活，好像置身于湖区无穷的孤独寂寥之中"。农庄活像"从哪本旧小说中冒出来的，也许是哈代写的，也许是出自某本维多利亚时代的乡村日记"。[P10]

　　奈保尔的叙述没有任何反讽的意味，没有什么能让他失望或者幻想破灭，所有一切对他而言都是协调一致的，甚至包括他作为一个特立尼达的印度人出现在英格兰的乡村旷野上。奈保尔像一个多年漂泊在外的英格兰人返回自己的故土一样欣赏这里的风光，"一个孩子对于另一个地方的美丽想象……就好像是我一向就熟悉的东西"。[P92]

　　写这部小说时，奈保尔已经在英国居住了20余年，在他看来，这过去的岁月都是一种错位和漂泊流散，而"第二次抵达"标志着错位的终结。他那种"对人的新的好奇"同样包含着对自己作为一个"新人"的好奇，这种感觉明显表现在作家进行自我描述时，叙述视角从第一人称到第三人称的转换：

他出去散步时经过了杰克的小屋，见到的一些事物就好像是第一次遇上似的。他不由得就联想到了一些文学上的意味，但是，他已经养成了用自己的眼光来看待事物的习惯。如果退回二十年前，他就不可能像现在这样清楚地看问题。理解了事物之后，他可能找不到合适的词或语气来表达。我花了很长时间才想出简明扼要的表达方式。对他来讲，取得丰富的经历是很有必要的。(P194)

他在周围环境中重新发现的愉快是与过往的焦虑和不安相对而言的，"过去对我而言——有关殖民地与作家的情况——充满了耻辱和羞愧"。(P273)在第二章，他彻底去掉了这种"耻辱"，《旅程》描写了他18岁时抵达英国的情景。身为一个在英国的殖民地人，出于耻辱和不安全感，他否定了部分自我，从而使作家奈保尔与仅是一个男人的奈保尔分裂开来。

奈保尔描述了他18岁时离开特立尼达的第一个晚上，其中"我"与"他"之间的叙事视角转换，彰显了现在与过往、作家与男人之间的分裂。他写到自己如何花费很长的时间来寻找"大都市素材"，他回到旅馆吃自己从西班牙港带来的食物，解释"自己家是农民，印度人，印度教徒，担心食物会被污染"：

我俯身在废纸篓上面吃着东西，在这漫长一天结束的时候一边吃，一边体味着那香味、油腻和吃得过多的感觉。在我的日记里我已经写到了一些最大的事情，一些对一个作家来说适当的事情。但是这位日记作家在结束他的一天的时候却好像一个农民，好像一个恢复了他的原始本能的汉子，在一间黑屋子里偷偷地吃东西，然后在琢磨怎么才能

把他这一餐的味道浓烈的证据掩藏起来。^(P123)

从"我"到"他"的转换戏剧化地呈现出叙事视角的变化："他"有着敏感的自我意识，会突然惊讶于自己的行为，在这里男人和作家开始分裂，"我已经能够感觉到我自己彼此分开的两个方面，那个男人与那个作家。我已经感觉到对自己怀疑的刺痛：也许这位作家只是一个有着抽象教育、有着专心致志能力和用心学习各种事物能力的男人。我为了这一天，为了这次冒险，曾经那么努力的工作！带着我的新的无言的孤独，我观察着我自己的分裂和缩小的两半，甚至在这第一天。"^(P131)奈保尔笔下的"男人"意味着一个"在作家身份的掩盖下隐藏的印度侨民血统的自我"，一个他极力否定的自我。他彻底否认了整个的种族问题和作为"他者"的自我：

我这趟旅行其目的就是为了成为一名作家。进行这样的比较让我感到太可怕了，我不敢承认我的种族身份，不敢去面对我其实与他们一样都是有色人种这样一个现实。我觉得一旦当了作家，种族方面的差异就会淡化。可是，在我为成为作家的经历中却没有提供淡化种族差异的素材。当我考虑到自己是名作家，我就要隐藏自己的经历来欺骗自己；向自己隐瞒自己的经历。甚至当我真的成为一名作家时，在许多年中，我都一直无法消除我的这种心理障碍。^(P139)

第四节　解构英国性

评论家们对《抵达之谜》中的身份认同倾向有着不同的看法，布鲁斯·金认为这部作品表现了作者的无家可归感，尼尔森则认为这部作品充溢着作者实现了成为一个英国人梦想的自豪感。在我们看来，奈保尔在此书中更多想表现的是一种混杂的身份，为了建构这种混杂的身份，叙述者首先制造了一个虚构的英国性。作者在《杰克的花园》这一卷的第一部分就描述了不可避免的变迁和衰败，这种变化发生在英帝国的核心地带。在这一卷的结尾部分，叙述者意识到这个村庄的名字"瓦尔登肖"都被吸收到另一种语言中很久了，这个名字涉及"一些跨海而来的入侵者，古代的战争和对这里的霸占"[P100]。在威尔特郡这个租住了十年的村子里，叙述者逐渐把追寻的目光指向自我，舒缓的叙事节奏反映出他对视野所及范围内事物的理解过程，进而敏感地意识到村庄的变迁历程。

叙述者对杰克的理解在作品中有着举足轻重的作用，一开始他羡慕的是杰克对土地的热情与忠诚，杰克成为他笔下旧英格兰的中心意象。在叙述者眼中杰克"植根在他的土壤上"[P102]，代表着英格兰的传统甚至是乔叟和莎士比亚时代的英格兰世界。这种认识后来发生了变化，叙述者意识到杰克也可能是一个外来者，他"生活在废弃的旧物之中，在几乎有一个世纪的废墟之中；环绕在他的小屋周围的过去可能并不是他的过去；在某一阶段，他对于这个峡谷可能曾是一位新来乍到者；他的生活方式可能曾是一种选择的结果，一种有意识的行为"[P13]。

最让人感动的是杰克面对死亡所表现出来的态度，知道自己大限将至，杰克仍然去酒馆和朋友们一起过最后的圣诞节，拥抱生命赐予他最后的快乐。杰克之死促使叙述者用另一种完全不同的眼光来审视瓦尔登肖：与其说它是古英格兰的遗迹，还不如说它是这个脆弱的、变动不居的世界的一部分。他终于意识到那个所谓完美的英格兰仅仅是一个殖民者与被殖民者共同建构出来的东西，变化是万事万物的本质特征，正如作者在第一卷的结语部分所说的那样：

他并不完全是一个遗物；他已经创造了他自己的生活，他自己的世界，甚至他自己的大陆。……他曾在一个沼泽和已荒废的农家庭院旁边创建了一个花园；曾对不同的季节做出了答复，并且在其中找到了自豪快乐。在他周围是一片废墟；在他周围，在更深的意义上，是一场变革，是在提醒人们生长与创造的轮回何其短暂。但是他已经意识到生命与人是真正的神秘；他已经断言这些最高的神秘具有某种像宗教一样的东西。在他一生中，最英勇和最具有宗教意味的事情是他的死亡的方式：他所确定的方式，在终结的时候，首要的并不是超越生活的东西，而是生活本身。(P102)

题为"常春藤"的第三卷充满衰败和死亡的意象，叙述者在这一卷的开头部分就呈现给我们"一只残缺不全的野兔尸体"(P204)。庄园中一片衰颓：山毛榉现在就像是对庄园主父亲的伟大之举树立的一座自然的纪念物，船库已经成了一个惹人注目的废墟。最具戏剧性的衰败景象是那些已经影响树木生长的常春藤，庄园主禁止人们把它们砍倒，叙述者猜想原因是庄园主把其视为自己失意情绪的映照。但叙述者从未遇到庄园主，仅仅是瞥过他一眼，他对庄园主的了解来自于道听途说和他送给自己的诗歌与绘画作品。庄园主把自己多年前所写的有关天神克里希纳和破坏神湿婆以及帝国昔日辉煌的诗作送给叙述者，他还送给他一部小说，讲的是一个年轻女人对伦敦的社交圈子感到厌倦，决定到非洲当一名传教士。年轻的女传教士被非洲土著逮住，她幻想会遭到强暴，结果她被用一口大锅煮熟吃掉了。

我们不知道这个庄园主是否去过印度或非洲，但是他对这些地方的书写却意味深长。生活在一个日渐衰颓的庄园中，英帝国在战后已成为一个历史概念，但这个庄园主仍让自己沉浸在昔日帝国的殖民想象之中。庄园主的印度故事并不是源于当代的阅读时尚，它是帝国辉煌时期的遗产，正如他所继承的庄园那样。庄园主对克里希纳和湿婆的描写来自他对印度的想象，因此叙述者感到"他对印度的爱恋是与他的生活环境有关，与我，与我的过去、我的生活或我的抱负几乎没有什么关系"^(P236)。众所周知，在后殖民研究中，文学作为一种美学形式，对帝国形象的建构与巩固起着举足轻重的作用，庄园主在其失望的岁月中所写的印度故事反映出他力挽帝国昔日辉煌的企图。

从以上分析不难发现，房东（庄园主）和叙述者处于相对立的两个极端，"他富有，拥有特权，而我正好与他相反；我们各自在不同的文化中心"^(P212)。房东的财富是在 19 世纪帝国的扩张过程中积聚起来的，帝国是两者之间不可跨越的障碍，但同时叙述者认为英帝国也使他们之间发生了联系，"我之所以出生在这个南美大陆，之所以使用这种语言，之所以有这个假期以及怀有当作家的个人志向，所有这一切都与英帝国有着千丝万缕的联系。最终，还是英帝国的原因，我才会来到这里的峡谷地带"^(P212)。他是怀着失望和痛苦来到瓦尔登肖的，对房东有一种深切的同情感。当初他把瓦尔登肖视为一个安全的岛屿，一个几近完美的地方，但后来逐渐意识到它的脆弱，一个早上的工作就足以摧毁它。房东坐视庄园走向衰颓，尽管他知道长青藤会窒息树木的生长仍不愿让人把它砍倒，这也表征了帝国的辉煌从内外两个方面走向不可避免的衰亡。

当然，奈保尔对英国性的解构并非全盘否定，对英帝国过往历史的去神秘化同样影响着他的写作生涯。英帝国把他的先祖从印度移居到特立尼达,英帝国把他从旧世界带到新世界并来到瓦尔登肖,在那里他开始了自己的"第二个童年"。尽管如此,对英国性的解构仍导致奈保尔走向一种混杂身份的建构。

第五节　走向一种混杂身份的建构

对奈保尔和一般意义上的后殖民主体而言,对英国性的解构具有重大意义,能够促使他们以较为积极的心态面对自身的多元文化背景,珍惜文化遗存的多样性、复杂性。我们在前面的章节分析过,奈保尔的身份建构开始于对家乡特立尼达的否定,他渴望去大都市,去文化的中心地带。为了克服这种疏离感,他经历了文化身份上的模仿阶段。经过多年的旅行和写作,奈保尔已经意识到对殖民地人来说,必须在自身多元文化背景的基础上来建构自己的身份。与执著于某一种单一身份不同的是,他开始走向一种混杂身份的建构。

在后殖民理论中,混杂意味着身份转换与融合的可能,不同文化身份遭遇后将产生一种新的存在方式。根据霍米·巴巴的观点,所有的文化叙述和文化系统都建构在一个他称之为"第三表述空间"(third space of enunciation)的地方,文化身份总是呈现在这一空间之中,其纯粹性是难以维系的。巴巴认为,混杂性颠覆了文化权利和主导文化的叙述功能。

当这种纯粹的英国性被去神秘化之后,奈保尔表现出向他的殖民地文化妥协的倾向。在写作《抵达之谜》的过程中,他已经意识到这个世界是变动不居的，纯粹的英国性只是一个殖民者与被殖民者共同建构的概念。在小说的开端他就写道，"变化是万古常新持续不断的"(P32)，变化的不仅是外部世界，也包括叙述者自身。在"常春藤"这一卷的中间部分，他一再重申"社会在变……我的经历在变，我的思想在变"(P212)。世界和叙述者观察世界的方式都已改变，帮助他克服"特立尼达出身这样一个巨大的障碍"①，让他更易于接受殖民地遗存，这种接受是走向建构混杂身份的基础。

如果说奈保尔在《寻找重心》中的"自传性序言"意在开始寻根，那么《抵达之谜》则是试图与现实妥协，从而寻求一个新的开始。如果不能坦诚地面对过去，就不会产生一个有意义的将来。《抵达之谜》中的"旅程"被视为一个隐喻，"旅程"不仅是第二卷而且是全书的主题：叙述者在 18 岁时开始自己从特立尼达到英国的旅程，他重返西印度群岛的旅程，他以作家身份去中南美洲、亚洲和非洲的旅程，他的写作旅程，他的生命旅程。"旅程"可被解读为打开"抵达之谜"的一把钥匙，抵达之所以成为一个谜是因为意味着一个指向未来的开放进程，抵达意味着一个崭新的开始，抵达与旅程相互独立，如没有一方作为参照，双方均无法存在，二者之间的张力构成抵达之谜。

在"旅程"这一卷中，奈保尔也回顾了自己初到伦敦的情景，联想到自己的孤独、寂寞与幻灭。他遗憾自己当初错过近距离观察那些移民蜂拥而至伦敦的情景，这本是最好的写作素材，而他当初仅仅意识到自己在 BBC 工作室开始自己第一份工作的情景。他不应假装那个并不真实的自己，不应虚构自己的经历和身份。叙述者反思当时

---

① Cudjoe，Selwyn. *V. S. Naipaul：A Materialist Reading*. Amherst：University of Massachusetts Press，1988. p217.

他企图掩盖自己特立尼达印度人的文化身份，把自己想象成一个英国作家，以至于写出像《节日之夜》之类的故事，这个标题隐藏着虚构的故事与真正的移民生活之间的距离。作家与男人就这样分离了。假如他不把自己的身份定位于一个侨居伦敦的特立尼达印度人，他就不能发现自己的主体问题，不能填补作家与男人之间的裂缝。五年后，他学会直面自己大都市中心的殖民地人身份，开始把自身的经历作为写作的源泉。

前面的章节已经论述到，奈保尔早期作品的一个显著特点就是主人公的边缘感、流亡感和不安全感。在《抵达之谜》之前的作品中，特立尼达不是一个令他笔下的主人公感兴趣的地方，他们几乎都在想逃离这个岛屿，在伦敦的中心地带拥有一个居住之所。《抵达之谜》的不同之处在于表征出作者对英国与家乡看法的一个重要转变。

写作帮助他建立起过去与现在之间的联系，更为重要的是，写作给了他一种安全感，在《毕司沃斯先生的房子》出版之后，他"获得了一种全新的安全感，一种终于实现了自己想当作家的愿望而产生的那种安全感，正是在这种情况下，我回到了阔别十年的家乡的岛屿"(P168)。下面这两段描写了自己重返特立尼达的话值得我们注意：

我所看到、感觉到和经历的一切此时都带有了庆贺的色彩：一座座起伏的山丘，延绵不断的小木屋，人们的激情，收音机里播送的各种节目和做的各色商业广告，街上的喧闹声，马路上行驶的出租车。这种景色，连同所有的殖民地的特征或节日的气氛：阳光，海滩，逛市场的妇女们，一排排椰子树和阔叶林，自我认识这些事物以来，曾经总是被我认为是一种令人不安的景象，甚至是恐慌和牺牲品。我受到的教育使我总是像一个竞争者，一个参加赛事的选手，在竞争或比赛过程中，担心失败犹如担心毁灭一样。童年时，我从没有感到轻松和自由。

我终于成了一名作家，现在可以像作家那样地生活。在我人生的这个阶段，如果有一个地方可以让我来庆贺享有的自由的话，那么，这个地方就在这个岛上。这里曾经让我饱尝恐慌的滋味，也因此激发了我的抱负，孕育了我最初的幻想。一九五六年第一次回家时，我到处去走了走，去看我在青少年时所熟悉的地方发生的变化。这次，我又去了这些地方，不同的是，这次去我是怀着庆贺的心情。以往，在不同的时期，由于各种原因，这些地方曾让我感到十分的可怕。如今，我去这些地方就是为了消除这种感觉。我曾在遥远的英国，在我创作的书中再现了这种情景。书中的情景并没有完全按我的想法准确表现出来，但是，现在我却喜欢原作品中的那个样子，因为这已是作品中有机的组成部分。(P169)

随着写作事业的成功，奈保尔对特立尼达和印度的态度也变得更为温和。他在自己的第一部游记作品《中程航道》中曾引用福罗德的话，认为西印度群岛上没有真正意义上的人，他们都像“祈求进化的猴子”，他承认自己当时是从一个英国人的视角来看待这一切的。态度的转变来自写作的成功，并最终促成男人与作家的融合：“我亲眼看见了我个性中的这种变化；但是我甚至没有意识到它就是一个主题，没有把和它有关的任何事情写入我的日记。就这样，在这个写日记的人与这个旅行者之间已经有了一道裂缝，在这个男人和这位作家之间已经有了一道裂缝。这个男人和作家是同一个人。但是那是一个作家的最伟大的发现。它需要时间——和多少写作！——才能达到这种合成。”(P120)

“在《抵达之谜》中，奈保尔改造使用了众所周知的早期现代主义小说的形式：自传体小说。"①《抵达之谜》采用自传的形式进行自我发现和自我检验，叙述者的双重视角因此得以合一，男人和作家也最终融为一体，这种融合意味着作家现在已经能够克服身份的异化部分，一种新的混杂身份正在形成。

① Bruce King. *V. S. Naipaul*. Palgrave Macmillan,2003. p139.

结　语

　　在回环曲折的"文化迷失"与"文化寻根"的反复历练里，在不安分的心灵驱使下，在不停歇的脚步中，一个精神世界丰富而饱满的作家得以成就，而他的精神世界和文化场域是多元的、矛盾而又混杂的。无独有偶，在文学界不乏这样的例子。纵观近年的诺贝尔文学奖获得者的身份背景状况，不难发现一个共同点，那就是他们多具有多重的民族文化身份和复杂的流散经历，多被冠以后殖民作家、流散作家、移民作家等称呼。这是全球性在文学领域的具体表现之一，也是后殖民研究逐渐"显学化"的征候。多元文化并存的时代里，"差异"在所难免。"文化的差异根本上说是一种认同的差异，这种文化认同的差异将成为未来世界冲突的主要根源。"[①]诚然，个人寻求自身的文化身份认同是其精神生存之必需，然而我们也应明确："在文化的深层意义上，'差异'则强调在多元文化中，对不同族群的语言、生活方式、社群组合、身份、认同及属性的差异都须予以认可，并尊重'自我'与'他人'间的歧异，而不是将个人的性别认同、阶级属性、族群属性与既定的价值观，强加于其他

---

①　塞缪尔·亨廷顿：《文明的冲突与世界秩序的重建》，新华出版社 2002 年版，第 129 页。

人与其他社会。"①"差异"既然存在并且难以消除，那么对于处于多元文化环境里的具有双重甚至多重文化背景的人，对于拥有不同文化属性与价值观的人就应给予充分的宽容与尊重。而作为具有多重文化背景与经验的主体而言，也应正视差异的存在及其合理性，对自己的身份与归属问题抱有更加豁达的眼光和态度。

与奈保尔同样具有多重文化背景的后殖民理论家萨义德这样总结他本人的经历："我不止属于一个世界。我是一个巴勒斯坦的阿拉伯人，同时我也是一个美国人。这赋予我一种奇怪的、但也不算怪异的双重视角。此外，我当然也是一个学者。所有这些身份都不是单纯的；每一种身份都对另一种身份发生着影响和作用。"②类似地，复杂的身份与经历使奈保尔能够一方面处在东方人的立场审视以宗主国英国为代表的欧洲文明，另一方面又能以欧洲的视角考量印度与特立尼达所牵系的东方文明与前殖民地文化。这就注定了奈保尔的文化身份不可能是单一的、纯粹的、稳固不变的，取而代之的是一种混杂、游移、变迁中的身份状态。在这种大背景下，"混杂"的概念常常得到引用。对奈保尔的研究当中，我们不仅可以发现他的作品中有大量的"混杂"的文化现象，我们还可以认为奈保尔本人及其成就在某种意义上都可以被视为后殖民研究领域重要话题之一的"混杂"现象的典型代表。

在跨文化研究与后殖民研究中，"混杂"之所以成为探讨热烈并使用频繁的术语之一，原因就在与当前日趋多元化的社会形态为身处异质文化环境中的人们与理论界提出了一个具有挑战性而又必须面对的议题：强势文化与弱势文化之间的较量与弱势文化的生存问题。理论

---

① 廖炳惠：《关键词200——文学与批评研究的通用词汇编》，江苏教育出版社2006年版，第74页。

② Edward Said, *Reflections on Exile and Other Essays*. Cambridge, Mass: Harvard UP, 2000. p397.

上，"混杂"不但可以提供模式化的想象和疆界，在混杂杂糅的暧昧地带间，更可以提供各种多元想象与抗拒的发声空间。① 霍米·巴巴借助巴赫金的"复调"（polyphony）理论，并与后殖民研究领域中的"混杂"问题进行联结，乐观地认为"殖民与后殖民的情境彼此交织难分，将会形成'第三空间'（the third space），并进而发展出存在与语言认同和心理机制之间，既矛盾又模棱两可的崭新过渡空间，'第三空间'的开启不但足以产生新兴的创意和力道，还可以将阶级等第的纯粹性与权威性予以粉碎"。② 同时，巴巴还创建性地认为"多元文化的混杂杂糅，不但使异文化之间有彼此交织（in-between）与交错（crosscutting）的可能，在这种跨疆界的文化的能量释放过程中，许多新的意义也得以诞生。"③

虽然巴巴的观点被学界许多研究者，尤其是第三世界的后殖民研究者认为太过于乐观，但至少提出了一种新的可能——处于多元文化困境中的精神主题得以另辟蹊径重塑自我主体性价值的可能、奈保尔一类的流亡知识分子寻求精神家园所在的可能，即正视、承认、接受并赞同这种多元性、杂糅性。

而巴巴所言的"新的意义"在奈保尔身上得到丰富的展现，不仅包括奈保尔作为一位身份背景与生活经历极具特殊性与多元混杂性的移民作家所创作的诸多优秀作品，也体现在国内外奈保尔研究领域所提出的"奈保尔现象"、"奈保尔问题"、"奈保尔三角"等具有典型个案意义的学术理论问题及其引发出的一系列后殖民理论和跨文化研究领域的学术成果，这些都为全球化时代的多元化困境中的个体提供了感性的案例价值与理性的学理意义。从这个意义上来讲，奈

---

① 廖炳惠：《关键词 200——文学与批评研究的通用词汇编》，江苏教育出版社 2006 年版，第 127 页。
② 廖炳惠：《关键词 200——文学与批评研究的通用词汇编》，江苏教育出版社 2006 年版，第 127 页。
③ 廖炳惠：《关键词 200——文学与批评研究的通用词汇编》，江苏教育出版社 2006 年版，第 127 页。

保尔文本的主要意义就并不在于他对特立尼达或英国或印度某一方面的文化阐释——他作为作家的阐释能力与专业水准和效果恐怕远远不及专门的历史学家或者文化研究学者，而是集中体现在奈保尔亲身体验的文化描写中。这类描写不同于专业性的文化研究专著，着重点并非宏观地展现文化现象的全貌与理性的客观分析，而是亲历性的感性描述与个人色彩浓厚的评价。因而奈保尔的文本正是可以作为多元文化碰撞后的珍贵历史记录，是移民作家、后殖民作家研究领域的鲜活材料和绝好见证。这个层面上，奈保尔及其作品的价值是无可取代的。而作为奈保尔本人，也在不断流亡、永远混杂的状态中重新获得了新的意义，如梅晓云所言的"处处无家处处家"，奈保尔在他的"奈保尔三角"中是无法寻找到某个单一的纯粹的家园定所，既非印度，亦非特立尼达，也非英国。

　　这或许是一种悲伤，或许也是一种必然，奈保尔无法获得身份认同的过程，也是他逐渐走向封闭的过程。如果说年少的奈保尔的身体是不自由的，蜗居在特立尼达这个小岛上，但他内心却是充满希冀，心怀走向外面世界的美妙梦想；那么走向英国而后几乎周游世界各地的奈保尔的身体是自由的，有能力随时走向故乡特立尼达、母国印度、英国以及任何他想去的地方，但是他的内心却反而无所牵系，被文化身份缺失这一困境所禁锢而不得解脱，形成了一个令人啼笑皆非的怪圈与悖论。他的身份追寻之路越走越窄，每一次追寻的失望与不能认同使他逐渐落入了这样一个局面：由于对英国、特立尼达、印度的渐次拒绝与否定，奈保尔的身份困惑与焦虑不但未能得到释放，反而得到加强，游离漂泊的无根感受更加强烈。从他寄予厚望的英国及其所代表的"外面的世界"到数次回望的故乡特立尼达，再到几度踏访的印度这一"祖先之根"所在的想象之地,每一番飞蛾扑火般的追寻与努力以及随之而来的失望与内心更加强烈的不平静、无归属感所昭示的失败结局,都意味着一种心灵得以安宁的可能性被扼杀、被排除,他所能追寻的世界逐渐缩小。他只能无奈地转向相对较为狭隘的自我,不再追寻民族与文化层面上的心理归属,而沉溺于专注以个人的自我观照为主的思想与创作活动。这不仅表现在奈保尔作品中体现的封闭性与自在性,也体现为他后期作品转为以自传性、半自传体与回忆性作品为主。显然,这不仅归因于年岁已高的奈保尔不再像往常那样创造力旺盛、才华过人,也可以理解为晚年奈保尔已疲累于一生不断的追寻。频繁展现内心自省式回忆,在新闻媒体上表现出挑剔暴躁的厌世情绪甚至出言不逊等行为便都不难理解了。

奈保尔并非某一个民族或国家或某一种文化的代言人,无意于标举少数话语的立场,更无意于对处于边缘地位的少数话语与处于中心地位的霸权话语二者之间进行沟通或者翻译,他甚至也无意于彻底消解藏匿于他内心那些具有强大张力的矛盾与悖论。奈保尔在西方社会具有了显赫的地位,在某种程度上进入了中心位置的他所掌握的话语权仍然只指向他作为作家的自我本身。然而,正是在奈保尔的这种专注于自我文化身份追寻的过程中,在他亲历性的人生体验中,在他的创作与旅行的过程中,客观上为我们展现了差异存在的真实性,为多种声音中的一种或几种提出了发出声音的前提——存在与差异,就像王岳川在肯定霍米巴巴划出"跨文化比较"中的边界的意义时所指称的:这种存在与差异具有重大意义正是因为"一切忽视文化差异的结果,一切抹平少数话语的立场的做法,其最终结果都可能是复制老牌的帝国主义的政治和文化,使得全球性的文化丧失差异而变成一种平面的模块,那将是人类文化的末日"。① 因此，奈保尔的价值被认为已超越了文学领域而具有了更深层的文化标记价值，他与他的作品所展现的流散文化与后殖民文化特性是这个时代值得加以关注和深思的。

殖民主义时代已经过去，后殖民主义侧重的则是文化意识形态层面上的议题，但毋庸置疑的是，后殖民语境下的文化身份问题研究对日益全球化的今天所带来的启发意义也是值得一提的。全球化时代的来临，"地球村"的概念越来越深入人心且日益成为现实。国与国之间的联系越来越紧密，人与人之间的交流也早已跨越国界。具有多重文化背景的人的文化身份问题成为当下跨文化研究领域的热点论题，身居国外的华裔人群、夹缝人、香蕉人等文化身份问题都应该得到重视和研究。文化差异的大背景下，纯粹而单一且长期稳固的身份时代悄然过去，新的文化身份与文化认同形态呼之欲出，我们将看到更加多元化、竞争性与相互消融性并存的文化景观。对奈保尔而言，迷失、寻找和写作是他认识自己、认识别人、认识世界，并最终获得成功的途径。奈保尔给我们的一幅幅细致的画面和伤感的内心独白让我们走进了一位迷失自我的文人无奈、挣扎的内心，同时也让读者的心灵得到巨大震撼，情不自禁受之鼓舞去寻找真正的自我和价值，去深思哪里才是自己的精神家园，进而激荡起我们要更顽强、更有意义地投入生活的信念。同时我们也看到这样一个无法否认的事实：殖民帝国的解体和民族运动的兴起，加上人口流动、多元文化碰撞使得当代人们所见的文化已经变成了混乱无序状态，然而当代人尚未认清这一事实，还被文化虚荣所麻痹。奈保尔的小说恰恰唤起了我们惊讶的感觉，引起深入的思考，从而促使我们去驱散这种虚荣，找回我们失落的精神家园。

① 王岳川：《后殖民主义与新历史主义文论》，山东教育出版社1999年版，第66页。

奈保尔年谱

1932 年 8 月 17 日，维迪亚达·苏拉吉普拉萨德·奈保尔出生于西印度群岛特立尼达岛屿中部的查瓜拉斯镇，是家中长子，父亲西帕萨德·奈保尔，母亲德拉阿帕蒂·卡普尔迪奥都是来自印度契约劳工移民的后代。

1936 年，在查瓜拉斯读小学。

1938 年，全家搬到西班牙港，转入宁静男子学校。（此后，又数次搬家：1940 年搬到迪戈拉马丁，1941 年搬回到西班牙港，1947 年终于住进圣·詹姆士，尼保罗街自己的房子。）

1943 年，进入女王皇家学院免费学习，1948 年从该校毕业。

1945 年，弟弟西瓦·奈保尔出生，后来也成为作家。

1948 年，获得特立尼达政府奖学金，准备前往英国学习。

1950 年，在西班牙港政府户籍部短期工作，同年 8 月赴英国牛津大学学习英语文学，开始为 BBC 英国广播公司加勒比之声撰写文章。

1953 年，获英语文学士学位，成为自由撰稿人（第一、二、三部小说都未能出版），同年父亲去世。

1954 年，迁居伦敦，在国家肖像美术馆目录部短期工作，成为加勒比之声节目编辑直至 1958 年。

1955 年，与英国女教师帕特丽莎·安·黑尔在英国结婚，开始写作《米格尔街》。

1956 年，第一次返回特立尼达。

1957 年，长篇小说《灵异推拿师》出版，后获莱思纪念奖。

1957 年到 1961 年，担任《新政治家》杂志专栏撰稿人

1958 年，长篇小说《艾薇拉的投票权》出版，《灵异推拿师》获约翰·里斯纪念奖。

1959 年，短篇小说集《米格尔街》出版。

1960 年，特立尼达和多巴哥政府提供三个月奖金写一部关于加勒比的书。用七个月的时间游历西印度群岛。

1961 年，长篇小说《毕司沃斯先生的房子》出版，作为对其父亲一生的献礼。《米格尔街》获萨姆赛特·毛姆奖。

1962 年，游记《中程航道》出版。获菲尼克斯信托奖学金资助写一部关于印度的书，首次踏上印度的土地，探访他祖辈的家园。此次长达一年的印度之旅从孟买开始，先是德里，然后在克什米尔住了四个月，接着去西姆拉，再往西到马德拉斯和加尔各答，最后一站是寻访外祖父的家乡。特立尼达获得独立。

1963 年，《史东先生与骑士伙伴》出版，1964 年获霍桑登奖。

1964 年，游记《幽黯国度：记忆与现实的交错之旅》出版。

1965 年，在伦敦南区的斯托达威尔买下了第一幢房子，并到非洲乌干达麦克瑞尔大学任教，结识美国作家保罗·索鲁。

1966 年，在东非和中非旅行。

1967 年，短篇小说集《岛上的旗帜》出版；长篇小说《模仿人》出版，1968 年获 W. H. 史密斯奖金。

1968年,重访特立尼达;卖掉房子,再次到西印度群岛旅行,又到中北部非洲考察,并在加拿大作短暂旅居。

1969年,历史研究作品《黄金国的沦亡》出版;获艺术委员会资助访问美国和加拿大。

1970年,《黄金国的沦亡》被《时代》杂志选为当年最佳非虚构作品之一。

1971年,中短篇小说集《自由国度》出版并获布克奖;在印度、毛里求斯、东非和南美各国旅行;重访特立尼达。

1972年,新闻报道集《过挤的奴工营》出版。

1973年,去特立尼达调查克里斯蒂娜花园的凶杀案。

1975年,长篇小说《游击队员》出版;在西印度群岛大学圣·奥古斯丁校园接受文学博士学位;去扎伊尔旅行;重访印度。

1976年,整理父亲的小说集《格鲁德瓦历险记》,完成父亲遗愿。

1977年,游记《印度:受伤的文明》出版。

1978年,奈保尔到美国康涅狄格州的卫斯理公会大学任教。

1979年,长篇小说《河湾》出版,获布克奖提名;在伊斯兰国家旅行。

1980年,《刚果日志》出版,同年论文集《伊娃·庇隆归来》出版并获本涅特奖。

1981年,游记《在信徒的国度》出版;被美国哥伦比亚大学授予荣誉文学博士。

1982年,奈保尔移居英国威尔特郡塞利斯伯里的乡村,同年到象牙海岸旅行。

1983年,获耶路撒冷奖。被剑桥大学授予荣誉博士。

1984年,文集《寻找重心》出版。

1985 年，弟弟西瓦·奈保尔去世。

1986 年，获 T. S. 艾略特奖。

1987 年，长篇小说《抵达之谜》出版。

1988 年，在美国东南部旅行，被伦敦大学授予荣誉博士；同年第三次访问印度。

1989 年，记录在美国南方旅行的作品《南方一瞥》出版。

1990 年，游记《印度：百万叛变的今天》出版；同年被英国女王册封为爵士；获特立尼达三位一体十字勋章；到美国纽约等地访问。

1992 年，被牛津大学授予荣誉文学博士。

1993 年，成为英国戴维·柯恩不列颠文学奖的首位获奖者。

1994 年，自传与历史虚构相结合的作品《行世之道》出版；美国俄克拉何马州塔尔萨大学麦克法林图书馆奈保尔档案室开放。

1995 年，访问伊朗、巴基斯坦、马来西亚与印尼等国。

1996 年，进行第二次伊斯兰国家旅行。同年，妻子帕特丽莎·安·黑尔去世，三个月后与巴基斯坦新闻记者娜迪拉·K.阿尔维结婚。

1998 年，游记《信仰之外》出版。

1999 年，《奈保尔家书》出版。

2000 年，资料自传文集《读与写》出版。

2001 年，10 月 11 日获诺贝尔文学奖，同年长篇小说《半生》出版。

2002 年，文集《作家和世界》出版。

2003 年，文集《文学场合》出版。

2004 年，小说《魔种》出版。

附录二

奈保尔著作

一、中文（按出版时间顺序排列）

《米格尔街》，张琪译，花城出版社 1992 年版。

《河湾》，方柏林译，译林出版社 2002 年版。

《毕司沃斯先生的房子》，余珺珉译，译林出版社 2002 年版。

《米格尔街》，王志勇译，浙江文艺出版社 2003 年版。

《印度：受伤的文明》，宋念申译，读书·生活·新知三联书店 2003
年版。

《幽黯国度：记忆与现实交错的印度之旅》，李永平译，读书·生
活·新知三联书店 2003 年版。

《印度：百万叛变的今天》，黄道琳译，读书·生活·新知三联书店 2003
年版。

《抵达之谜》，邹海伦、蔡曙光、张杰译，浙江文艺出版社 2004 年版。

《奈保尔家书：父子通信集》，北塔、常文祺译，浙江文艺出版社
2006 年版。

《灵异推拿师》，吴正译，上海译文出版社 2008 年版。

《魔种》，吴其尧译，上海译文出版社 2008 年版。

《自由国度》，刘新民、施荣根、徐畅译，上海译文出版社 2008 年版。

《作家看人》，孙仲旭译，南京大学出版社 2009 年版。

二、英文（按出版时间顺序排列）

The Mystic Masseur. London：Deutsch，1957.

The Suffrage of Elvira. London：Deutsch，1958.

Miguel Street. London：Deutsch，1959.

A House for Mr. Biswas. London：Deutsch，1961.

The Middle Passage：Impressions of Five Societies. London：Deutsch，1962.

Mr. Stone and the Knights Companion. London：Deutsch，1963.

An Area of Darkness. London：Deutsch，1964.

A Flag on the Island. London：Deutsch，1967.

The Mimic Men. London：Deutsch，1967.

The Loss of El Dorado：A History. London：Deutsch，1969.

In a Free State. London：Deutsch，1971.

The Overcrowded Barracoon and Other Articles. London：Deutsch，1972.

Guerrillas. London：Deutsch，1975.

India：A Wounded Civilization. London：Deutsch，1977.

A Bend in River. London：Deutsch，1979.

The Return of Eva Person with the Killings in Trinidad. New York：Alfred A. Knopf，1980.

A Congo Diary. Los Angeles, CA：Sylvester & Orphanos，1980.

Among the Believers：An Islamic Journey. London：Deutsch，1981.

Finding the Centre. London：Deutsch，1984.

The Enigma of Arrival. London：Penguin Books，1987.

A Turn in the South. New York：Alfred A. Knopf，1989.

India：A Million Mutinies Now. London：Heinemann，1990.

A Way in the World. London：Heinemann，1994.

Beyond Belief：Islamic Excursions among the Converted Peoples. London：Little Brown，1998.

Between Father and Son：Family Letters. London：Little，Brown and Co，1999.

Reading and Writing：A Personal Account. New York：New York Review of Books，2000.

Half a Life. New York：Alfred A. Knopf，2001.

The Writer and the World：Essays. New York：Alfred A. Knopf，2002.

Literary Occasions：Essays. New York：Alfred A. Knopf，2003.

Magic Seeds. New York：Alfred A. Knopf，2004.

Vintage Naipaul. New York：Vintage Books，2004.

A Writer's People：Ways of Looking and Feeling. Vintage International，2009.

The Masque of Africa：Glimpses of African Belief. New York：Alfred A. Knopf，2010.

国外奈保尔研究文献

一、奈保尔传记（按作者姓氏字母顺序排列）

Blaise，Clark. "The commonwealth writer and his material" in *Awakened Conscience：Studies in Commonwealth Literature*. Ed. C. D. Narasimhaiah. New Delhi：Sterling，1978，pp. 118 – 26.

Boxill，Anthony. *Naipaul's Fiction：In Quest of the Enemy*. Fredericton，New Brunswick：York Press，1983.

Boyers，Robert. "Confronting the present" in *Salmagundi*，54 (1981)，pp. 77 – 97.

Cooke，Michael G. "Rational despair and the fatality of revolution in West Indian Literature" in *The Yale Review：A National Quarterly*，71 (1981)，pp. 28 – 38.

Cudjoe，Selwyn R. *Resistance and Caribbean Literature*. Athens：Ohio University Press，1980，pp. 70，178，232 – 44，271，272.

Enright，D. J. "The sensibility of V. S. Naipaul：who is India?" in *Man Is an Onion*. Ed. D.J. Enright，LaSalle，Illinois：Literary Press，1973.

Fido, Martin, "Mr. Biswas and Mr. Polly" in *Ariel*, 5 (October 1974), pp. 30 – 7.

French, Patrick, *The World Is What It Is*: *The Authorized Biography of V. S. Naipaul*. Vintage, 2009.

Goodheart, Eugene. "Naipaul and the voices of negation" in *Salmagundi*, 54 (1981), pp. 44 – 58.

Hamner, Robert D. "An annotated bibliography" in *Critical Perspectives on V. S. Naipaul*. Ed. Robert D. Hamner, Washington, DC: Three Continents Press, 1977, pp. 263 – 98.

Hamner, Robert D. *V. S. Naipaul*. New York: Twayne Publishers, Inc., 1973.

King, Bruce. "The new English literatures-cultural natianlism" in *a Changing World*. New York: St Martin's, 1980, pp. 98 – 117.

Mann, Harveen Sachdeva. "Primary works of and critical writings on V. S. Naipaul: a selected checklist" in *Modern Fiction Studies*, Vol. 30, No. 3, Autumn 1984, pp. 581 – 91.

Mcsweeney, Kerry. *Four Contempory Novelists*: *Angus Wilson, Brian Moore, John Fowles, V. S. Naipaul*. Missouri: University of Missouri Press, 1975.

Miller, Karl, "V. S. Naipaul and the new order" in *Kenyon Review*, 29 (November 1967), pp. 685 – 98.

Modern Fiction Studies, Vol. 30, No. 3, Autumn 1984. V. S. Naipaul Special Number.

Morris, Robert K. *Paradoxes of Order*: *Some Perspections on the*

Fiction of V. S. Naipaul. Columbia，Missouri：University of Missouri Press，1975.

Nachman，Larry David. "The worlds of V. S. Naipaul"in *Salmagundi*，54 (1981)，pp. 59 – 76.

Neill，Michael. "Guerrillas and gangs：Frantz Fanon and V. S. Naipaul" in *Ariel*，13，iv (1982)，pp. 21 – 62.

New，William H. *Critical Writings on Commonwealth Literatures：A Selective Bibliography to* 1970. University Park：Pennsylvania State University Press，1975.

Parrinder，Patrick，"V. S. Naipaul and the use of Literacy" in *Critical Quarterly*，21，ii (1979)，pp. 5 – 13.

Rai，Sudha. *V. S. Naipaul：A Study in Expatriate Sensiblity*. Atlantic Highlands，NJ：Humanities Press，1982.

Ramchand，Kenneth. *The West Indian Novel and Its Background*. New York：Barnes&Nobel Inc. ，1970.

Ramchand，Kenneth. "The theatre of politics" in *Twentieth Century Studies* (Canterbury，England)，10 (1974)，pp. 20 – 36.

Rohlehr，Gordon. "The ironic approach：the novels of V. S. Naipaul" in *The Islands in Between*. Ed. Louis James. London：Oxford University Press，1968.

Singh，Sydney. "Bibliography of critical Writing on the West Indian novel" in *World Literature Writing on the Written in English*，22 (1983)，pp. 107 – 42.

Stanton，Robert J. "V[idiadhar] S[urajprasad] Naipaul" in *A Bi-*

olography of Modern British Novelists. Vol. 2 Troy，NY：Whitston，1978，pp. 621 – 64.

Swinden，Partrick. *The English Novel of History and Societry*，1940 – 80. New York：St Martin's，1984，pp. 210 – 52.

Theroux，Paul. *V. S. Naipaul：An Introduction to His Work*. London：Andre Deutsch，1972.

Theroux，Paul. "Commonwealth literature：context and achievement". in *Rhetorique et communication*. Paris：Dither，1979，pp. 315 – 32.

Theroux，Paul. "V. S. Naipaul" in *Modern Fiction Studies*，30，No. 3 (autumn 1984)，pp. 445 – 54.

Walsh，William. *V. S. Naipaul*. Edinburgh：Oliver&Boyd，1973.

White，Landegg. *V. S. Naipaul：A Critical Introduction*. London：Macmillan Press，1975.

Woodcock，George. "Two great Commonwealth novelists：R. K. Narayan and V. S. Naipaul" in *Sewanee Review*，87 (1979)，pp. 1 – 28.

Woodcock，George. "V. S. Naipaul and the politics of fiction" in *Queen's Quarterly*，87 (1980)，pp. 679 – 92.

二、奈保尔研究专著(按作者姓氏字母顺序排列)

Athill，Diana. *Stet：A Memoir*. New York：Grove Press，c2000.

Bala，Suman. *V. S. Naipaul：a literary response to the nobel laureate*. New Delhi：Khosla Pub. House in association with Prestige Books，2003.

Barnouw，Dagmar. *Naipaul's Strangers*. Bloomington：Indiana

University Press，c2003.

Boxill，Anthony. *V. S Naipaul's fiction：in quest of the enemy*. Fredericton，N. B.，Canada：York Press，c1983.

Coovadia Imraan. *Authority and Authorship in V. S. Naipaul*. New York：Palgrave Macmillan，2009.

Cudjoe，Selwyn Reginald. *V. S. Naipaul：A Materialist Reading*. Amherst：University of Massachusetts Press，1988.

Dissanayake，Vdimal. *Self arcd Colonial Desire：Travel Writings of V. S. Naipaul*. New York：P. Lang，1993.

Dooley，Gillian. *V. S. Naipaul：Man And Writer*. University of South Carolina Press，2006.

Feder，Lillian. *Naipaul's Truth：The Making of a Writer*. Lanham，Md.：Rowman & Littlefield Publishers，2000.

Hamner，Robert D. *V. S. Naipaul*. New York：Twayne，1973.

Hamner，Robert D.，ed. *Critical Perspectives on V. S. Naipaul*. London：Heinemann，1979.

Hassan，Dolly Zulakha. *V. S. Naipaul and the West Indies*. New York：P. Lang，c1989.

Hayward，Helen. *The Enigma of V. S：Naipaul：Sources and Contexts*. New York：Palgrave Macmillan，2002.

Hughes，Peter. *V. S. Naipaul*. London：Routledge，1988.

Jarvis，Kelvin. *V. S. Naipaul：A Selective Bibliography with Annotations，1957—1987*. Metuchen，N. J.：Scarecrow，1989.

Judith Jussawalla，Feroza. ed. *Conversations with V. S Naipaul*.

Jackson：Univ. Press of Mississippi，1997.

Kamra，Sashi. *The Novels of V. S. Naipaul：A Study in Theme and Form*. New Delhi：Prestige Books in association with Indian Society for Commonwealth Studies，1990.

Kelly，Richard. *V. S. Naipaul*. New York：The Continuum Publishing Company，1987.

Khan，Akhtar Jamal：*V. S. Naipaul：A Critical Study*. New Delhi：Creative Books，1998.

King，Bruce. *V. S. Naipaul*. Basingstoke：Macmillan，1993.

King，Bruce. *V. S. Naipaul*. New York：Palgrave Macmillan，2003，2nd ed.

K. Ray，Mohit. *Critical Essays：V. S. Naipaul*. Atlantic Publishing，2007.

Kumar Eai，Amod. *V. S. Naipaul：A Study of His Non-fictions*. Sarup & Son，2009.

Levy，Judith. *V. S. Naipaul：Displacement and Autobiography*. New York：Garland，1995.

Mason，Nondita. *The Fiction of V. S. Naipaul*. Calcutta：The World Press Privated Limited，1986.

Mittapalli，Rajeshwar and Michael Hensen. *V. S. Naipaul：fiction and travel writing*. New Delhi：Atlantic Publishers and Distributors，c2002.

Morris，Robert K. *Paradoxes of Order：Some Perspectives on the Fiction of V. S. Naipaul*. Columbia：University of Missouri Press，

1975.

Mustafa, Fawzia. *V. S. Naipaul*. Cambridge: Cambridge University Press, 1995.

Nightingale, Peggy. *Journey through Darkness: the Writing of V. S. Naipaul*. St. Lucia: Univ. of Queensland Press, 1987.

Nixon, Robert. *London Calling: V. S. Naipaul, Postcolonial Mandarin*. 1954—. New York: Oxford University Press, 1992

Panwar, Purabi. *V. S. Naipaul: An Anthology of Recent Criticism*. Delhi: Pencraft, 2003.

Patel, Vasant. *V. S. Naipaul's India*. Standard Publishers, 2005.

Pitt, Rosemary. *V. S. Naipaul: A house for Mr Biswas*. Burnt Mill, Harlow, Essex: Longman, c1982.

Rao, K. I. Madhusudana. *Countrary Awareness: A Critical Study of the Novels of V. S. Naipaul*. Madras, India: Centre for Research on New International Economic Order, 1982.

Ray, Mohit K. *V. S Naipaul: Critical Essays*. New Delhi: Atlantic Pub., 2002.

Sathyansthan, Rajalakshml. *Writers Motif in V. S. Naipaul: The Post Colonial Maverick*. Authors Press, 2008.

Singh, Manjit Inder. *V. S. Naipaul*. Jaipur: Rawat Publications; 2002.

Suman, Gupta. *V. S. Naipaul*. Plymouth: Northcote House in association with the British Council, 1999.

Theroux, Paul. *Sir Vidia's Shadow: A Friendship Across Five*

Continents. Boston：Houghton Mifflin，1998.

Theroux，Paul. *V. S. Naipaul：An Introduction to His Work.* London：Deutsch，1972.

Thieme，John. *V. S. Naipaul：The Mimic Men，a Critical View.* edited by Yolande Cantu. London：Collins in association with the British Council，1985.

Thorpe，Michael. *V. S. Naipaul.* Harlow：Published for the British Council by Longman Group，1976.

Walsh，William，*V. S. Naipaul.* Edinburgh：Oliver & Boyd，1973.

Weiss，Timothy F. *On the Margins：the Art of Exile in V. S. Naipaul.* Amherst：University of Massachusetts Press，1992.

White，Landeg. *V. S. Naipaul：A Critical Introduction.* New York：Barriers & Nobel，1975.

三、其他有关奈保尔研究的著述(按作者姓氏字母顺序排列)

Abernethy，Virginia D. *Population Politics：The Choices That Shape Our Future.* Insight Books，1993.

Afzal-Khan，Fawzia. *Cultural Imperialism and the Indo-English Novel：Genre and Ideology in R. K. Narayan，Anita Desai，Kamala Markandaya，and Salman Rushdie.* University Park，PA：Pennsylvania State University Press，1993.

Aitken，Paul. *Stonehenge：Making Space.* Oxford：Berg Publishers Ltd，1998.

Alexander，Harriet Semmes. *English Language Criticism on the*

Foreign Novel. Athens, OH：Swallow Press/Ohio University Press，1989.

Alexander, Harriet Semmes. *English Language Criticism on the Foreign Novel*. Athens：Swallow Press/Ohio University Press, OH. 1989.

Algoo-Baksh，Stella. *Austin C. Clarke：A Biography*. University of West Indies Press，1994.

Altman，Dennis. *Paper Ambassadors：The Politics of Stamps*. North Ryde，N. S. W：Angus and Robertson，1991.

Andersen，Martin Edwin. *Dossier Secreto：Argentina's Desaparecidos and the Myth of the "Dirty War"*. Westview Press，1993.

Anderson，Thomas D. *Geopolitics of the Caribbean：Ministates in a Wider World*. New York：Praeger，1984.

Bailey，Charles-James N. *Essays on Time-Based Linguistic Analysis*. Oxford：Clarendon Press，1996.

Ball，John Clement. *Satire & the postcolonial novel：V. S. Naipaul, Chinua Achebe，Salman Rushdie*. New York：Routledge，2003.

Balrne，Christopher B. *Decolonizing the Stage：Theatrical Syncretism and Post-Colonial Drama*. Oxford：Clarendon Press. 1999.

Barker，Eileen. *Secularization，Rationalism，and Sectarianism：Essays in Honour of Bryan R. Wilson*. Oxford：Clarendon Press Oxford，1993.

Bauer，Peter. *From Subsistence to Exchange and Other Essays*. Princeton，NJ：Princeton University Press，2000.

Beck, Robert J. *The Grenada Invasion: Politics, Law, and Foreign Policy Decisionmaking*. Westview Press, 1993.

Beckford, George L. *The George Beckford Papers*. Mona, Jamaica: Canoe Press, 2000.

Beckles, Hilary. *The Development of West Indies Cricket*. Volume: 2. Barbados: University of West Indies Press, 1998.

Belitt, Ben. *The Forged Feature: Toward a Poetics of Uncertainty New and Selected Essays*. New York: Fordham University Press, 1995.

Bender, John. *The Columbia History of the British Novel*. New York: Columbia University Press, 1994.

Birkerts, Sven. *An Artificial Wilderness: Essays on 20-Century Literature*. Boston: David R. Godine, 1990.

Bloom, Harold. *Asian American Women Writers*. Philadelphia: Chelsea House, 1997.

Bloom, Harold. *Caribbean Women Writers*. Philadelphia: Chelsea House, 1997.

Bongie, Chris. *Islands and Exiles: The Creole Identities of Post/Colonial Literature*. Stanford, CA: Stanford University, 1998.

Booker, M. Keith. *Ulysses, Capitalism and Colonialism: Reading Joyce after the Cold War*. Westport, CT: Greenwood Press, 2000.

Bowman, John S. *Columbia Chronologies of Asian History and Culture*. New York: Columbia University Press, 2000.

Bowman; Larry W. *Mauritius: Democracy and Development in the Indian Ocean*. Westview Press, 1991.

Boyers, Robert. *Atrocity and Amnesia：The Political Novel since 1945*. New York：Oxford US, 1987.

Brown, L. Carl. *Religion and State：The Muslim Approach to Politics*. New York：Columbia University Press, 2000.

Buhle, Paul. C. L. R. *James's Caribbean*. Durham, NC：Duke University Press, 1992.

Burnham, Clint. *The Jamesonian Unconscious：The Aesthetics of Marxist Theory*. Durham, NC：Duke University Press, 1995.

Calder, Angus. *T. S. Eliot*. Brighton：Harvester, 1987.

Carras, Mary C. *Indira Gandhi：In the Crucible of Leadership a Political Biography*. Boston：Beacon Press, 1979.

Celestin, Roger. *From Cannibals to Radical：Figures and Limits of Exoticism*. Minneapolis, MN：U of Minnesota P, 1996. xi, 254 pp.

Chakravorty, Swapan. *Society and Politics in the Plays of Thomas Middleton*. Oxford：Clarendon Press, 1996.

Chatterjee, Chandra. *V. S. Naipaul Surviving Colonialism：a Study of R. K. Naraya, Anita Desai, Antwerp*. Belgium：Universiteit Antwerpen, 2000.

Chevalier, Tracy. *Encyclopedia of the Essay*. London：Fitzroy Dearborn Publishers, 1997.

Chirot, Daniel. *The Crisis of Leninism and the Decline of the Left：The Revolutions of 1989*. Seattle：University of Washington Press, 1991.

Cocks, Joan. *Passion and Paradox：Intellectuals Confront the Na-*

tional Question. Princeton，NJ：Princeton University Press，2002.

Cohen，Shari J. *Politics without a Past：The Absence of History in Postcomrnunist Nationalism*. Durham，NC：Duke University Press，1999.

Cowen，Tyler. *In Praise of Commercial Culture*. Cambridge，MA：Harvard University Press，1998.

Craig，E Quita *Black Drama of the Federal Theatre Era：Beyond the Formal Horizons*. Amherst：University of Massachusetts Press，1980.

Cristina，Emanuela Dascalu. *Imaginary Homelands of Writers in Exile：Salman Rushdie，Bharati Mukherjee，and V. S. Naipaul*. Cambria Press，2007.

Cudjoe，Selwyn Reginald. *Caribbean Women Writers：Essays from the First International Conference*. Amherst，MA：University of Massachusetts Press，1990.

Dance，Daryl Cumber. *Fifty Caribbean Writers：A Bio-Bibliographical Critical Sourcebook* New York：Greenwood Press，1986.

Dathorne，O. R. *In Europe's Image：The Need for American Multiculturalism*. Westport，CT：Bergin & Garvey，1994.

Davidson，Cathy N. *The Columbia History of the American Novel*. New York：Columbia University Press，1991.

Dictionary of Literary Themes and Motifs：L‐Z. Volume：2. New York. Publication Year：1988.

Diedrich，Maria. *Black Imagination and the Middle Passage*. New

York: Oxford University Press(US), 1999.

Dooley, Gillian. *Courage and Truthfulness: Ethical Strategies and the Creative Process in the Novels of Iris Murdoch, Doris Lessing and V. S. Naipaul*. VDM Verlag Dr. Müller, February, 2009.

Drake, Sandra E. *Wilson Harris and the Modern Tradition: A NewArchitecture of the World*. Westport, CT: Greenwood Press, 1986.

Eddins, Dwight. *The Emperor Redressed: Critiquing Critical Theory*. Tuscaloosa, AL: University of Alabama Press, 1995.

Edmondson, Belinda. *Making Men: Gender, Literary Authority, and Women's Writing in Caribbean Narrative*. Durham, NC: Duke University Press, 1999.

Ehrenfeld, David. *The Arrogance of Humanism*. Oxford: Oxford US, 1981.

Eqbal Ahmad, Edward W. Said. *Eqbal Ahmad, Confronting Empire: Interviews with David Barsamian*, South End Press, 2000.

Fay, Elizabeth A. *Working-Class Women in the Academy: Laborers in the Knowledge Factory*. Amherst, MA: University of Massachusetts Press, 1993.

Fernandez, Ronald. *America's Banquet of Cultures: Harnessing Ethnicity, Race, and Immigration in the Twenty-First Century*. Westport, CT: Praeger, 2000.

Fogey Joshua A. *The Literature of Travel in the Japanese Rediscovery of China*, 1862—1943. Stanford; CA: Stanford University, 1996.

Gainesville. *The Ethics of Indeterminacy in the Novels of William Gaddis*. FL: University Press of Florida, 1994.

Gardner, Helen. *In Defence of the Imagination*. New York: Oxford University Press, 1984.

Gastil, Raymond Duncan. *Progress: Critical Thinking about Historical Change*. Westport, CT: Praeger Publishers, 1993.

Gelfant, Blanche H. *The Columbia Companion to the Twentieth-Century American Short Story*. New York: Columbia University Press, 2000.

Gil, David G. *Global Development: Post-Material Values and Social Praxis*. New York: Praeger Publishers, 1992.

Gollaher, Goodrich, Diana Sorensen. *Facundo and the Construction of Argentine Culture*. University of Texas Press, 1996.

Gordon, Haim. *Naguib Mahfouz's Egypt: Existential Themes in His Writings*. New York: Greenwood Press, 1990.

Gorra, Michael Edward. *After Empire: Scott, Naipaul, Rushdie*. Chicago, IL: University of Chicago Press, 1997.

Gottschalk, Peter. *Beyond Hindu and Muslim: Multiple Indentity in Narratives from Village*. India. Oxford US, 2000.

Gottschild, Brenda Dixon. *Digging the Aficanist Presence in American Performance: Dance and Other Contexts*. Westport, CT: Praeger, 1998.

Green, Martin. *Dreams of Adventure, Deeds of Empire*. Basic Books, 1979.

Gregory, Howard. *Caribbean Theology*: *Preparing for the Challenges Ahead*. Kingston, Jamaica: University of West Indies Press, 1995.

Griffith, Glyne A. *Deconstruction, Imperialism and the West Indian Novel*. Kingston, Ont: University of the West indies Press, 1996.

Gupta, Dipak K. *Path to Collective Madness*: *A Study in Social Order and Political Pathology*. Westport, CT: Praeger, 2001.

Gurr, Andrew (eds). *Writers in exile*: *the identity of home in modern literature*. Brighton, Sussex: Harvester Press; Atlantic Highlands, N.J.: Humanities Press, c1981.

Hadden, Jeffrey K. *Prophetic Religions and Politics*. New York: Paragon House, 1986.

Haiman, John. *Talk Is Cheap*: *Sarcasm, Alienation, and the Evolution of Language*. New York: Oxford University Press, 1998.

Hallengren, Anders. ed. *Nobel Laureates in Search of Identity and Integrity*: *Voices of Different Cultures*. New Jersey: World Scientific, 2004.

Harris, Michael. *Outsiders and Insiders.*: *Perspectives of Third World Culture in British and Post-Colonial Fiction*. New York: Peter Lang, 1992.

Harrison, Lawrence E. *The Pan American Dream*: *Do Latin America's Cultural ValuesDiscourage True Partnership with the United States and Canada*? Basic Books, 1997.

Harrison, Nancy Rebecca. *Jean Rhys and the Novel as Women's*

Text. Chapel Hill, NC: University of North Carolina Press, 1988.

Hasan, Mushirul. *Legacy of a Divided Nation: India's Muslims since Independence*. Westview Press, 1997.

Hassan, Dolly Zulakha. *V. S. Naipaul and the West Indies*. New York: Peter Lang, 1989.

Hassan, Ihab. *Rumors of Change: Essays of Five Decades*. Tuscaloosa, AL: University of Alabama Press, 1995.

Higonnet, Margaret R. *Reconfigured Spheres: Feminist Explorations of Literary Space*. Amherst: University of Massachusetts Press, 1994.

Hoefte, Rosemarijn. *In Place of Slavery: A Social History of British Indian and Javanese Laborers in Suriname*. Gainesville, FL: University Press of Florida, 1998.

Honderich, Ted. *The Oxford Companion to Philosophy*. Oxford: Oxford University Press, 1995.

Hoveyda, Fereydoun. *The Hidden Meaning of Mass Communications: Cinema, Books, and Television in the Age of Computers*. Westport, CT: Praeger, 2000.

Humphrey, Caroline. *The Archetypal Actions of Ritual: A Theory of Ritual Illustrate by the Jain Rite of Worship*. Oxford: Oxford University, 1994.

Humphries, Jefferson. *The Future of Southern Letters*. New York: Oxford University Press, 1996.

Hunt, Nancy Rose. *A Colonial Lexicon of Birth Ritual, Medical-*

ization and Mobility in the Congo. Durham，NC：Duke University Press，1999.

Hutner，Gordon. *American Literature，American Culture*. New York：Oxford University Press，1999.

Janmohamed，Abdul R. *Manichean Aesthetics：The Politics of Literature in Colonial Africa*. Amherst：University of Massachusetts Press，1983.

Marie Gregg，Veronica. *Jean Rhys's Historical Imagination：Reading and Writing the Creole*. Chapel Hill，NC：University of North Carolina Press，1995.

Joseph，Margaret Paul. *Caliban in Exile：The Outsider in Caribbean Fiction*. New York：Greenwood Press，1992.

Jr，Henry Louis Gates. *Anancy in the Great House：Ways of Reading West Indian Fiction*. New York：Greenwood Press，1990.

Kanti P. Bajpai，Stephen P. Cohen. *South Asia after the Cold War：International Perspectives*. Westview Press，1993.

Kaplan，Caren. *Questions of Travel：Postmodern Discourses of Displacement*. Durham，NC：Duke University Press，1996.

Karim，Wazir-Jahan Begum. *Women and Culture：Between Malay Adat and Islam*. Westview Press，1992.

Katz，Martin R. *Computer-Assisted Career Decision Making：The Guide in the Machine*. Hillsdale，NJ：Lawrence Erlbaum Associates，1993.

King，Bruce. *Derek Walcatt and West Indian Drama：Not Only a*

Playwright but a Company, *the Trinidad Theatre Workshop* 1959—1993. Oxford: Oxford University Press, 1997.

King, Richard H. *Civil Rights and the Idea of Freedom*. New York: Oxford University Press, 1992.

Kingston-Mann, Esther. *In Search of the True West: Culture, Economics, and Problems of Russian Development*. Princeton, NJ: Princeton University Press, 1999.

Knight, Franklin W. *The Modern Caribbean*. Chapel Hill, NC: University of North Carolina Press. Publication Year: 1989.

Knippling, Alpana Sharma. *New Immigrant Literatures in the United States: A Sourcebook to Our Multicultural Literary Heritage*. Westport, CT: Greenwood, 1996.

Kochan, Miriarn. *The Decline of Eastern Christianity under Islam: From Jihad to Dhimmitude Seventh-Twentieth Century*. NJ: Fairleigh Dickinson University Press, 1996.

Kurlansky, Mark. *A Continent of Islands: Searching for the Caribbean Destiny*. Addison-Wesley Pub. Co., 1992.

Lawrence, Bruce B. *New Faiths, Old Fears: Muslims and Other Asian Immigrants in American Religious Life*. New York: Columbia University Press, 2002.

Leggett, Susan. *Mainstream(S) and Margins: Cultural Politics in the 90s*. Westport, CT: Greenwood Press, 1996.

Lewis, Bernard. *Islam and the West*. New York: Oxford University Press(US), 1994.

Maaga, Mary Mccormick. *Hearing the Voices of Jonestown Syracuse*, NY: Syracuse University Press, 1998.

McLeod, John. *Postcolonial London: Rewriting the Metropolis*. London: Routledge, 2004. p. 211.

Maingot, A. P. *A Short History of the West Indies*. New York: St. Martin's Press, 1987.

Maingot, Anthony P. *The United States and the Caribbean: Challenges of an Asymetrical Relationship*. Westview Press, 1994.

Maley, Willy. *Postcolonial Criticism*. London: Longman, 1997.

Marchak, Patricia. *God's Assassins: State Terrorism in Argentina in the 1970s*. Montreal: McGill-Queen's University Press, 1999.

Marrouchi, Mustapha. *Signifying with a Vengeance: Theories, Literatures, Storytellers*. Albany: State University of New York Press, 2002.

McCurry, Stephanie. *Masters of Small Worlds: Yeoman Households, Gender Relations, and the Political Culture of the Antebellum South Carolina Low Country*. New York: Oxford US, 1997.

McLeod, A. L. *The Commonwealth Pen: An Introduction to the Literature of the British Commonwealth*. Ithaca, NY: Cornell University Press, 1961.

Mahood, M. M. *The Colonial Encounter: A Reading of Six Novels*. London: Collings, 1977. McSweeney, Kerry. *Four contemporary novelists*. Kingston; Montreal: McGill-Queen's University Press; London: Scolar Press, c1983.

Meeks, Brian. *Narratives of Resistance: Jamaica, Trinidad, the Caribbean*. Mona, Jamaica: University of the West Indies Press, 2000.

Miller, Eugene E. *Voice of a Native Son: The Poetics of Richard Wright*. Jackson: University Press of Mississippi, 1990.

Modell, Arnold H. *The Private Self*. Cambridge, MA: Harvard University Press, 1993.

Mohan, Brij. *Democracies of Unfreedom: The United States and India*. Westport, CT: Praeger Publishers, 1996.

Mohanram, Radhika. *English Postcoloniality: Literature from around the World*. Westport, CT: Greenwood, 1996.

Mohanram, Radhika. *Postcolonial Discourse and Changing Cultural Contexts: Theory and Criticism*. Westport, CT: Greenwood Press, 1995.

Moore-Gilbert, Bart J. *Postcolanial Theory: Contexts, Practices, Politics*. New York: Verso, 1997.

Nelson, Emmanuel S. *Asian American Novelists: A Bio-Bibliographical Critical Sourcebook*. Westport, CT: Greenwood Press, 2000.

Nelson, Emmanuel S. *Reworlding: The Literature of the Indian Diaspora*. New York: Greenwood Press, 1992.

Newson, Adele S. *Winds of Change: The Transforming Voices of Caribbean Women Writers and Scholars*. New York. NY: Peter Lang, 1998.

Nielsen, Aldon Lynn. *C. L. R. James: A Critical Introduction*. Jackson, MS: University Press of Mississippi, 1997.

O'Malley, Padraig. *Biting at the Grave：The Irish Hunger Strikes and the Politics of Despair*. Boston：Beacon Press，1990.

Paravisini-Geberty Lizabeth. *Phyllis Shand Allfrey：A Caribbean Life*. New Brunswick，NJ：Rutgers University Press，1996.

Passalacqua，Juan M. Garc. *Two Caribbean world views：Fanon and Naipaul*. Washington，D.C.：Wilson Center，1983.

Pousse，Michael H. *R. K. Narayan：A Painter of Modern India*. Peter Lang，1995.

Pryor，Frederic L. *Revolutionary Grenada：A Study in Political Economy*. New York：Praeger，1986.

Rai，Sudha. *V. S. Naipaul：A Study in Expatriate Sensibility*. New Delhi：Arnold Heinemann，1982.

Ramchand，Kenneth. *The West Indian Novel and Its Background*. New York：Barnes &Nobel，1970.

Reeve，C.D.C. *Socrates in the Apology：An Essay on Plato's Apology of Socrates*. Indianapolis：Hackett，1989.

Regis，Louis. *The Political Calypso：True Opposition in Trinidad and Tobago*，1962—1987. Barbados，West Indies：University of the West Indies，1999.

Rigby，Peter. *African Images：Racism and the End of Anthropology*. Oxford：Berg Publishers Ltd，1996.

Rinehart，James F. *Revolution and the millennium：China，Mexico, and Iran*. Westport，CT：Praeger Publishers，1997.

Robbins，Bruce. *Secular Vocations：Intellectuals，Professionalism，*

Culture. London：Verso，1993.

Roberts，Godfrey. *Population Policy*：*Contemporary Issues*. New York：Praeger Publishers，1990.

Said，Edward W. *Reflections on Exile and Other Essay*. Cambridge，Mass.：Harvard University Press，2000.

Salick，Roydon. *The Novels of Samuel Selvon*：*A Critical Study*. Westport，CT：Greenwood Press. 2001.

Sarkar，Rabindra Nath. *India related Naipaul*：*a study in art*. New Delhi：Sarup&Sons，2004.

Schwarz；Bill（eds）. *West Indian intellectuals in Britain*. UK：Manchester University Press；New York：Distributed exclusively in the USA by Palgrave，2003.

Sturrock，John. *The Oxford Guide to Contemporary Writing*. Oxford：Oxford University Press. 1996.

Schwarz，Henry；Richard Dienst. *Reading the Shape of the World*：*Toward an International Cultural Studies*. Westview Press，1996.

Scott，David. *Refashioning Futures*：*Criticism after Postcoloniality*. Princeton，NJ：Princeton University Press，1999.

Sedgwick，Eve Kosofsky. *Tendencies*. Durham，NC：Duke University Press，1993.

Smith，John David. *Black Slavery in the Americas*：*An Interdisciplinary Bibliography*，1865—1980. Westport，CT：Greenwood Press，1982.

Stavans, Ilan. *Essays on Politics and the Imagination*. Albuquerque：University of New Mexico Press,1996.

Stavans, Ilan. *Mutual Impressions：Writers from the Americas Reading One Another*. Durham，NC：Duke University Press，1999.

Ying，Zhu. *Fiction and the Incompleteness of History：Toni Morrison，V. S. Naipaul，and Ben Okri*. Peter Lang Publishing，2007.

四、奈保尔研究博士学位论文（按写作年代顺序排列）

（一）1960 年代

（1）Boxhill，Herman Francis Anthony. The Novel in English in the West Indies，1900—1962. University of New Brunswick（Canada），1966.

（2）Ramchand，Kenneth. A Background to the Novel in the West Indies. Edinburgh University（U. K.）,1967.

（二）1970 年代

（1）Hammer，Robert Daniel. An Island Voice：The Noveles of V. S. Naipaul. University of Texas（Austin），1971.

（2）Tiffin，Helen. The lost ones：a study of the works of V. S. Naipaul. Queen's University at Kingston（Canada），1972.

（3）Garebian，Keith. The spirit of place：a comparative study of R. K. Narayan and V. S. Naipaul. Queen's University at Kingston（Canada），1972.

（4）St. Omer，Garth. The Colonial Novel：Studies in the Novel of Albert Camus，V. S. Naipaul and Alejo Carpentier. Princeton University（U. S. A），1975.

（5）Cudjoe，Selwyn Reginald. The Role of Resistance in the Carib-bean Novel. Cornell University（U. S. A），1976.

（6）Nunez-Harrell，Elizabeth. The "Tempest" and the works of two Caribbean Novelists：Pitfalls in the way of seeing Caliban. New York University（U. S. A），1977.

（7）Carty，Deverita Elisabeth. Selected West Indian Novels：Thematic and Stylistic Trends from the Nineteen-Fifties to the Early Nineteen-Seventies. University of Michigan（U. S. A），1978.

（8）Tiffin，Helen Margaret. The Lost Ones：A Study of the Works of V. S. Naipaul and Alejo Carpentier. Queens's University（Canada），1978.

（9）Creenwald，Roger Gordon. The Method of V. S. Naipaul's Fiction，1955—1963. University of ToronEo（Canaclra），1978.

（三）1980 年代

（1）Aiyejina，Funso. Africa in West Indian Literature：From Claude Mckay to Edward Kamau Brathwaite. Barados：University of the West Indies，St. Augustine，1980.

（2）Mason，Nondita. The Fiction of V. S. Naipaul：A Study（Trinidad and Tobago）. New York University（U. S. A），1980.

（3）Campbell，Elaine. West Indian Fiction：A Literature in Exile. Brandeis Unversity，1981.

（4）Fitch，Nancy Elizabeth. History in a Nightmare：A Study of the Exilic in the life and works of James Joyce，V. S. Naipaul and Edna

O'Brien. University of Michigan (U. S. A),1981.

(5) Charles, Henry James. A Theological-Ethical Apprisal of the Disclosure of Possibility for the Post-Colonial Caribbean Via an Analysis of Seclected Literary Texts. Yale University (U. S. A), 1982.

(6) Williams, Ronald Alexander. Third World Voices: An Analysis of the Works of Chinua Achebe, George Lamming, and V. S. Naipaul. Lehigh University,1982.

(7) Boyle, JoAnne Woodyard. The International Novel: Aspects of its Development in the Twentieth Century with Emphasis on the Work of Nadine Gerdimer and V. S. Naipaul. University of Pittsburgh (U. S. A), 1983.

(8) Husten, Larry Alan. From Autobiography to Politics: The Development of V. S. Naipaul's Fiction. State University of New York at Buffalo, 1983.

(9) Tewarie, Bhoendradatt. A Comperative Study of Ethnicity in the Novel of Saul Bellow and V. S. Naipaul. Pennsylvania State University,1983.

(10) Lim, Ling-Mei. V. S. Naipaul's Later Fiction: The Creative Constraints of Exile. Indianna Unversity (U. S. A), 1984.

(11) Loeb, Kurt. The Imperial Theme: A Study of Colonial Attitudes in English Novels set in Africa. University of Toronto (Canada), 1984.

(12) Wilson Tagoe, Veronica Nana. The Historical Sence in Selected West Indian Writers. Indianna Unversity (U. S. A), 1984.

（13）Afzal Khan, Fawzia. Genre and Ideology in the Novels of four Contemporary Indo-Anglian Novelists: R. K. Narayan, Anita Desai, Kamala Markandaya and Salman Rushdie (India). Tufts University, 1986.

（14）Reddy, Yeogasuaderam Govinden. Alienation and the Quest for Identity and Order in the Novels of V. S. Naipaul. (Trinidad and Tobago). University of South Africa, 1986.

（15）Mann, Harveen Sachdeva. Among the Mimic Men: The Fictional Works of V. S. Naipaul (Trinidad and Tobago). Purdue University, 1986.

（16）Karamcheti, Indira. Tradition and Originality in Third world Literature: V. S. Naipaul and Aime Cesaire. Unversity of California, Santa Barbara (U. S. A), 1986.

（17）Dhahir, Sanna. Women in V. S. Naipaul's Fiction: Their Roles and Relationships. University of New Brunswick (Canada), 1986.

（18）Hassan, Dolly Zulakha. West Indian Response to V. S. Naipaul's West Indian Works. George Washington University (U. S. A), 1986.

（19）Mustafa, Fawzia. African Unbound: Works of V. S. Naipaul and Athol Fugard. Indianna Unversity (U. S. A), 1986.

（20）Brice Finch, Jacqueline Laverne. The Caribbean Diaspora: Four Aspects, in Novels From 1971—1985. University of Maryland College Park, 1987.

（21）Firth, Kathleen. Aspects of V. S. Naipaul's Caribbean fiction. University of Bareelona, 1987.

（22）Ferracane, Kathleen K. Images of The Mother in Caribbean Literature: Selected Novels of George Lamming, Jean Rhys and V. S. Naipaul. State University of New York at Buffalo(U. S. A), 1987.

（23）Rao, D. Venkat. Figuring Naipaul: The Subject of the Fostcolonial World. (Trinidad and Tobago, V. S. Naipaul). University of. Kent at Canterbury (U. K), 1988.

（24）Lanfran, Phillip. R. K. Naryan and V. S. Naipaul: A Comparative Study of Some Hindu Aspects of Their Work (India, Trinidad). University of Leeds (U. K), 1988.

（25）Singly Vidya Devi. V. S. Naipaul: An Exile at Home. Southen Illinois University at Carbondale, 1988.

（26）Greene, Sharon Elaine. The Body Politic: Women, Language and Revolution in Three Contemporary Novels (V. S. Naipaul, Joan Didion, Margaret Atwood, Trinidad and Tobago). Emory University, 1988.

（27）Kortenaar, Neil ten. History in the fiction of V. S. Naipaul (Trinidad and Tobago). University of Toronto (Canada), 1988.

（28）Rao, D. Venkat. Figuring Naipaul: The Subject of The Postcolonial World (Trinidad and Tobago, V. S. Naipaul). University of Kent at Canterbury (United Kingdom), 1988.

（29）Celestin, Roger. From cannibals to radicals: Towards a theory of exoticism. City University of New York (U. S. A), 1989.

（30）Gruesser，John CuIIen. White on black：Non-black literature about Africa since 1945. The Wniversity of Wisconsin Madison，1989.

（31）Nixon，Robert. The Grand Hotel abyss：A critique of Naipaul's Third World travels（V. S. Naipaul，Trinidad and Tobago）. Columbia University，1989.

（32）Ramphal，John Kuar Persaud. V. S. Naipaul's vision of Third World countries（Trinidad and Tobago. York University（Canada），1989.

(四) 1990 年代

（1）Prescott，Lynda. Reading V. S. Naipaul：Fiction and History. 1967—1987（Trindad and Tobago）. Open University（United Kingdom），1990.

（2）Thompson，Margaret Cezair. Colonial anxieties：The psychological importance of place in the writing of V. S. Naipaul（Trinidad and Tobago）. City University of New York，1990.

（3）Samantrai，Ranu. The Erotic of Imperialism：V. S. Naipaul，J. M. Coetzee，Lewis Nkosi（Trinidad and Tobago，South Africa）. University of Michigan，1990.

（4）Perera，Senath Walter. If Severed They Be Good，the Conjunction Cannot Be Hurtful：A Comparative Approach to Protest Fiction in India，Kenya and the West Indies（Meja Mwangi，V. S. Naipaul，Trinidad and Tobago，Ngugi wa Thiong'o，Raja Rao，George Lamming，Barbados）. The University of New Brunswick（Canda），1991.

（5）Atkinson，C. William. At the Immer Station：Conrad，

Greene, and Naipaul on the Congo（Graham Greene, Joseph Conrad, V. S. Naipaul, Trinidad and Tobago）. Emory University, 1991.

（6）Blanton, Sarah Cassandra. Departures: Travel Writing in a post-Bakhtinian World（V. S. Naipaul, Ryszard Kapuscinski, Bruce Chatwin, Poland, Trinidad and Tobago）. University of South FIorfda（U. S. A）,1992.

（7）Trotman, Althea Veronica. African. Caribbean Perspectives of Worldview: C. L. R. James Explores the Authentic Voice（Trinidad and Tobago, Guyana, Cuba, St. Lucia, Barbados）. York University（Canada）, 1993.

（8）Shankar, Subramanian. From Hearts of Barkness to Temples of Doom: The Discursive Economy of the Travel Narrative in the Colonial Context（Joseph Conrad, Zora Neale Hurston, Richard Wright, V. S. Naipaul, Steven Spielberg, Trinidad and Tobago）. The University of Texas Austin（U. S. A）, 1993.

（9）Schlachter, Sandra Anne. Germanic journalistic products in an Asian environment: Shanghai, 1939—1941（China）. University of Southern of California, 1994.

（10）Browdy de Hernandez, Jennifer. Hybrid Encounters: Reading Postcolonial Autobiographies of the Americas. New Youk University, 1994.

（11）Baucom, Ian Bernard. Locating Identity: Topographies of Englishness and Empire（John Ruskin, E. M. Forster, Salman Rushdie, V. S. Naipaul, Trinidad and Tobago, C. L. R. James, Rudyard Kipling）. Yale University（U. S. A）, 1995.

（12）Collu，Gabrielle. Strategies of Eraticization in Colonial and Postcolonial Literatures，Universite de Montreal（Canada）,1995.

（13）Harrington，Susan Tetlow. British Writers in Tropical Africa，1936—1985：Cultural Crossover in the Travel and Fictional Works of Elspeth Huxley，Graham Greene and V. S. and Shiva Naipaul（Trinidad and Tobago）. University of Maryland College Park，1995.

（14）Wallenstein，Jimmy. Joseph Conrad and V. S. Naipaul：The Status of Fiction（Trinidad and Tobago）. University of California，Berkeley（U. S. A）,1996.

（15）Ball，John Clement. Satire and the Postcolonial Novel：V. S. Naipaul，Chinua Achebe，Salman Rushdie（Trinidad and Tobago，Nigeria，India）. University of Toronto（Canada），1995.

（16）Sadarangani,Umeeta. Occidentalism：Indian Writers Construct the West. The Pennsylvania State University（U. S. A），1997.

（17）Brackett，Mary Virginia. The Contingent Self：An Ideology of the Personal. University of Kansas，1998.

（18）Ghazi，Saeed. V. S. Naipaul，Postcolonial Orientalism and Islam（Trinidad and Tobago，India）. The University of Toledo（U. S. A），1998.

（19）Olson，Lucia Thomas. Reclamations and Subversions of English National Identity in Works by Woolf，Waugh，Rhys and Naipaul（Virginia Woolf，Jean Rhys，Evelyn Waugh，V. S. Naipaul，Dominica，Trinidad and Tobago）. University of Illinois at Urbana-Champaign

（U.S.A），1998.

（20）Brackett，Mary Virginia. The contingent Self：An Ideology of the Personal. University of Kansas（U.S.A），1998.

（21）Manlove，Clifford Thomas. Eyes That Colonize and Post-colonial Resistance to the Transatlantic Gaze in Literature. University of Missouri-Columbia（U.S.A），1999.

（五）2000 年代

（1）Abdel Rahman，Fadwa Kamal. Hybridity and Assimilation：The Effect of the Racial Encounter on V. S. Naipaul and Chinua Achebe（Trinidad and Tobago，Nigeria）. Georgia State University（U.S.A），2000.

（2）Taniyama，Sawako. The Outsider Theme in Selected Fiction by E. M. Forster，Raymond Carver，Isaac Bashevis Singer，and Sumii Sue：An Experiment in the Study of Multicultural Literatures（Japan）. The Union Institute（U.S.A），2000.

（3）Saraithong，Wilailak. Citizen of the World：Post-colonial Identity in the Works of V. S. Naipaul（Trinidad and Tobago）. Washington State University（U.S.A），2001.

（4）Idris，Farhad Bani. Reimagining India：Narratives of Nationalism in V. S. Naipaul and Salman Rushdie（Trinidad and Tobago）. University of Arkansas（U.S.A），2001.

（5）Cheng，Chu-chueh. The Victorian World in a Rear-view Mirror. Texas Christian University（U.S.A），2000.

（6）Clarke，Joseph Nathaniel. An Acre of Ground：Figuring Identity in Anglophone Caribbean Fiction. Rutgers U, New Brunswick (Canada), 2001.

(7) Barnaby, Edward Thomas. Meta-spectacle: The Politics of Realism and Visuality in the British Historical Novel. New York University, 2001.

(8) Laouyene, Atef. The Deterioration of the Colonial Protagonist in Three Novels by Joseph Conrad, Ma Universite Laval (Canada), 2001.

(9) Mingay, Philip Frederick James. Vivisectors and the Vivisected: The Painter Figure in the Postcolonial Novel (Barbados, Trinidad and Tobago, Australia, Margaret Atwood, George Lamming, V. S. Naipaul, Patrick White). University of Alberta (Canada), 2001.

(10) King, Rosamond S. Born under the Sign of the Suitcase: Caribbean Immigrant Literature, 1959—1999 (V. S. Naipaul, Paule Marshall, Austin Clarke, Jamaica Kincaid; Dionne Brand; Tiiiiidad'and Tobago, Barbados; Antigua). New York University(U. S. A), 200.

(11) Dyer, Rebecca Gayle. London Via the Caribbean: Migration Narratives and the City in Postwar British Fiction (England, George Lamming, Barbados, V S. Naipaul, Samuel Selvon, Trinidad and Tobago, Beryl Gilroy, British Guiana). The University of Texas at Austin (U. S. A), 2002.

(12) Kim, Youngjoo. Revisiting the Great Good Place: The Country House, Landscape and Englishness in Twentieth-century British Fiction. Texas A&M University, 2002.

（13）Makris，Paula Catherine. Colonial Education and Cultural Inheritance：Caribbean Literature and the Classics. Case Western Reserve University（U. S. A），2002.

（14）Rastogi，Pallavi. Indianizing England：Cosmopolitanism in Colonial and Post-colonial Narratives of Travel. Tufts University（U. S. A），2002.

（15）Trousdale，Rachel Vassilievna. Imaginary Worlds and Cultural Hybridity in Isak Dinesen，Vladimir Nabokov and Salman Rushdie（Denmark，India）. Yale University（U. S. A），2002.

（16）Mishra，Pramod K. Black，White and Brown：Coloniality，National Forms，and the Emergence of the Global South. Duke University（U. S. A），2003.

（17）Martino，Andrew Philip. Promises of Arrival：Dwelling and Textuality in the Postmodern Dysphoria. State University of New York At Binghamton（U. S. A），2003.

（18）Premnath，Gautam. Arguments with Nationalism in the Fiction of the Indian Diaspora（Samuel Selvon，V. S. Naipaul，Trinidad and Tobago，Amitav Ghosh，Arundhati Roy）. Brown University（U. S. A），2003.

（19）Abo，Klevor. Black Whiteness，White Blackness and the Making of Global African Identities. Bowling Green State University，2004.

（20）Khan，Nyla Ali，Transporting the Subject：The Fiction of Nationality in an Era of Transnationalism. （V. S. Naipaul，Salman Rush-

die，Amitav Ghosh，Anita Desai）．The University of Oklahoma（U. S.
A），2004．

（21）Bailey，Kelli McAllister．India as Western Text（Sir William
Jones，V. S. Naipaul，Salman Rushdie）．University of Kentucky（U.
K），2004．

（22）O'Flynn，Siobhan Louise．Place and Identity in Auto-topograph-
ic Metanarrative（Bruce Chatwin，Aritha van Herk，Kristjana Gunnars，
Dionne Brand，V. S. Naipaul，Trinidad and Tobago）．University of To-
ronto（Canada），2004．

（23）Stranges，Peter Bartles．Rebellion and Nihilism in the Works
of Leila Sebbar and V. S. Naipaul．Rice University（U. S. A），2005．

（24）Wellinghorff，Lisa Ann．Detecting the Author：Narrative
Pcrspeetive in Paul Auster's "The New York Trilogy"，V. S. Naipaul's
"The Enigma of Arrival" and Margaret Atwood's "Alias Grace"．The U-
niversity of Tulsa（U. S. A），2005．

（25）Zhu，Ying．Fiction and the Incompleteness of History：Toni
Morrison，V. S. Naipaul，and Ben Okri（Trinidad and Tobago，Nigeri-
a）．The Chinese University of Hong Kong（People's Republic of Chi-
na），2005．

（26）Giri，Bed Prasad．Writing Back and Forth：Postcolonial Dias-
pora and Its Antinomies（India，V. S. Naipaul，Bharati Mukherjee，Sal-
man Rushdie）．University of Virginia，2006．

（27）Roldan-Santiago，Serafin．Literary Strands，Transference and
Colonial Discourse in V. S. Naipaul's Writings．University of Puerto Ri-

co，Rio Piedras（Puerto Rico），2006.

（28）Phukan，Atreyee. East Indianness in the West Indies：Representations of Post-Indentureship in Indo-Trinidadian Literature. Rutgers The State University of New Jersey -New Brunswick，2006.

（29）Snell，Heather R. Exotic Places to Read：Desire，Resistance and the Postcolonial. The University of Western Ontario（Canada），2007.

（30）Loh，Lucienne. Beyond English Fields：Refiguring Colonial Nostalgia in a Cosmopolitan World. The University of Wisconsin – Madison，2008.

（31）McLean，Dolace. Postcolonial Possessions：Place，Space and the Discourse of Property in Caribbean Literature. New York University，2008.

附录四

国内奈保尔研究文献

一、期刊论文

（一）总论

（1）梅晓云：《在边缘写作——作为"后殖民作家"的奈保尔其人其作》，《深圳大学学报》2000年第6期。

（2）翁海文：《英国维·苏·奈保尔获2001年诺贝尔文学奖》，《外国文学动态》2001年第6期。

（3）石海峻：《2001年诺贝尔文学奖得主奈保尔的文学历程》，《译林》2001年第6期。

（4）陆建德：《奈保尔的作家梦》，《瞭望》2001年第43期。

（5）邹颉：《后殖民作家中的佼佼者——评2001年诺贝尔文学奖获得者V.S.奈保尔的创作》，《外国文学》2002年第1期。

（6）谈瀛洲：《奈保尔：无根的作家》，《中国比较文学》2002年第1期。

（7）梅晓云：《处处无家处处家》，《读书》2002年第1期。

（8）梅晓云：《维·苏·奈保尔及其创作》，《东方文学研究通讯》2002年第4期。

（9）瞿世镜：《后殖民小说家——漂泊者奈保尔》，2002年3月5日

《文艺报》。

（10）雷艳妮：《奈保尔作品中的"模仿"主题》,《中山大学学报》2003年第1期。

（11）祝平：《边缘审视——奈保尔创作述评》,《当代外国文学》2003年第2期。

（12）王守仁、方杰：《想象·纪实·批评——解读 V. S. 奈保尔的"写作之旅"》,《南京大学学报》2003 年第 4 期。

（13）杨中举：《维·苏·奈保尔的旅行情结》,《荆州师范学院学报》2003 年第 6 期。

（14）王辽南：《移民文学的文化多重性和世界主义倾向——解析奈保尔及其作品的精神实质》,《外国文学研究》2003 年第 5 期。

（15）杨铜：《奈保尔的"文学缘"》,《外国文学动态》2004 年第 2 期。

（16）徐长安：《V. S. 奈保尔的后殖民主义风格论》,《康定民族师范高等专科学校学报》2004 年第 2 期。

（17）周昕、张冬贵：《奈保尔与后殖民文学》,《武汉科技大学学报》2004 年第 2 期。

（18）尹锡南：《奈保尔：后殖民时代的印度书写——"殖民与后殖民文学中的印度书写"研究系列之三》,《南亚研究季刊》2004 年第 3 期。

（19）黄芝：《飞跃本土和种族主义的流亡者——解读 V. S.奈保尔的"普适文明"》,《江苏外语教学研究》2004 年第 2 期。

（20）阮炜：《维迪亚爵士的鞭子》,《国外文学》2004 年第 4 期。

（21）杨中举：《介于小说与非小说之间——论奈保尔的"四不象"文体》,《临沂师范学院学报》2005 年第 1 期。

（22）崔新梅：《在帝国的背后抵达或流浪——论奈保尔的文学世

界》,《平顶山学院学报》2005 年第 1 期。

（23）杨中举：《多元文化对话场中的移民作家的文化身份建构——以奈保尔为个案》,《山东文学》2005 年第 3 期。

（24）朱云生、杨中举：《既依附又背离的二重文化取向——论奈保尔对英国文化的选择策略》,《山东社会科学》2005 年第 10 期。

（25）高照成、黄晖：《奈保尔创作思想初探》,《海南师范学院学报》2005 年第 6 期。

（26）杨中举：《既亲近而又疏离的二难文化选择——论印度故土文化对奈保尔的影响》,《南亚研究季刊》2005 年第 4 期。

（27）吴学丽：《试谈奈保尔小说的艺术特征》,《语文学刊》2005 年第 11 期。

（28）潘纯琳：《奈保尔的现代性空间体验》,《当代文坛》2006 年第 1 期。

（29）杜慧春、王绳媛：《存在的尴尬与神奇的魅力——解读后殖民主义作家奈保尔》,《景德镇高专学报》2006 年第 1 期。

（30）尹锡南：《奈保尔的印度书写在印度的反响》,《外国文学评论》2006 年第 4 期。

（31）李玲芳：《奈保尔对康拉德小说创作的借鉴》,《常州工学院学报》2006 年第 6 期。

（32）郭先进：《奈保尔的旁观者写作视角与象征写作手法》,《湖北教育学院学报》2007 年第 3 期。

（33）方杰：《"社会喜剧"中的焦虑与渴望——论 V. S. 奈保尔早期的小说创作》,《外国文学评论》2007 年第 3 期。

（34）孙妮：《西印度群岛文学文化传统对奈保尔的影响》,《安徽师范大学学报》2007 年第 5 期。

　　（35）费小平：《家园政治：康拉德与奈保尔》,《求索》2007 年第 9 期。

　　（36）方杰：《创作·接受·批评——后殖民语境中的奈保尔》,《外语研究》2007 年第 5 期。

　　（37）胥维维：《论奈保尔和赛思小说城市描写的后殖民色彩》,《西南农业大学学报》2007 年第 5 期。

　　（38）秦银国：《后殖民小说叙述策略的内涵和效果——评英国作家 V.S. 奈保尔的小说创作》,《西安外国语大学学报》2007 年第 4 期。

　　（39）蔡云艳：《论奈保尔创作的边缘性》,《内蒙古农业大学学报》2007 年第 6 期。

　　（40）苏鑫：《大地上的"旅行者"——论 V. S. 奈保尔的生存状况》,《淮北煤炭师范学院学报》2007 年第 6 期。

　　（41）孙妮：《V. S. 奈保尔作品中的自然主义倾向》,《安徽师范大学学报》2008 年第 1 期。

　　（42）顾华：《文化流亡者的窘境——试析奈保尔的近期创作》,《东北大学学报》2008 年第 3 期。

　　（43）孙妮：《两个世界：后殖民作家的双重困境——以 V.S.奈保尔为个案》,《安徽理工大学学报》2008 年第 2 期。

　　（44）葛春萍：《V.S. 奈保尔：无法弃绝的特立尼达》,《湖州师范学院学报》2008 年第 4 期。

　　（45）钱冰：《身份悖论下的挣扎之途》,《社科纵横》2008 年第 9 期。

　　（46）苏鑫：《奈保尔的两个世界》,《世界文化》2009 年第 1 期。

　　（47）洪春梅：《道是"无根"却有根——奈保尔的后殖民文化身份之思考》,《江西广播电视大学学报》2009 年第 1 期。

（48）徐键：《永远的他者——奈保尔代表作中主人公分析》，《辽宁工程技术大学学报》2009 年第 3 期。

（49）石海军：《记忆与认知：以奈保尔为例》，《外国语文》2009 年第 3 期。

（50）邓丽君：《奈保尔：母国之外的精神家园——后殖民语境下的流散知识分子研究》，《长江大学学报》2009 年第 4 期。

（51）洪春梅：《为了忘却的记忆——历史文化语境下的奈保尔文学创作》，《时代文学》2009 年第 4 期。

（52）梅晓云：《举意与旁观——论张承志与 V. S. 奈保尔的伊斯兰写作》，《外国文学研究》2009 年第 5 期。

（53）杨丽英：《论奈保尔的文化身份》，《信阳师范学院学报》2009 年第 6 期。

（54）洪春梅：《奈保尔后殖民书写主题剖析》，《文学教育》2009 年第 6 期。

（二）《灵异推拿师》研究论文

（1）方丽萍：《评奈保尔的讽刺喜剧〈灵异推拿师〉》，《怀化学院学报》2008 年第 8 期。

（2）王莎烈：《杂交性与身份言说——以奈保尔小说〈灵异推拿师〉为例》，《当代文坛》2009 年第 1 期。

（3）高照成：《殖民时代的特立尼达的社会喜剧——奈保尔〈米格尔街〉与〈灵异推拿师〉简评》，《苏州大学学报》2009 年第 5 期。

（三）《米格尔街》研究论文

（1）于晓丹：《因含蓄而愈显深刻〈米格尔大街〉译本序》，《外国文学》1993 年第 2 期。

（2）张德明：《〈米格尔大街〉的后现代、后殖民解读》，《外国文学研究》2002年第1期。

（3）仵从巨：《一条大街与一个世界——论奈保尔与〈米格尔大街〉》，《名作欣赏》2002年第5期。

（4）裴爱民：《童稚的眼光 复杂的世界——赏析〈没有名字的东西〉》，《写作》2003年第1期。

（5）罗小云：《从〈曼曼〉看奈保尔的短篇小说艺术》，《名作欣赏》2003年第11期。

（6）李杰：《殖民文化的果实——〈没有名字的东西〉赏析》，《语文世界》2003年第11期。

（7）黄应利：《〈米格尔大街〉的叙述分析》，《湖南人文科技学院学报》2004年第1期。

（8）李秀金：《边缘文化中的语言书写——从〈花炮制造者〉看奈保尔小说的话语意蕴》，《阅读与写作》2004年第10期。

（9）吴学丽：《后现代文化语境中的话语表征——评V. S. 奈保尔的小说〈花炮制造者〉》，《理论学刊》2005年第1期。

（10）李玲芳、刘明景：《〈米格尔大街〉中的模仿现象解读》，《湖南工业职业技术学院学报》2005年第1期。

（11）高照成、黄芝：《读奈保尔：从〈米格尔街〉开始》，《无锡商业职业技术学院学报》第4期。

（12）夏成：《生命的激情和悲凉——论〈米格尔街〉的狂欢化色彩》，《湖北广播电视大学学报》2006年第6期。

（13）刘小艳：《多重"不定点"的艺术魅力——〈叫不出名堂的事〉的文本分析》，《理论界》2007年6期。

（14）刘小艳：《〈博加特〉不定点的艺术魅力》，《中山大学学报论丛》2007 年第 12 期。

（15）李强：《被穿透的人性底线——读奈保尔的〈花炮制造者〉》，《名作欣赏》2008 年第 7 期。

（16）洪春梅：《从〈米格尔街〉看奈保尔与契诃夫短篇小说的相似之处》，《江西广播电视大学学报》2008 年第 2 期。

（17）蔡和存：《人文关怀：〈小城畸人〉和〈米格尔街〉的共同关怀》，《华侨大学学报》2009 年第 3 期。

（18）张雅娜、吴荣辉：《〈米格尔街〉对读者"期待视野"的颠覆》，《内蒙古农业大学学报》2009 年第 4 期。

（19）许海明：《在边缘的折磨和生活的绝望中逃离——〈米格尔大街〉浅析》，《安徽文学》2009 年第 7 期。

（四）《毕司沃斯先生的房子》研究论文

（1）袁楠：《以现实主义的方式决然离去——奈保尔和〈毕司沃斯先生的房子〉》，《中国图书评论》2002 年第 9 期。

（2）张德明：《悬置于"林勃"中的幽灵——解读〈毕司沃斯先生的房子〉》，《外国文学研究》2003 年第 1 期。

（3）李雪：《奈保尔〈比斯瓦斯先生的房子〉的后殖民解读》，《学术交流》2003 年第 3 期。

（4）姚国建：《贮满悲悯情怀却用喜剧装潢的"房子"——奈保尔〈毕司沃斯先生的房子〉推介》，《阅读与写作》2003 年第 3 期。

（5）胡志明：《〈毕司沃斯先生的房子〉：一个自我反讽的后殖民寓言》，《外国文学评论》2003 年第 4 期。

（6）梅晓云：《奈保尔笔下"哈奴曼大宅"的社会文化分析》，《外国文学评论》2004 年第 3 期。

（7）杨丽英：《一曲移民的悲歌——解读〈毕司沃斯先生的房子〉》，《乐山师范学院学报》2004 年第 11 期。

（8）惠婧蕊：《希望在别处——试解〈毕司沃斯先生的房子〉中逃离的含义》，《齐齐哈尔大学学报》2005 年第 2 期。

（9）周敏：《一座房子和一个人的一生——〈毕斯沃斯先生的房子〉文本阐释》，《江汉论坛》2007 年第 2 期。

（10）高照成：《〈毕司沃斯先生的房子〉的象征主题》，《南通大学学报》2007 年第 4 期。

（11）黄应利：《奈保尔〈毕司沃斯先生的房子〉的双重性》，《淮北煤炭师范学院学报》2008 年第 1 期。

（12）郭先进：《〈毕司沃斯先生的房子〉的象征意蕴》，《丽水学院学报》2008 年第 6 期。

（13）郭先进：《向伟大的传统致敬：解读〈毕司沃斯先生的房子〉的传统艺术特征》，《陇东学院学报》，2009 年第 1 期。

（14）王晓红：《〈毕司沃斯先生的房子〉的复调魅力在哪里？》，《文艺研究》2009 年第 6 期。

（15）董岳州：《在压抑中失落的卑微欲望——毕司沃斯先生的心理探幽》，《沧桑》2009 年第 6 期。

（16）王玉芒：《虚幻的追求——从拉康的精神分析学解读〈毕司沃斯先生的房子〉》，《乐山师范学院学报》2009 年第 7 期。

（17）徐林林：《"看/被看"主题模式下的自我找寻》，《四川教育学院学报》2009 年第 9 期。

（五）《印度三部曲》研究论文

（1）梅晓云：《无根人的悲歌——从〈黑暗之地〉读解 V. S. 奈保

尔》,《外国文学评论》2002 年第 1 期。

（2）乔丽媛：《从"印度三部曲"看奈保尔的民族情结》,《外国文学研究》2003 年第 5 期。

（3）张德明：《后殖民旅行写作与身份认同——V. S. 奈保尔的"印度三部曲"解读》,《外国文学评论》2005 年第 2 期。

（4）陈寒、屈敏：《当代印度南部婆罗门状况的个案分析——以奈保尔〈印度：百万叛变的今天〉为例》,《唐都学刊》2006 年第 2 期。

（5）秦烨：《后殖民语境中的身份认同——解读奈保尔之"印度三部曲"》,《常州工学院学报》2008 年第 3 期。

（6）高建国、李明峻：《谈〈印度：百万叛变的今天〉中的宗教问题》,《时代文学》2008 年第 7 期。

（7）李宗：《新一代移民作家的母国书写——奈保尔印度三部曲之解读》,《中国校外教育》2008 年第 12 期。

（8）徐鹏：《"印度三部曲"对印度的文学叙述》,《淮北煤炭师范学院学报》2009 年第 3 期。

（9）王莎烈：《印度的悲歌：奈保尔〈幽暗国度〉解析》,《解放军外国语学院学报》2009 年第 5 期。

（六）《游击队员》研究论文

（1）孙妮：《种族、性、暴力、政治——解读 V. S. 奈保尔的〈游击队员〉》,《外国文学》2005 年第 4 期。

（2）阮炜：《〈游击队员〉与〈在一个自由的国度〉》,《外国文学》2005 年第 2 期。

（七）《河湾》研究论文

（1）严兆军：《他们别无选择——读奈保尔作品〈河湾〉》,《中国图书评论》2003 年第 9 期。

（2）孟智慧、张莉：《从〈河湾〉的叙述方式解读奈保尔的文化身份》，《涪陵师范学院学报》2004 年第 1 期。

（3）余杰：《非洲大陆的"一九八四"——读奈保尔〈河湾〉》，《清明》2004 年第 1 期。

（4）汪家海：《现代流亡知识分子的无根性反思——〈河湾〉的后殖民文化解读》，《四川外语学院学报》2004 年第 2 期。

（5）罗小云：《建构特殊环境 体验文明冲突——解读奈保尔后殖民小说〈大河湾〉》，《国外文学》2004 年第 3 期。

（6）黄应利：《从〈河湾〉看奈保尔的后殖民关怀》，《和田师范专科学校学报》2004 年第 4 期。

（7）高照成：《从〈河湾〉看奈保尔的历史与文化观——兼谈奈保尔的文学思想》，《苏州大学学报》2004 年第 5 期。

（8）王鹏：《奈保尔：大地上的异乡人——试析〈河湾〉的移民主题》，《齐鲁学刊》2004 年第 6 期。

（9）欧阳灿灿：《"漂流的洋水仙"——从〈大河湾〉看奈保尔的文化认同》，《哈尔滨学院学报》2004 年第 11 期。

（10）苏鑫：《〈河湾〉和〈黑暗的心〉的比较研究》，《淮北煤炭师范学院学报》2005 年第 2 期。

（11）苏鑫：《河湾处的混乱——解读〈河湾〉中的后殖民文化心理》，《山东省农业管理干部学院学报》2005 年第 2 期。

（12）叶青：《迁徙与杂交：失落在非洲腹地的"异乡客"——评 V. S. 奈保尔的〈河湾〉中的霸权话语》，《江苏教育学院学报》2005 年第 5 期。

（13）丁咪咪：《寻找 求证 迷失——解析〈河湾〉主人公萨林姆的身

份意识》,《淮阴工学院学报》2006 年第 2 期。

（14）杜维平:《"总有新东西":〈河湾〉中的现代化主题》,《外国文学》2006 年第 3 期。

（15）夏成:《非洲的噩梦:论〈河湾〉的循环模式》,《世界文学评论》2006 年第 1 期。

（16）王刚:《游走在现实与虚幻之间——从〈河湾〉中的意象看奈保尔笔下的两个世界》,《石家庄学院学报》2006 年第 5 期。

（17）王刚:《从〈河湾〉中的意向看奈保尔笔下的现实与虚幻》,《山东外语教学》2006 年第 5 期。

（18）方杰:《奈保尔〈河湾〉中的悲观主义历史观》,《当代外国文学》2006 年第 4 期。

（19）马小强、刘品:《国民素质和以人为本——从小说〈河湾〉看非洲的社会现实》,《社科纵横》2007 年第 1 期。

（20）郭先进:《象征手法在 V. S. 奈保尔〈河湾〉中的运用》,《四川文理学院学报》2007 年第 3 期。

（21）王进:《文化身份的男权书写:解读 V. S. 奈保尔的小说〈河湾〉》,《天津外国语学院学报》2007 年第 3 期。

（22）尹璐:《从〈河湾〉看奈保尔文化身份的矛盾性》,《安徽文学》2007 年第 8 期。

（23）洪源:《论〈河湾〉中萨林姆的双重角色》,《琼州学院学报》2007 年第 4 期。

（24）苏姗姗、田祥斌:《流散的灵魂——解析 V. S. 奈保尔〈河湾〉中的他者》,《和田师范专科学校学报》2007 年第 5 期。

（25）尚必武:《二律背反:流亡者无法走出的困境——〈河湾〉与

〈洛丽塔〉的后殖民主义解读》，《北京第二外国语学院学报》2007 年第 10 期。

（26）王刚：《以英国为圆心的流散——评奈保尔的〈河湾〉与希尔的〈黄河湾〉》，《西安外国语大学学报》2007 年第 4 期。

（27）许勤超：《政治与身体——后殖民语境下的〈河湾〉解读》，《名作欣赏》2007 年第 23 期。

（28）杨珊：《评〈河湾〉的叙事艺术》，《安徽文学》2008 年第 2 期。

（29）胡龙青：《失落的伊甸园——解读〈河湾〉中女性爱情困境与悲观主题》，《名作欣赏》2008 年第 6 期。

（30）郭先进：《"模仿"对权威的表征置换——奈保尔小说〈河湾〉的模仿主题》，《凯里学院学报》2008 年第 2 期。

（31）马建军：《〈河湾〉：后殖民经验的身份书写》，《重庆邮电大学学报》2008 年第 4 期。

（32）张伟航：《模仿与追随的悲剧——解读奈保尔的〈河湾〉》，《小说评论》2008 年第 2 期。

（33）刘莉、薛家宝：《解读〈河湾〉中奈保尔后殖民意识的矛盾性》，《宜宾学院学报》2008 年第 10 期。

（34）李文卫：《〈河湾〉的多重叙事声音》，《安徽文学》2009 年第 3 期。

（35）仝一菲：《〈河湾〉中的文化融合与文化失落》，《西昌学院学报》2009 年第 3 期。

（36）杨峰、罗艳：《边缘的边缘——以后殖民女性主义理论解读奈保尔〈河湾〉》，《南昌高专学报》2009 年第 4 期。

（37）苗颖：《夹在传统与现代间的模仿者——解读〈河湾〉中的非洲本土人形象》，《时代文学》2009 年第 4 期。

（38）郭先进、李毅：《解读奈保尔小说〈河湾〉的流亡主题》，《凯里学院学报》2009 年第 4 期。

（39）孙海华：《边缘化的人生：〈河湾〉的后殖民色彩》，《韶关学院学报》2009 年第 5 期。

（40）罗艳、杨锋：《永恒的拂晓——解读〈河湾〉中非洲本土居民的民族身份建构》，《科教文汇》2009 年第 6 期。

（41）贺江：《非洲的一种形象——论奈保尔〈河湾〉的"丛林"书写》，《时代文学》2009 年第 8 期。

（八）《抵达之谜》研究论文

（1）梅晓云：《V. S. 奈保尔：从未抵达的感觉》，《外国文学研究》2003 年第 5 期。

（2）王贵明、韩伟斌：《一位现代知识分子流亡者——从后殖民主义视野解读 V. S. 奈保尔的〈抵达之谜〉》，《北京理工大学学报》2004 年第 3 期。

（3）潘纯琳：《奈保尔〈抵达之谜〉中杂糅视觉体验》，《云南师范大学学报》2006 年第 4 期。

（4）张昌宏、聂庆娟：《漫漫的求索，艰难的抵达——奈保尔及其〈抵达之谜〉》，《科教文汇》2006 年第 9 期。

（5）赵祥凤：《从〈抵达之谜〉中的失望主题看奈保尔的世界意识》，《学术交流》2006 年第 11 期。

（6）杜维平：《从未抵达吗？——破解〈抵达之谜〉》，《外国文学》2008 年第 2 期。

（7）王梅笑：《模仿者：〈抵达之谜〉的另一种解读》，《河南师范大学学报》2008 年第 4 期。

（8）史龙：《陌生人的孤独寻根逆旅——解读 V. S. 奈保尔的〈抵达之谜〉》，《山西广播电视大学学报》2009 年第 2 期。

（9）邱智晶、宋芳芳：《后殖民时代文化旅行者的艰难抵达——析奈保尔及其作品〈抵达之谜〉》，《牡丹江师范学院学报》2009 年第 3 期。

（10）赵祥凤：《〈抵达之谜〉的"模仿"主题解读》，《当代外国文学》2009 年第 3 期。

（11）白玉、孙野：《世界中的家园——论奈保尔的〈抵达之谜〉》，《黑龙江教育学院学报》2009 年第 5 期。

（12）聂薇：《解读〈抵达之谜〉形式之谜》，《华中师范大学学报》2009 年第5 期。

（13）赵祥凤：《〈抵达之谜〉的女性人物对世界和平的启示》，《学术交流》2009 年第 7 期。

（九）《奈保尔家书》研究论文

（1）海舟子：《一部半个世纪后面世的珍贵文学资料——维·苏·奈保尔的〈父子之间：家庭书信集〉》，《外国文学动态》2000 年第 2 期。

（2）梅晓云：《从〈父子之间〉看早期生活对奈保尔文学创作的影响》，《西北大学学报》2003 年第 2 期。

（3）许志强：《作家的父子家书》，《书城》2008 年第 12 期。

（十）《魔种》研究论文

（1）顾华：《文化流亡者的窘境——试析奈保尔的近期创作》，《东北大学学报》2008 年第 3 期。

（2）许志强：《"局外人"的半生旅程——关于奈保尔小说〈魔种〉》，《书城》2008 年第 7 期。

（3）潘飞：《自我的追寻——解读奈保尔的封笔长篇〈魔种〉》，《英美文学研究论丛》2009 年第 1 期。

（十一）《自由国度》研究论文

（1）阮炜：《〈游击队员〉与〈在一个自由的国度〉》，《外国文学》2005 年第 2 期。

（2）高照成：《〈在一个自由的国度〉简评》，《无锡商业职业技术学院学报》2007 年第 2 期。

（3）王莎烈：《奈保尔小说〈自由国度〉的空间解读》，《吉林师范大学学报》2008 年第 6 期。

（4）孙妮：《"自由世界"的牺牲品——解读奈保尔的〈在一个自由的国度〉》，《英美文学研究论丛》2009 年第 1 期。

（十二）《半生》研究论文

（1）周长才：《奈保尔的最新小说——〈半生〉》，《外国文学》2002 年第 1 期。

（2）李雪：《"林勃"状态中父与子的寻家之旅——解读奈保尔的小说〈半生〉》，《北方论丛》2004 年第 3 期。

（3）聂薇：《沿袭与超越——评奈保尔的小说〈半生〉》，《当代外国文学》2007 年第 4 期。

（4）聂薇：《奈保尔小说〈半生〉中的讽刺艺术》，《名作欣赏》2007 年第 22 期。

（十三）《作家看人》研究论文

王刚：《以"自我"为圆心的圆形流散——奈保尔的新作〈作家周围的人〉评析》，《外国文学》2008 年第 5 期。

二、硕士学位论文

（1）李庆学：《维迪阿达·苏拉吉普萨德·奈保尔——小说〈游击

队员〉的边缘性主题》,山东大学,2002 年。

(2) 王刚:《评奈保尔〈河湾〉中的孤独》,山东大学,2003 年。

(3) 李雪:《奈保尔小说中的后殖民因素》,哈尔滨工业大学,2003 年。

(4) 程娇艳:《论奈保尔作品的创作主题》,辽宁大学,2003 年。

(5) 杜琳娜:《评维·苏·奈保尔的流亡主题》,辽宁大学,2004 年。

(6) 杨中举:《论维·苏·奈保尔的双栖性》,上海师范大学,2004 年。

(7) 杨铜:《论奈保尔的后殖民家园书写》,暨南大学,2004 年。

(8) 郑毅:《V. S. 奈保尔文化批评与社会批评研究》,重庆师范大学,2005 年。

(9) 黄芝:《追寻"普世文明"》,苏州大学,2005 年。

(10) 杨丽英:《V. S. 奈保尔:文学世界的漂泊者》,广西师范大学,2005 年。

(11) 刘辉:《论奈保尔作品中的文化迷失》,辽宁大学,2005 年。

(12) 吕娜:《效颦人的困境:〈效颦人〉的后殖民主义解读》,吉林大学,2005 年。

(13) 黄应利:《论奈保尔小说中的双重性》,湘潭大学,2005 年。

(14) 高建国:《无根的浮萍:后殖民主义视角解读〈毕司瓦斯先生的房子〉》,兰州大学,2006 年。

(15) 李筱洁:《无望的身份追求——解读奈保尔的〈毕司沃斯先生的房子〉》,郑州大学,2006 年。

(16) 董静:《无法抵达的归宿——论奈保尔笔下的被殖民书写》,华东师范大学,2006 年。

(17) 董岳州:《论后殖民语境下奈保尔及其创作的边缘性》,湘潭大学,2006 年。

（18）苏鑫：《论后殖民时代的文化旅行者维·苏·奈保尔》，山东大学，2006年。

（19）赵德杰：《论奈保尔〈米格尔大街〉中的边缘性》，山东师范大学，2006年。

（20）洪春梅：《无根的"阐释者"和反思者——奈保尔〈米格尔大街〉等三个文本的后殖民书写主题剖析》，南昌大学，2007年。

（21）唐国清：《无根者的悲歌——从〈毕司沃斯先生的房子〉浅析奈保尔的文化身份》，苏州大学，2007年。

（22）刘利平：《边缘者——〈毕司华斯先生的房子〉中女性世界之文化研究》，南京师范大学，2007年。

（23）陈春霞：《流散文学的文化研究》，苏州大学，2007年。

（24）秦琼芳：《〈毕斯沃斯先生的房子〉中的文化身份问题》，广西师范大学，2007年。

（25）李刚：《一位永不停息的探索者——试论奈保尔文化身份的流变》，山东师范大学，2007年。

（26）罗艳：《身份的追寻——奈保尔〈河湾〉的后殖民主义解读》，三峡大学，2007年。

（27）韩艳：《奈保尔〈河湾〉的后殖民主题研究》，中南大学，2007年。

（28）王婷婷：《飞散的女性：〈毕司沃斯先生的房子〉的后殖民女性主义解读》，华中科技大学，2007年。

（29）夏成：《论奈保尔的流浪书写》，华中师范大学，2007年。

（30）郭先进：《身份·流亡·模仿：V. S. 奈保尔小说〈河湾〉的后殖民解读》，重庆师范大学，2007年。

（31）辛晰：《抵达于废墟之上：奈保尔〈河湾〉与〈到达之谜〉景物

意象分析》,兰州大学,2007年。

（32）李岩峰：《遗失身份的定位：〈抵达之谜〉中奈保尔杂交身份的重建》,山东大学,2007年。

（33）郭晓林：《解读奈保尔〈河湾〉的边缘性》,辽宁大学,2007年。

（34）席楠：《从奈保尔的作品看其文化身份与文化认同》,黑龙江大学,2008年。

（35）刘丰丽：《寻求自我：从后殖民主义角度解读〈河湾〉和〈黑暗的心〉》,河南大学,2008年。

（36）刘小艳：《〈米格尔街〉的飞散文化和叙事策略》,湖南师范大学,2008年。

（37）胡荣娟：《V. S. 奈保尔小说的后殖民性》,南京师范大学,2008年。

（38（39））王丹莎：《论 V. S. 奈保尔"印度三部曲"的叙事策略》,华东师范大学,2008年。

（40）韦文华：《论奈保尔文学作品的文化根源》,华中师范大学,2008年。

（41）杨珊：《知识分子在后殖民第三世界中面临的困境与焦虑以及角色突围——V. S. 奈保尔小说〈河湾〉研究》,扬州大学,2008年。

（42）徐鹏：《历史、文学、身份：后殖民背后的印度——V. S. 奈保尔的"印度三部曲"解读》,苏州大学,2008年。

（43）席楠：《从奈保尔的作品看其文化身份与文化认同》,黑龙江大学,2008年。

（44）熊亚芳：《从〈抵达之谜〉看奈保尔对自我身份认同的不懈寻求》,上海外国语大学,2008年。

（45）胡春兰：《身份的缺失与重建：奈保尔小说〈半生〉的后殖民主义阐释》，陕西师范大学，2008 年。

（46）邵延娜：《解析奈保尔〈毕司沃斯先生的房子〉中的双重性》，辽宁大学，2008 年。

（47）赵娜：《空间焦虑下的艰难逃离——对〈毕斯沃斯先生的房子〉的分析》，吉林大学，2009 年。

（48）赵阿茹娜：《〈毕斯沃斯先生的房子〉：一座漂泊的房子——后殖民视角下的混杂文化身份分析》，内蒙古大学，2009。

（49）胡芳：《从疏离到亲近：V. S. 奈保尔的"印度三部曲"解读》，苏州大学，2009 年。

（50）俞曦霞：《论奈保尔〈抵达之谜〉中的抵达》，上海师范大学，2009 年。

（51）刘萱：《论〈河湾〉的无根性》，辽宁大学，2009 年。

（52）王海燕：《论〈河湾〉的殖民模仿主题》，辽宁大学，2009 年。

（53）范青青：《V. S. 奈保尔的文化身份解读》，辽宁大学，2009 年。

（54）苏珊珊：《流散者的回归之旅》，三峡大学，2009 年。

（55）王玉芒：《成长的分裂与失败——解读〈毕司沃斯先生的房子〉的主人公》，兰州大学，2009 年。

（56）吴业凤：《小人物背后的大历史命运——读奈保尔〈毕斯沃斯先生的房子〉》，上海外国语大学，2009 年。

三、博士学位论文

（1）梅晓云：《文化无根——以奈保尔为个案的移民文化研究》，西北大学，2003 年。

（2）邓中良：《奈保尔小说的后殖民解读》，上海外国语大学，2004 年。

（3）杜维平：《政治的奈保尔》，北京外国语大学，2004 年。

（4）雷艳妮：《后殖民主义研究：宗主国倾向和本土意识：以维·苏·奈保尔及其作品分析为例》，中山大学，2005 年。

（5）高照成：《奈保尔笔下的后殖民世界》，苏州大学，2006 年。

（6）潘纯琳：《论 V. S. 奈保尔的空间书写》，四川大学，2006 年。

（7）周敏：《后殖民身份：V. S. 奈保尔小说研究》，河南大学，2007 年。

（8）刘毅：《奈保尔的文化身份与叙事语言》，华中科技大学，2008 年。

（9）王刚：《飘游在现实与虚幻之间：奈保尔涉印作品的流散特征研究》，北京语言文化大学，2008 年。

（10）聂薇：《V. S. 奈保尔小说〈抵达之谜〉辩证解读》，上海外国语大学，2009 年。

四、研究专著

（1）梅晓云：《文化无根——以奈保尔为个案的移民文化研究》，陕西人民出版社 2003 年版。

（2）潘纯琳：《论 V. S. 奈保尔的空间书写》，西南财经大学出版社 2007 年版。

（3）孙妮：《V. S. 奈保尔小说研究》，安徽人民出版社 2007 年版。

（4）杨中举：《奈保尔：跨界生存与多重叙事》，东方出版中心，2009 年版。

后　记

英国作家奈保尔已经成为国内外国文学研究领域的一个热点人物,自从 2001 年获得诺贝尔文学奖以来一直受到广泛关注,这在近年来获得诺贝尔文学奖的作家中并不多见,足见其作品的可读性与可写性。

在我们所了解的范围内,本书应该是继梅晓云的《文化无根——以奈保尔为个案的移民文化研究》、潘纯琳的《论 V. S. 奈保尔的空间书写》、孙妮的《V. S. 奈保尔小说研究》和杨中举的《奈保尔:跨界生存与多重叙事》之后的第五部研究奈保尔的专著。与以上四部专著不同的是,我们试图以贯穿奈保尔整个写作生涯的文化身份追寻为线索,在细读文本的基础上梳理奈保尔的文化身份建构历程,最终形成作家、作品与人物形象的多维透视与视域融合。

必须提及的是,书末的附录三与附录四是关于国内外奈保尔研究的一个回顾与总结,大体体现了国内外学界的研究现状,其中的附录四之所以按照作品来分类,主要是想彰显不同作品在研究上的不平衡性,供后来者参考。另外,我们在撰写本书的过程中,也从这些研究成果中受益良多,在此一并致谢!

　　我所指导的第一个硕士研究生周慧同学参加了本书的撰写工作，并在此基础上完成了自己的硕士论文，以优异的成绩完成学业后，去浙江省内的一所高校任教。因此，这部书的出版，也是我们师生之谊的一个见证。

　　最后，还要感谢所有爱我、我也深爱着的人们，是你们关注的目光，让我感到这人间毕竟还有温暖。

2010 年春节

钱塘江畔多蓝水岸碧海苑寓所

图书在版编目（CIP）数据

流散叙事与身份追寻：奈保尔研究 / 黄晖，周慧著.
—杭州：浙江大学出版社，2010.6
ISBN 978-7-308-07615-9

Ⅰ.①流… Ⅱ.①黄… ②周… Ⅲ.①奈保尔，V.S.
（1932～）—文学研究 Ⅳ.①I561.065

中国版本图书馆 CIP 数据核字（2010）第 095043 号

流散叙事与身份追寻：奈保尔研究

黄　晖　周　慧　著

责任编辑　宋旭华
封面设计　项梦怡
出版发行　浙江大学出版社
　　　　　　（杭州市天目山路 148 号　邮政编码 310007）
　　　　　　（网址：http://www.zjupress.com）
排　　版　杭州大漠照排印刷有限公司
印　　刷　杭州杭新印务有限公司
开　　本　710mm×1000mm　1/16
印　　张　16.5
字　　数　230 千
版 印 次　2010 年 6 月第 1 版　2010 年 6 月第 1 次印刷
书　　号　ISBN 978-7-308-07615-9
定　　价　35.00 元

版权所有　翻印必究　印装差错　负责调换

浙江大学出版社发行部邮购电话　（0571）88925591